CULTURBOOKS

KAYO MPOYI

MAI BEDEUTET WASSER

ROMAN

AUS DEM SCHWEDISCHEN
VON ELKE RANZINGER

Gärtnerstraße 122, 20253 Hamburg
www.culturbooks.de

First published by Norstedts, Sweden, in 2019.
Published by agreement with Notstedts Agency.

Die Übersetzung aus dem Schwedischen wurde
mit Mitteln des Auswärtigen Amts unterstützt
durch Litprom e.V. – Literaturen der Welt.

LITPROM
LITERATUREN
DER WELT

The cost of this translation was defrayed by a
subsidy from the Swedish Arts Council,
gratefully acknowledged.

Übersetzung: Elke Ranzinger
Redaktion: Jan Karsten

Herstellung: Klaus Schöffner
Umschlag: Cordula Schmidt Design, Hamburg
Covergestaltung: Sara R. Acedo

Druck und Bindung: CPI – Clausen & Bosse, Leck
Printed in Germany
1. Auflage 2021
ISBN 978-3-95988-154-8

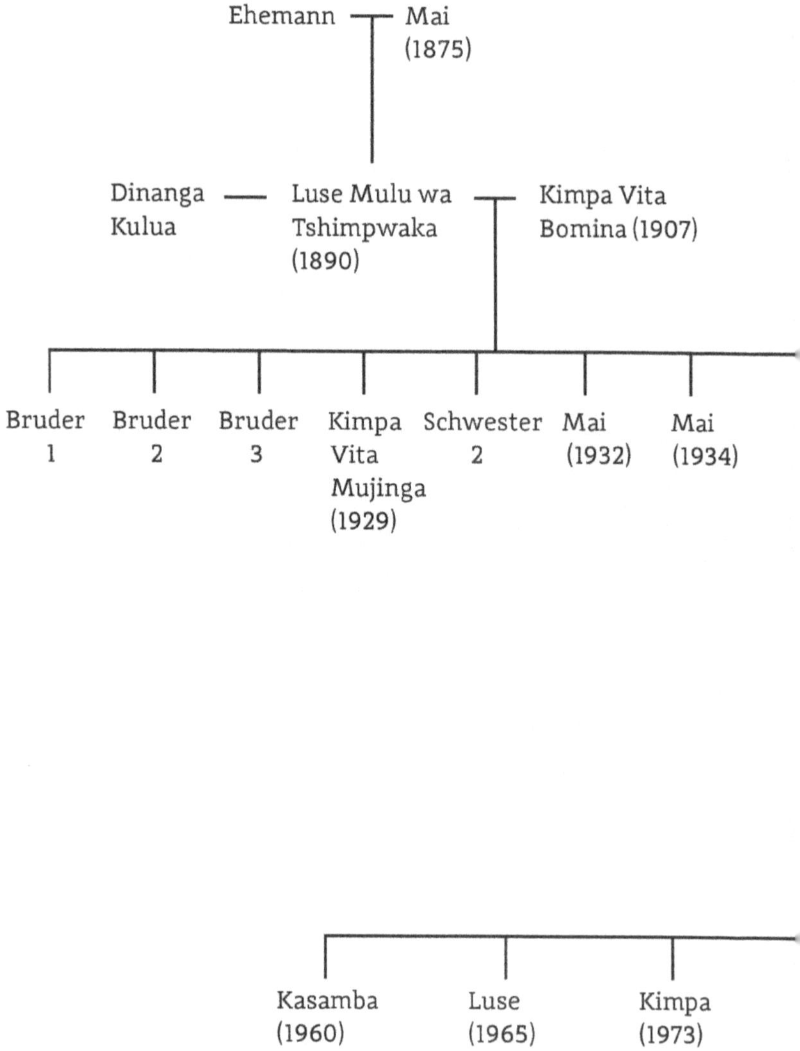
Ehemann
Mai (1875)
Dinanga Kulua
Luse Mulu wa Tshimpwaka (1890)
Kimpa Vita Bomina (1907)
Bruder 1
Bruder 2
Bruder 3
Kimpa Vita Mujinga (1929)
Schwester 2
Mai (1932)
Mai (1934)
Kasamba (1960)
Luse (1965)
Kimpa (1973)

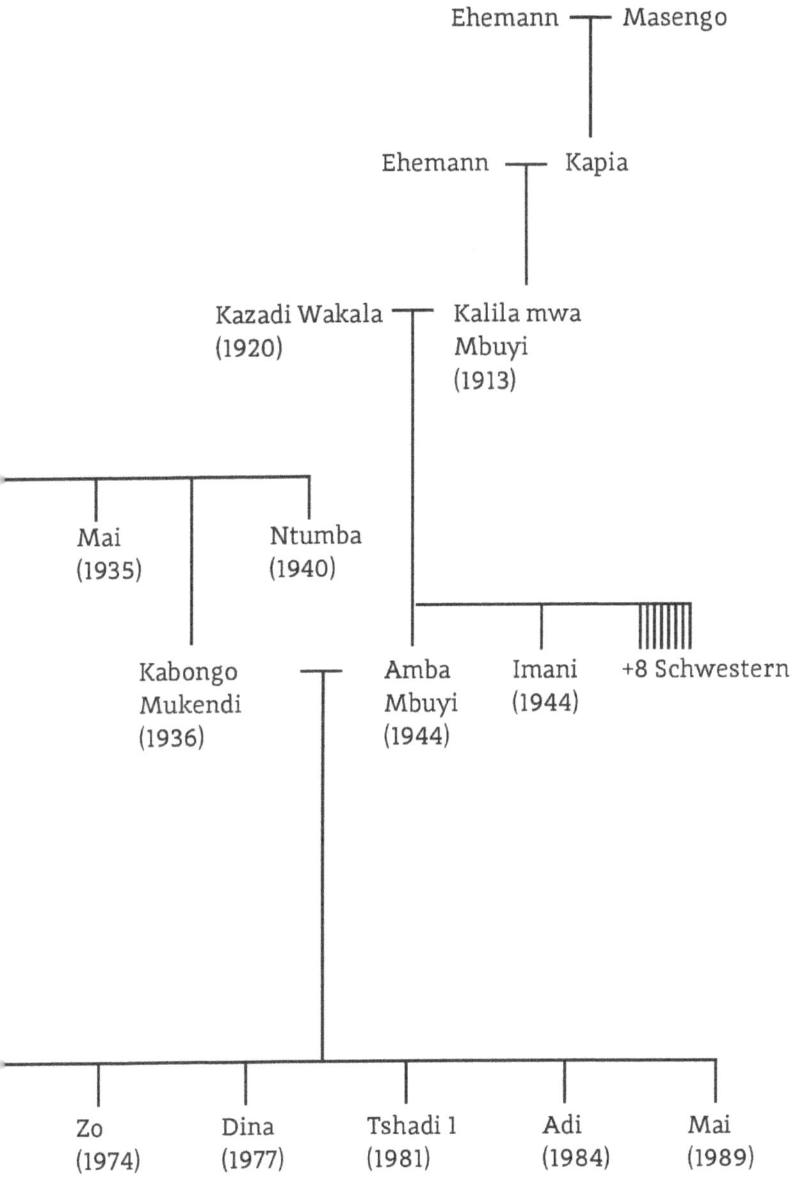
Ehemann
Masengo
Ehemann
Kapia
Kazadi Wakala (1920)
Kalila mwa Mbuyi (1913)
Mai (1935)
Ntumba (1940)
Kabongo Mukendi (1936)
Amba Mbuyi (1944)
Imani (1944)
+8 Schwestern
Zo (1974)
Dina (1977)
Tshadi 1 (1981)
Adi (1984)
Mai (1989)

Ich holte Laken und Handtücher, um ein Nest zu bauen.

Ich wollte ein eigenes Huhn haben.

Ich streckte mich zum Korb auf dem Wohnzimmertisch und klaubte Eier heraus. Ein paar flutschten mir durch die Finger, fielen auf den Boden, zerbrachen und spritzten über meine Füße.

Die restlichen Eier brachte ich in mein Nest. Dann zog ich meine Unterhose aus, schleuderte sie auf den klebrigen Boden und kletterte in den Kleiderschrank. Die Eier an meinem Unterleib waren kalt. Ich rieb mich daran, versuchte, mich auf den Knien abzustützen, und wartete. Ein Ei zerbrach unter meinem Gewicht, und eine glibberige Masse verteilte sich auf meinen Schenkeln. So hockte ich da, bis die Schranktüren aufgingen. Füße waren der Spur aus kaputten Eiern gefolgt und bei der Unterhose zum Stehen gekommen.

Hände zerrten mich aus meinem Nest.

Schmutziges Kind

Schlechtes Kind

Januar – Juli 1989

MONSIEUR ÉLÉPHANT

Monsieur Éléphant ist unser neuer fünfundzwanzigjähriger Nachbar. Er ist bei der Familie seines Bruder, den Kabeyas, eingezogen. Die wohnen unter uns im ebenerdigen Teil der Upanga 81 im Viertel Upanga in der Stadt Daressalam in Tansania. Er studiert an der Universität und liebt Wörter, genau wie Papa. Mein wortbesessener Mathematikeringenieurspapa, der mal besser Linguist hätte werden sollen. Er lernt Wörter aus einem Wörterbuch, und wenn er sie kann, reißt er die Seiten heraus. Genau wie Papa erfindet Monsieur Éléphant Lieder. Genau wie Papa singt er manchmal zu einer bekannten Melodie andere Wörter. Aber die Wörter von Monsieur Éléphant kommen nicht aus einem Wörterbuch. Sie kommen aus der Tiefe seines Ichs, sagt er. Er schlägt sich gegen die Brust, was dumpf klingt und auf unserer Dachterrasse widerhallt. Der obere Teil des Hauses besteht aus der Dachterrasse, unserer Wohnung und der Treppe, die zu beidem führt, mit einer Tür unten, in die vor Ewigkeiten jemand in Großbuchstaben »Zum Paradies« eingeritzt hat.

Der Himmel ist klar, und die Sonne scheint über die Betonmauer, die mir bis zum Hals geht und einmal um die Terrasse herumführt. Wenn man die Gestalten nicht mitzählt, die der Regen geschaffen hat, als er beim Herablaufen an der Mauer die weiße Farbe weggeschwemmt hat, sind nur wir beide hier. Die Gestalten in ihren Schimmelgewändern haben beobachtet, wie Monsieur Éléphant auf Zehenspitzen auf die Dachterrasse geschlichen ist, um darauf zu warten, dass ich zum Spielen in das Häuschen komme, das ich mir gebaut habe. Es besteht aus Getränkekisten, einem Regenschirm und einem abgetragenen Pagne von Mama. Die Füße von Monsieur Éléphant sind ununterbrochen in Bewegung, als er mit seinem Lieblingslied anfängt.

»Sie ist das schönste Mädchen der Welt.« Er zeigt auf mich.

»Da ist was mit ihren Lippen.« Er schüttelt lachend den Kopf.

»Und mit ihren Händen.« Er hopst auf der Stelle herum.

»Und hinter ihren Augen.« Er hopst auf mich zu.

»Mungu ibariki Afrika.« Er pustet mich an, ich lache und mache die Augen zu.

»Sie ist schön.« Seine Fingerspitzen streichen über meine Augen, die Lippen und das Kinn.

Nur die Schimmelmännchen sehen, wie Monsieur Éléphant mit seinen langen Fingern mein Gesicht nachmalt. Mama liegt in der Wohnung unter uns im Bett, und in ihr wächst die verschluckte Erdnuss. Meine zwölfjährige Schwester Dinanga, Dina, ist in der Schule. Sie hat mir erzählt, dass Mama eines Tages im Bett so heftig atmen musste, dass sie eine Erdnuss verschluckt hat. In dieser Nuss war ein Geist, und der wächst jetzt seitdem in ihr, Mamas Arme liegen jetzt ständig um den immer größer werdenden Bauch. Zuri, unser Hausmädchen mit den aufgesprungenen Fersen, wäscht im Badezimmer hinter verschlossener Tür mit Seife und Zitrone Blut aus dem Bettlaken von Mama und Papa.

Die Hände von Monsieur Éléphant quellen vor Bonbons über. Er erzählt mir, dass er auf dem Heimweg einen Abstecher ins Süßigkeitenparadies gemacht hat. Er weiß, was ich mag, süß, sauer und hart. Keine Schokolade. Er hat den unermesslichen Gefahren des Verkehrs getrotzt, denn die

Autofahrer haben nicht angehalten, als er über die Straße gelaufen ist. Und er hat sich ins Zeug gelegt und meine Lieblingsbonbons ergattert, obwohl ein Schwarm gieriger Schulkinder die Bonbonmammas bis auf den letzten Drops geplündert hat.

»Mungu ibariki Afrika.«

Er bringt mir die Worte bei, die eigentlich zu der Melodie gehören. Er bittet mich auf die Bühne, eine umgedrehte Limonadenkiste, und meint, dass ich die Nationalhymne von Tansania können muss, wenn ich nächstes Jahr in die Schule komme.

Dann hockt er sich in mein Häuschen und schaut zu. Während ich mich vor ihm aufspiele, ruft er mit feuchten Augen: »Gott segne Afrika, sie ist das schönste Mädchen der Welt.« Ich bekomme Bonbons, bis meine Taschen platzen.

Tubariki watoto wa Tanzania, singe ich, segne uns Kinder von Tansania.

Mama und Papa sind heute nicht zu Hause, denn dieser Dienstag, der 10. Januar 1989, ist ein besonderer Tag. Der Geist, der in Mamas Bauch gewachsen ist, wird unser Geschwisterchen. Sie haben uns allein zu Hause gelassen, mich und Dina. Und die gibt mir Wurst statt Marmeladenbrot, wie sonst am Morgen üblich. Während wir frühstücken, verwebt sie mit ihren Fingern Schnüre zu unterschiedlichen Mustern. Ich ziehe irgendwo daran, die Fadenfigur geht kaputt, und ich renne weg, damit sie mir nachläuft.

Mama hat für diesen besonderen Tag ein neues Wachstuch gekauft und auf den Esszimmertisch gelegt. Darunter, wo die Luft wegen des Plastiks ganz stickig ist, verstecke ich mich unübersehbar für meine Schwester. Sie stürzt sich auf mich und kitzelt mich durch, bis mein Bauch vom Lachen richtig wehtut.

Am Nachmittag gehen wir auf die Dachterrasse. Vor ein paar Tagen wurden die Reste von meinem Häuschen weggeschafft. Papa hatte gesehen, wie Monsieur Éléphant von der Dachterrasse heruntergekommen ist, und danach war es nicht mehr zu retten. Jetzt sagt Dina, dass wir die Tür abschließen müssen, sobald Mama und Papa nicht da sind, aber sie vergisst es ständig.

Das Schimmelmännchen sieht zu, wie meine Schwester und ich den geflochtenen Teppich mit den tausend verschiedenen Farben auf dem Boden ausbreiten und uns darauflegen, um die Wolken zu beobachten.

»Ich sehe Europa«, sagt Dina.

»Ich sehe nichts«, antworte ich.

Sie deutet zum Himmel. »Du muss richtig hinschauen.«

»Ah, jetzt seh ich es«, sage ich und zeige in den Himmel.

Als Zuri für heute fertig ist und geht, ist der Himmel rosa. Der Gebetsruf von der neuen Moschee ist so laut, dass die Vögel den Mangobaum wie eine schwarze Explosion verlassen.

Wir gehen runter in die Wohnung, und Dina stellt das Essen auf den Tisch. Sie bittet mich, auf der Loggia Wache zu stehen und Alarm zu schlagen, wenn Mama und Papa kommen. Sie will kurz runter und sehen, ob Elombe, der zweitälteste der Kabeyajungs, da ist. Die Kabeyas sind Zairer wie wir. Ihr Papa arbeitet in der Botschaft, wie viele andere im Upanga-Viertel. Die Grenze von Zaire führt um unser Grundstück herum, und auf einer Seite von uns liegt Tansania und auf der anderen Indien. Tansania hat im Garten Kühe, Ziegen und Hühner. Manchmal kommen die Kinder von dort herüber, und wir spielen zusammen. Indien hat eine Steinmauer mit hohen grünen Hecken dahinter. Über diese Mauer klettert nie wer.

Auf der Seite zu Tansania verlaufen große schwarze Rohre. Dort waschen Zuri und die anderen Hausmädchen in großen Bottichen die Wäsche. Der Limettenbaum am Zaun steht ziemlich schief, seine Wurzeln stecken in Tansania, aber die Früchte fallen nach Zaire. Da kommt es zum Krieg, bei dem die Limetten vom Boden als Granaten geworfen werden. Zur Not geht das auch mit Matschkuchen.

»Du bist zu klein«, sagt einer der Nachbarsjungen und schiebt mich weg, als ich runterkomme und auf den Knien im Gras nach Limetten suche.

»Geh rauf, Adi, und iss«, befiehlt Dina und zieht mich zum Haus. »Wenn du nicht drinnen bleibst, wird Papa richtig schlimm wütend auf dich!«

Wir gehen die Treppe hoch. Der fünfzehnjährige Elombe kommt nach Hause, und im Hof verfliegt die Spielstimmung. Die kleinen Kinder zieht es zu den älteren Jungen und deren Plattenspieler. Elombes Freunde lachen und grölen. Dina steht bei uns auf dem Laubengang, presst sich gegen die Stangen und sieht zu ihnen hinunter.

»Ich geh noch mal runter. Du bleibst hier und spielst mit deinen Anziehpuppen! Und halt ja auf der Loggia Wache und warne mich, wenn du unser Auto kommen siehst, sonst kriegst du nichts von meiner Schokolade.«

Dina zieht sich in unserem Zimmer um, schlüpft in ihre neue Bluse und einen Jeansrock, diese Sachen dürfen eigentlich nur für die Kirche angezogen werden. So was macht Dina wegen Elombe immer.

Ich stelle mich auf den Beobachtungsplatz, den Dina verlassen hat. Dina ist schön. Die Jungs pfeifen, als sie den Hof betritt. Sie lacht übers ganze Gesicht. Ich würde mich auch gern umziehen, aber meine schönen Sachen sind bei Mama eingeschlossen. Ich presse das Gesicht gegen das verschnörkelte Gitter, das am Laubengang entlang zu unserer Wohnungstür führt. Das Gestänge ist hier viel rostiger als das an der Loggia an der Hausvorderseite. Die Farbe blättert ab. Ein Blättchen heftet sich an meine Lippe, es schmeckt wie Blut. Ich zupfe am Lack herum und puste die Fitzel auf den Hof. Ich puste stärker und höher. Dina und die Jungen reden jetzt über Koffi Olomide, den Sänger.

»In seinem neuen Song singt Koffi über meinen Onkel, habt ihr das gewusst?«, fragt Elombe.

»Monsieur Éléphant? Du lügst doch!«, spielt sich Dina auf.

»Doch. Hört's euch an, er sagt M. N. Elongo, Mathieu Nzevu Elongo. Und Nzevu heißt Elefant«, erklärt Elombe seinen tansanischen Freunden. »Mein Onkel ist berühmt in Kin. Er kennt wichtige Leute.«

»Für Geld sagt Koffi jeden Namen«, stichelt Dina.

Alle lachen. Auch Elombe. Er steht auf.

»Ich zeig euch den Tanz. Ihr wisst schon, wo er … kann ich's bei dir vormachen, Dina?« Elombe macht eine Tanzbewegung und presst sich an Dina, sie kreischt auf. Die anderen lachen.

Ich rupfe weiter Blättchen vom Lack und puste sie weg. Ich klopfe fest gegen die Stangen, damit sich mehr Farbe löst. Sie schauen hoch.

»Jetzt aber rein mit dir, du kleiner Teufelsbraten!«, ruft Dina. Wieder lachen alle.

Ich gehe ins Haus und knalle die Tür hinter mir zu.

In der Dämmerung sitzen Dina und ich auf der Loggia und halten nach unserem blauen Auto Ausschau. Wenn es käme, ginge dieser besondere Tag zu Ende, und wir könnten unser neues Geschwisterchen kennenlernen. Dina weiß nicht, warum sie noch nicht zu Hause sind, obwohl es fast dunkel ist. Wir spielen Moskitos töten. An Dinas Finger ist Blut.

»Das ist von dir. Jetzt stirbst du«, ärgert sie mich, und ich bekomme Angst.

»Ich mach doch nur Spaß«, stöhnt sie, als ich losheule.

Zum zweiten Mal an diesem Tag fällt der Strom aus, und wir hören, wie der Kühlschrank im Esszimmer ermattet verstummt. Da sagt Dina, wir sollten ins Bett gehen. Ohne Mama, die uns ans Abendgebet erinnert. Ohne Papa im Sessel, der Pulverkaffee trinkt und Jim Reeves hört.

Am nächsten Tag kommt Papa am Vormittag kurz nach Hause. Er frühstückt, blättert in seinem Wörterbuch, murmelt Wörter vor sich hin, aber er sagt nicht, was mit Mama und dem Geschwisterchen ist. Bevor er geht, reißt er eine Seite aus dem Wörterbuch, faltet sie zu einem kleinen Päckchen und steckt es in die Hosentasche. Dann lässt er uns bei Zuri, die seit dem Morgen hinkt. Dina fragt, was passiert ist. Zuri erzählt es uns und fordert uns alle zwei Sätze auf, mit ndiyo zuzustimmen, damit sie merkt, dass wir auch zuhören.

Ihr wisst doch, dass ich die Wäsche immer wasche, bevor die Sonne hoch am Himmel steht – sagt ndiyo

Ich bin also runter, um die Wäsche zu waschen, aber das weiße Hemd des gnädigen Herrn und der weiße Unterrock der gnädigen Frau fingen an, gegen die Kraft des Wassers anzukämpfen

Ich beugte mich vor, um mir das näher anzuschauen, denn wenn Kleidung das Wasser scheut, stimmt irgendwas nicht – sagt ndiyo

Aber das Gesicht, das mir aus dem Wasser entgegenstarrte, war nicht meines

Das Hemd des gnädigen Herrn streckte wie ein ertrinkender Fischer die Arme in die Höhe, packte mich und zerrte mich runter zu dem Gesicht im Wasser – sagt ndiyo

Die nassen Sachen schlangen sich um meinen Körper. Sie drangen unter meine Kanga und betatschten meine Schenkel – sagt ndiyo

Ich schrie, Shetani! Ein Geist!

Gott sei Dank verfing sich mein Fuß in einer Wurzel, und ich konnte mich aus der Umklammerung des Wassers befreien

Und der Shetani rannte davon

Zuri nickt nachdrücklich, um uns zu zeigen, dass die Geschichte zu Ende ist. Dann bügelt sie weiter.

»Sie ist beschränkt«, flüstert Dina mir zu und reißt die Augen weit auf. »Ein einfaches Buschmädchen.« Dann jagt sie mich vor sich her, indem sie schreit, dass sie ein Shetani ist und mich jetzt in den schwarzen Schlamm unter dem Abfluss hinterm Haus werfen wird.

Am Nachmittag steht Zuri mit Fatima, dem Hausmädchen der Kabeyas, am Zufahrtstor. Sie sind unterwegs zum indischen Laden an der Kreuzung. Zuri holt Kondensmilch, die es manchmal aufs Brot gibt. Yusuf, unser Wächter, öffnet das Tor für sie. Er ist ein Verwandter von Fatima und arbeitet schon viele Jahre in Upanga 81. Er hat hinterm Haus eine kleine Unterkunft.

»Deine Bluse ist schön«, sagt Fatima zu Zuri und befühlt den weißen Stoff. Fatima hat das Baby, den jüngsten Bruder von Elombe, in einem Tuch auf dem Rücken. Ihre Kleidung ist abgetragen. Mama gibt Zuri hin und wieder was zum Anziehen, und wenn der Fotograf kommt, darf Zuri manchmal mit aufs Bild. Dann schmiert sie sich die Fersen mit Kokosfett ein.

Am Sonntag wache ich in einem leeren Bett auf.

»Mama«, rufe ich aus Gewohnheit und warte, dass sie kurz hereinschaut und dann zu Dina sagt, dass sie mich aus dem Bett holen soll und Brot und Marmelade schon auf dem Tisch stehen. Aus dem Wohnzimmer kommen unbekannte Geräusche, und ich rufe lauter.

»Dina!«

Dina wird das Laken wegnehmen, mich ins Bad bringen und das Wasser aufdrehen. Und Shekila und seine Frau, die in unserem Boiler leben und an Einsamkeit leiden, werden wie immer losstreiten, wenn sie den Wasserhahn hören. Die beiden können sich nämlich nie einigen, wer mich durch das Guckloch ganz oben beobachten darf. Von ihrem ganzen Gehopse wird das Wasser warm, das weiß ich von Dina, und dann fließt es in den grünen Eimer, der in der Badewanne steht. Dina wird mir mit einem Schöpflöffel das Wasser über den Körper gießen, und ich werde losschreien, denn richtig warm ist es nie.

Aber weder Mama noch Dina schauen herein. Mein Protest wird zu einem Kloß im Hals, und in meinen Augen sticht es. Ich kämpfe mit dem Laken, das mich immer fester packt, als ich versuche aufzustehen.

Mein »Maaamaa« läuft vor mir her ins Wohnzimmer, wo nichts mehr wie früher ist. Mama sitzt statt auf dem Sofa auf dem Boden. Auch die Sofakissen liegen dort herum, und Mamas Rücken lehnt an der Wand. Alles im Zimmer ist umgestellt, und die Erwachsenen stehen nach vorne gebeugt da, haben Freudengesichter und schauen auf das Wesen in Mamas Armen. Aus der Decke kommt ein krächzendes Geräusch, wie von hinter Blättern versteckten Krähen.

Ich stürze zu ihr. »Mama!« Aber Dina springt auf und packt mich.

»Pass auf«, faucht sie. »Siehst du das Baby nicht?«

Der schwere Kloß in meinem Hals rutscht in mein Herz und verstärkt mein Traurigkeitsgeheule.

»Schsch, Adi«, sagt Mama. »Schau mal, du hast eine kleine Schwester bekommen.«

Da liegt sie, in Mamas Arm, strampelnd und runzlig.

Mama ya Elombe ist da, ihr Hausmädchen Fatima und unsere Zuri, die jetzt einen Verband am Fuß hat.

»Sie ist wirklich schön.«

»Jemand wollte sie ihnen abkaufen«, erzählt Mama ya Elombe Zuri und Fatima, obwohl die Mamas normalerweise nicht mit den Hausmädchen plaudern.

»Er hat ein Vermögen geboten!«

Zuri und Fatima legen die Hände an den Mund.

»Der Mann war ziemlich merkwürdig«, sagt Mama, ihre Stimme ist schwach. »Ein Inder.«

»Vielleicht hat er geglaubt, dass das Baby weiß ist«, sagt Zuri.

»Ist sie nicht wahnsinnig schön?«, fragt mich Dina.

Das Wesen in Mamas Arm gähnt. Es wendet den Blick zu mir, die Augen sind dunkel.

Es gibt diese Geschichte von der Schlange, die man in meinem Bett gefunden hat, als ich zwei war. Wir waren ein Jahr zuvor nach Binza gezogen, weg von dem ganzen Unglück in Mikondo. Es war 1986, und mit der Familie ging es nun aufwärts. Papas Arbeit an der Universität in Kinshasa hatte auf einer Konferenz bei seinen alten Klassenkameraden aus der Zeit in Brüssel für Aufsehen gesorgt. Er hatte eine Festanstellung als Mathematiker beim zairischen Staat bekommen und wurde sogar als Berater nach Tansania geschickt.

Das Haus in Binza war ein neu gebautes Einfamilienhaus mit rotem Dach, fließendem Wasser und Strom. Mama und mein älterer Bruder Kasamba, der arbeitslos war und deshalb zu Hause mithalf, kümmerten sich um den Garten. Mama züchtete Blumen, und zwischen den Beeten verliefen gepflasterte Wege. Laut Dina, die damals neun war, waren Papas Schwestern auf diesen Wegen herumscharwenzelt und hatten Mama aufgezogen, indem sie sagten: Jaja, jetzt lebt ihr wirklich das gute Leben, was? Dann hatten sie die Blumen bewundert und festgestellt, dass Kasamba trotz seiner glücklosen Vergangenheit und trotzdem er völlig un-Luba aussah, ein echtes Händchen für Pflanzen hatte. Dina hat erzählt, dass die Tanten jedes Mal ein Gebet sprachen, wenn ihnen Kasamba das Essen brachte.

»Sie hatten Angst, er würde ihnen etwas auftischen, das er von einem Ndoki hatte. Und dass ihr Leben, sobald sie es aßen, zum Tauschopfer würde für Geld, Glück oder weswegen auch immer Kasamba zu dem Ndoki gegangen war.«

Irgendwas stimmt mit meinem großen Bruder Kasamba nicht, aber keiner will sagen, was.

Das Schlafzimmer von Mama und Papa hatte eine Tür zum Garten. Durch diese Tür war die Schlange auf der Flucht vor dem peitschenden Regen hereingeschlängelt. Niemand glaubt, dass ich eine Erinnerung an das Ganze habe. Aber ich kann mich tatsächlich daran erinnern, dass mich Mama zum Schlafen auf ein Handtuch zwischen Kissen gelegt hat. Von irgendwoher hatte ich einen Kugelschreiber, auf dem ich herumkaute. Die Tinte schmeckte bitter. Ich erinnere mich, wie die Schlange zwischen den Kissen hindurchkroch und sich langsam um meine Beine wickelte. Ich heulte los. Ich kann mich an die Augen erinnern. Wegen ihnen ist die Erinnerung so stark. Dieselben Augen wie jetzt.

»Es ist ein Geistwesen, kein Kind«, rufe ich, aber keiner interessiert sich für mich. Der Schreck krallt sich in meinen Kopf. Die bösartigen Augen starren mich an. Ich weiß einfach, uns wird Grauenhaftes zustoßen.

»Ihr habt das falsche Kind heimgebracht!«

Die Erwachsenen lachen.

Am Abend singt Jim Reeves seinen Dank für die Blumen, die blühen, und die Fische, die schwimmen.

»Wir danken für die Bäume, das tiefe blaue Meer«, singt Papa mit. Deswegen hört Papa am Abend immer Reeves. Wenn Gott nämlich keine Dankbarkeit aus unserem Haus hören würde, dann würde er die Palme im Hof in Brand setzen. Sie würde auf unser Haus stürzen und die Vorhänge anzünden. Wenn Gott keine Dankbarkeit hören würde, gäbe es keine Kondensmilch mehr im Küchenschrank.

Wenn Gott keinen Gesang gehört hätte, hätte die Nuss Mama, als sie im Krankenhaus lag, umgebracht. Die Nuss, in der ein Geist gesteckt hat, der jetzt in ihren Armen liegt. Den Mama hält, als wäre er ihre schönste Puppe, ihre einzige. Die nicht schmutzig werden darf, und die, meint Dina, am traurigsten aller Tage von einer hundegroßen Ratte gestohlen worden ist.

Das Geistwesen hatte Mama so müde gemacht, dass sie fast gestorben wäre. Bis zu ihrer Abfahrt ins Krankenhaus habe ich ihre Hand gehalten, habe gefragt, warum, oh, warum sie denn im Bett auch nur so heftig hat atmen müssen. Durch ihren entrüsteten Aufschrei und Dinas ängstliches Gesicht habe ich verstanden, dass ich etwas Verbotenes gesagt hatte. Und dann hat mich Dina gezwickt, als es keiner sehen konnte. Aber irgendwie war ich dankbar dafür, denn wäre Papa da gewesen, hätte er Dina eine Ohrfeige gegeben, und ihre Rache an mir wäre grauenhaft gewesen. Mama hat gesagt, dass Papa Dina schlägt, weil das in der Bibel steht und weil er ihrer Worte Herr werden muss. Dina sagt ständig falsche Wörter. Papa sagt, dass Mama es ihr beibringen soll, bevor es zu spät ist.

Als das Geistwesen aus Mamas Körper gekommen ist, hat es nicht geatmet. Es kann keine Luft atmen, weil es vorher im Wasser gelebt hat, erklärt mir Dina. Papa sagt, dass er ununterbrochen gebetet hat. Aber die Ärzte meinten, dass das Geistwesen Atemprobleme hatte und Mama zu viel Blut verlor. Sie gingen davon aus, dass die beiden sterben würden. Papa hat die ganze Donnerstagnacht durchgewacht und die Seele durch Anfüllen seines Inneren mit Wörtern gestärkt. Mit Synonymen für das französische Wort foi: Zuversicht, Sinn, Vertrauen, Autorität, Hoffnung. Und dann hat er singend den Raum mit diesen Wörtern erfüllt.

»Ich habe meinen Vater gesehen. In der Nacht zum Freitag«, sagt Papa und kneift die Augen zusammen. »Und am Freitagmorgen war der Zustand eurer Mutter und eurer Schwester wie durch ein Wunder stabil.«

Mama wiegt das Geistwesen, das noch immer Probleme beim Atmen hat, im Arm. Dina sitzt über der Rechenaufgabe, die ihr Papa zum Lösen gegeben hat. Obwohl Dina nur Kreise ins Heft kritzelt, sagt Papa nichts. Er trägt ein Unterhemd, bei dem man das seltsame Mal auf seiner Schulter sehen kann. Lange senkrechte Linien mit einem Kreis in der Mitte, wie die Stelle an einem Baum, aus der einmal ein Ast gewachsen ist.

»Ich muss die ganze Zeit daran denken, was er als Letztes zu mir gesagt hat.« Papa spricht mit geschlossenen Augen weiter, »Lubambulu.«

Mit diesem Wort führt uns Papa immer in seine Erzählung. Lubambulu bedeutet auf Tschiluba Brett.

Dies ist die Geschichte, wie das mysteriöse Mal auf Kabongo Mukendis Schulter gelangt ist

Es war im Jahr 1936 in einer Stadt, die zur damaligen Zeit Élisabethville hieß und im damaligen Belgisch-Kongo lag und aus der später, als Präsident Mobutu im Zuge seiner Afrikanisierung Orten und Leuten neue Namen gab, Lubumbashi im ebenfalls umbenannten Land Zaire werden sollte.

1936 war das Jahr, in dem mein Papa Kabongo Mukendi geboren wurde. Sein Papa hieß Luse Mulu wa Tshimpwaka. Luse Mulu war einer der wenigen Kongolesen, die in einem prachtvollen Haus lebten und Land besaßen. Einer der wenigen, die in ihren Häusern Empfänge gaben, mehrere Gänge auftischten, Musik auf dem Grammofon spielten und mit einem Spazierstock herumliefen. Bei Verhandlungen versprach er höhere Produktion zu egal welchem Preis und stimmte der Ansicht zu, dass der schwarze Mann Disziplin und Erziehung benötige. Luse Mulus Wunsch, nicht mit seiner Geschichte in Verbindung gebracht zu werden, war so unermesslich, dass er lieber nicht so genau in den Spiegel blickte – doch dann sang der Vogel auf dem Mahagonibaum im Garten.

Hinter seinem großen Haus war ganz nach europäischem Vorbild ein Garten angelegt. Dort standen, bewacht von einem Engel mit gerader Nase und lockigem Haar, drei Kreuze. Der Gärtner des Hofs konnte nicht gut lesen und buchstabierte sich durch die kurzen eingeritzten Worte. »Maaai«. Dreimal derselbe Name. Er zupfte Unkraut, warf abgefallene Äste zur Seite und steckte neben jedem Kreuz ein kleines Ledersäckchen in die Erde. Ein heimliches Ritual, um die verrottenden Körper der Mädchen daran zu hindern, aus den Gräbern zu steigen. Der Garten war sein Lieblingsort, ein Inbegriff von Pracht und Kontrolle. Von Zivilisation. Als der Gärtner die Schreie aus dem Haus hörte, sang er den Toten ein Schlaflied und ahmte dabei, ohne dass er sich dessen bewusst war, den Vogel nach, der über den Platz flog und davon berichtete, was er unter sich sah. Der Gärtner überlegte vielmehr, wo seine Hacke war. Er wollte bereit sein, wenn es ein Mädchen würde. Das letzte hatte nur ein paar Tage gelebt.

Luse Mulu hatte fünf lebende Kinder, darunter zwei Mädchen. Zwei missmutige, vom Pech verfolgte Mädchen, weil er mit den Sitten gebrochen und keine nach seiner Mutter Mai benannt hatte. Die Ältere hatte den Namen Kimpa Vita Mujinga bekommen, nach seiner Frau Kimpa Vita Bomina, einer Mukongo. Die wiederum war nach einer revolutionären Prophetin aus dem 18. Jahrhundert, der Zeit des Königreichs Kongo, benannt.

Nach der Geburt seiner zweiten Tochter, der er den Namen der Frau eines guten Freundes gegeben hatte, sah Luse Mulu im Traum seine Zukunft. Darin zogen sich seine weißen Freunde aus seinen Geschäften zurück, und die schwarzen Arbeiter beteiligten sich an Revolten. Ihre Anführer beschimpften ihn als Handlanger der Weißen, der seinen Reichtum auf dem Rücken seiner toten Brüder errichtet hatte. Sie zerstörten seinen Laden, und aus seinen Söhnen wurden unzivilisierte, ungebildete Verschwender. Dieser Traum wiederholte sich mehrere Nächte. Und jede Nacht stand Luse Mulu auf und goss sich ein Glas Palmwein ein. Hätte er gekonnt, hätte er Cognac oder Brandy getrunken wie ein echter Gentleman, aber per Gesetz war Schwarzen das Trinken von Spirituosen verboten. Damit diese im Traum erschienene Zukunft nicht wahr würde, beschloss Luse Mulu zur Besänftigung der Vorväter und Vormütter, einer seiner nächsten Töchter den Namen Mai zu geben. Er wollte damit an seine im Stich gelassene, vergessene Mutter erinnern und sie ehren. Nach Luse Mulus Vorsatz gebar Kimpa Bomina dreimal ein Mädchen. Und alle drei Male lauschte Luse Mulu dem geschäftigen Treiben auf seinem Hof und verkündete, der Name des Mädchens sei Mai. Und alle drei Male starb das Mädchen kurz darauf und wurde im Garten begraben. Später sollte Kimpa Bomina dann noch einmal ein Mädchen gebären, doch die Geschichte, wie sich das Wasser Kimpa Bomina wiedergeholt hatte, muss noch eine Weile warten.

Nun lag Kimpa Bomina jedenfalls in den Wehen, und ihre Schreie drangen aus dem Haus. Lass es einen Jungen sein, hatte sie gebetet, als sie spürte, dass es losging. Der Gärtner hatte sie ins Haus gebracht und war dann in den Garten zurückgegangen, um singend die Toten und Ahnen anzurufen. Vielleicht erhörten sie ja die Gebete eines einfachen Mannes und verschonten den Hof vom Tod eines weiteren Kindes.

Drinnen hatte man Kimpa Bomina auf saubere Teppiche gebettet. Ihre Muhme und Luse Mulus Cousinen halfen Kimpa Bomina bei der Entbindung ihres neuntes Kindes. Eines Kindes mit behaartem Rücken und bereits aus dem Gaumen spitzenden Zähnchen. Ein Junge, rief die Muhme. Eine Fledermaus, riefen die Cousinen und legten das Kind auf ein Brett.

Und so hat das Lubambulu meinem Papa Kabongo das mysteriöse Mal auf der Schulter verpasst. Das Brett war kein gewöhnliches Brett. Es war ein Brett aus der Kiste aus Holz, die sein Vater gekauft hatte, um daraus ein Klavier zu bauen. Wer ein zivilisierter Mann sein wollte, brauchte ein Klavier im Haus. Aber dieses Projekt war ständig verschoben und die Bretter anderweitig verwendet worden, fürs Schulhaus des Hofs, den Fußboden im Keller unterm Laden und nun als Unterlage für ein neugeborenes Kind.

Als Luse Mulu 1946 im Sterben lag, rief er seinen Sohn zu sich, um mit ihm zu sprechen. Eines der seltenen Male im Leben des zwölfjährigen Jungen.

»Wir hinken hinterher. Man kann über die Belgier und Europäer sagen, was man will, aber unsere alten Sitten und Lebensgewohnheiten hemmen uns. Die restliche Welt bewegt sich viel schneller als wir. Sie sprengt Berge und besitzt tödliche Waffen. Sie findet Wege, die Natur zu unterwerfen, und sie tut das mit einer Selbstverständlichkeit, einer Selbstgerechtigkeit, dass Gott wohl seinen Segen dafür gegeben hat. Aber Fortschritt hat seinen Preis, das muss man verstehen. Ein Mann muss wissen, wann es Zeit ist zu tun, was getan werden muss. Man darf die Europäer sich nicht alles nehmen lassen, sodass wir, denen das Land eigentlich gehört, leer ausgehen. Mehr habe ich nicht versucht, mein Sohn. Ich habe versucht, meinen Teil dazu beizutragen. Das bekenne ich. Die Ahnen aber haben nur Verrat gesehen. Sie haben meiner Versuche gespottet, und dreimal musste ich ein Kind zu Grabe tragen. Nun sieht die Zukunft meines Landes und meiner Nachkommen düster aus. Ich bin gescheitert. Aber dich haben die Ahnen gezeichnet. Du bösartiges und mysteriöses Kind. Nur du vermagst es, die Familie vor den Flüchen der Ahnen zu beschützen.«

Wie soll sie denn heißen? Das weiß nur Gott, antworten Mama und Papa die ganze Zeit. Vielleicht meint Gott auch, dass ein Geist keinen Menschennamen haben soll und schickt Mama und Papa deshalb keine Eingebung. Aber Mama legt, trotz Gottes offensichtlichem Widerwillen, das kleine Geistwesen willkommen zu heißen, das Bündel fast nie weg.

Es hat noch immer Schwierigkeiten beim Atmen. Einmal war es am Abend so schlimm, dass Mama den Schleim mit dem Mund aus der Nase des Geistwesens saugen musste. Wenn ich eklige Geräusche mache, nennt mich Dina Shetani und sagt, es ist kein Wunder, dass die Schlange nach mir gesucht hat, so schrecklich wie ich bin.

Auf der Dachterrasse stehen jetzt wieder Getränkekisten, weil Papas Kollegen aus der Botschaft mit Geschenken zur Geburt des neuen Geschwisterchens gratuliert haben. Geschwisterchen sagen auch Mama und Dina und wollen, dass ich mit meinem Geistgerede aufhöre. Es ist ein Kind. Ein Geist, sage ich, hocke mich auf die Dachterrasse und beobachte, wie sich die schwarzen Wolken überm Haus zusammenziehen. Sie sehen aus wie die wütenden Arbeiter in Papas Erzählung. Sie leiden wie die Gestalten in der biblischen Hölle, die Mama mit dem Finger nachgemalt hat, während sie uns von Gottes Strafe für die Menschen erzählte. Dass der Mann unter Mühsal den Ackerboden bereiten muss und die Frau unter Mühsal gebären. Am härtesten strafte Gott die Frau, denn sie war an allem schuld.

Die grünen Schimmelmännchen an der Betonmauer flüstern von Mädchen, die für Süßigkeiten alles tun.

»Ich höre euch nicht«, sage ich laut.

Ich baue einen Turm aus Getränkekisten und warte.

Ich baue eine Bühne und warte.

Die Tür unten ist offen. Ich höre das rostige Quietschen, wenn der Wind dagegen bläst.

Aber ich bleibe den ganzen Tag allein mit den schwarzen zornigen Wolkenmännchen, die auf einen Namen warten.

***

Anfang Februar, als Mama zum Haareflechten in unser Zimmer kommt, fragt Dina noch einmal, wie das kleine, runzlige Geistwesen heißen soll. Mama stellt Hocker und Öle hin und legt Garnrolle und Kamm bereit, aber antwortet nicht.

»Mama, kann ich bitte Rastazöpfe haben?« Dina wechselt das Thema. Sie möchte nicht mehr, dass Mama ihr eingeflochtenen Zöpfe oder so eine abgedroschene Frisur mit abstehenden Garnwickel-Zöpfen macht. Sie will Rastas wie die amerikanischen Fernsehstars in den Klatschmagazinen, die sie sich heimlich kauft. Dina sagt, dass in ihrer Schule viele solche Zöpfe haben, sogar die Tochter des Botschafters.

Mama zieht mit einem ärgerlichen Laut die Luft durch die Zähne.

»Du zuerst, Adi.« Sie setzt mich auf den Hocker und beginnt mit dem schmerzhaften Kämmen.

»Ich flechte euch Mädchenzöpfe, weil ihr Mädchen seid.« Mama unterteilt meine Haare in klar getrennte Bereiche, nimmt ein Büschel und umwickelt es von der Wurzel bis zur Spitze mit schwarzem Garn. Wenn sie fertig ist, werden die

Haare wie ein Wald aus Bäumen mit kleinen, fluffigen Wipfeln aussehen. Bäumchen, die sie biegt und auf dem Kopf zu verschiedenen Mustern ineinander verwickelt. Meist zu Spiralen. Mama sagt, ihre Großmutter hat immer darauf bestanden, dass es zwischen Frisuren für Mädchen und Frisuren für Frauen einen Unterschied gibt. Mama sagt, Frauen flechten seit der Unabhängigkeit Zaires 1950 die Haare zu Spiralen, als Symbol dafür, dass alles wiederkommt.

»Aber es ist altmodisch, Mama. Wenn man eingeflochtene Zöpfe hat. Heute haben alle künstliche Haare.« Dina seufzt und verschränkt die Arme.

»Mit künstlichen Haaren hält man dich für ein leichtes Mädchen. Ist es das, was du willst?«

Dina protestiert mit unterdrückten Schreien, und Mama unterbricht das Einölen meiner Haarwurzeln.

»Jetzt reiß dich zusammen, Dina. Das Gefährlichste für Mädchen ist eine lasche Moral. Wie oft muss ich dich noch warnen?«

Mama macht sich wieder an meine Haare. Aus dem Arbeitszimmer hört man das Krächzen des kleinen Geistwesens. Irgendwo im Haus wummert es, und draußen auf der Straße hupt ungeduldig ein Auto. Aber hier im Zimmer hängt ein drückendes Schweigen. Als Mama wieder etwas sagt, macht ihr Mund Schmatzgeräusche.

»Eure kleine Schwester heißt Mai.«

Dann fügt sie hinzu: »Gott sei uns gnädig.«

Dina und ich teilen uns ein Zimmer und ein Bett. Sie schläft als Sentinelle am Rand, sie ist mein Wachposten gegen die Krokodile, die sich unterm Bett verstecken und schutzlos schlummernde Zehen abbeißen. Wenn wir schlafen gehen, zieht sie das weiße Moskitonetz ums Bett, hebt die Matratze an und steckt den Saum darunter. So sind wir verborgen wie unter Gottes Rockschößen. Dann löscht sie das Licht, huscht zurück ins Bett und schließt nach dem Durchschlüpfen auch noch den letzten Schlitz. Während sich unsere Augen langsam ans weiße Mondlicht gewöhnen, erzählt mir Dina von der Schwester, die nach ihr, aber vor mir geboren wurde. Die gestorben ist. Die genau wie ich Tshadi geheißen hat.

Als die erste Tshadi, die ansonsten eigentlich ein ruhiges Kind war, auf einmal immer nur noch weinte und weinte, hätte man begreifen müssen, dass von dem Haus in Mikondo irgendein Unheil ausging. Das war 1983, und Dina war sechs. Papa war mit Sack und Pack umgezogen, obwohl das Haus noch gar nicht fertig gewesen war. Er hatte keinen Tag länger in einem Haus des Patrons in Limite leben wollen. Papas ältester Bruder nannte sich Patron, er war als Erbe des Familienvermögens für alles verantwortlich. Der Patron war erst verwundert und dann verärgert. Er nannte Papas Stolz eine Sünde. Nannte Papa einen Idioten. Warum wollte er nicht in dem Haus wohnen bleiben, für das er kaum was bezahlen musste? Wie konnte er das Haus mit Strom, Swimmingpool und Wachpersonal in Limite verlassen, um in einem unfertigen, ungetünchten Haus in Mikondo zu leben?

Das hat Dina auch nicht verstanden. In dem Haus, das sie zurückgelassen haben, hat es im schön möblierten Wohnzimmer einen Fernseher und eine Stereoanlage gegeben. Und sie hat dort mit unserer großen Schwester Kimpa, benannt nach Papas Mama, und unserem großen Bruder Kazadi oder auch Zo, benannt nach Mamas Papa, Stücke aus der Bibel aufgeführt. Papa hat sie für ihre Kreativität gelobt. Er hat gesagt, dass sich Dina ihren Namen Dinanga, was Liebe bedeutet, verdient und sich würdig erwiesen hat, nach der Frau benannt zu sein, die ihn großgezogen hatte.

»Mit neuen Geschwistern ändert sich alles, du wirst schon sehen«, warnt mich Dina in der Dunkelheit.

Tatsächlich hatte sich mit der Geburt der ersten Tshadi allmählich alles verändert, sie war so rein und so schön, und alle liebten sie, einschließlich Dina. Aber am meisten hat Papa die erste Tshadi geliebt. Man konnte sie leicht zum Lachen bringen, und sie wollte viel lernen. Papa sagt oft, dass die erste Tshadi ein Engel auf Erden gewesen ist.

»Papa hatte verstanden, dass unsere Familie immer im Schatten seiner Brüder stehen würde, solange er für sie arbeitete. Aber er wollte etwas aufbauen, weil er und Mama glaubten, dass die erste Tshadi Wunder vollbringen würde, wenn sie mal groß ist. Mama hat nämlich vor der Geburt von ihr geträumt. Im Traum stand die erste Tshadi mit einer Spitzhacke in der Hand vor weiten, bearbeiteten Feldern.

Also hat Papa den Entschluss gefasst, sich endlich von seinen Brüdern zu befreien, und ist mit uns in das löchrige Haus in Mikondo gezogen. Und in diesem unglückseligen Haus sind wir krank geworden, man hat uns ausgeraubt, und zum Schluss haben böse Geister die erste Tshadi verschlungen.«

Dina schweigt, und ich drücke mich an sie.

Nach dem Tod der ersten Tshadi hat sich Dina alleingelassen gefühlt. Papa begann mit seinem Gerede von Schuld und seiner Wortbesessenheit. Von da an riss er Seiten aus dem Wörterbuch, und am Ende jedes Tages wartete auf die Kinder die Aufzählung ihrer im Laufe des Tages begangenen Sünden, samt der Disziplinierungsmaßnahmen dafür. Mama trug ihren Pagne so, dass er auch den Kopf bedeckte, und sprach jeden Tag gerade mal ein paar Worte. Zo wurde in der Schule wegen seiner langen Wimpern und seiner Schüchternheit gehänselt. Er wollte nicht mehr mit Dina spielen und war lieber mit den Nachbarsjungen zusammen. Er war der einzige Junge im Haus. Luse, der zweitälteste, benannt nach Papas Papa, lebte im Internat. Kasamba war schon ausgezogen, um zu studieren.

Im Haus mit den hallenden Wänden und den triefenden, unfertigen Zimmern, begann Dina eine Tanznummer einzustudieren. Die sollte für Beifall und Lachen sorgen. Dina übte im Schein einer Kerze, und die Schatten an der Wand waren ihre Spielkameraden. Am Abend ihrer Aufführung waren alle im Wohnzimmer. Kimpa und Zo machten Hausaufgaben, Mama las in der Bibel, und Papa schrieb an einem eigenen Wörterbuch. Dina bat, aufs Klo gehen zu dürfen, und als sie wiederkam, trug sie Mamas BH und Schuhe. Dina tanzte und spielte sich richtig auf. Als sie fertig war, war es völlig still im Raum. Die Geschwister hatten glänzende Augen, Mama hielt sich die Hand vor den Mund. Nur Papa bewegte sich. Er stand auf, ging zu Dina und gab ihr eine Ohrfeige. Er schimpfte nicht mit ihr, sondern verließ einfach das Zimmer.

»Ich habe losgeheult und gesagt, dass Papa mich nicht lieb hat. Da hat Mama gesagt, Papa liebt mich bestimmt, aber er will seine Töchter beschützen.«

Dina befreit sich aus meiner Umarmung.

»Das ist Teil von Urgroßmutters Fluch. Wir dürfen alle nicht glücklich werden.«

»Warum hat sie uns verflucht?«

»Sie wurde von Männern gefangen genommen, die im Dienst der Belgier standen.«

»Was sind Belgier?«

»Unterbrich mich nicht! Früher hat man Frauen und Kinder gefangen genommen, um die Väter und Söhne dazu zu zwingen, im Busch zu arbeiten. Als man Urgroßmutter Mai gefangen genommen hat, war sie gerade schwanger. Aber die Familie hat nur Großvater freigekauft und Urgroßmutter Mai dort sterben lassen. Angeblich hat man ihr die Hände abgehackt.«

Mein Herz schlägt so heftig, dass ich kaum verstehen kann, was Dina sagt.

»Und Papa glaubt jetzt, dass es seine Pflicht ist, das Baby Mai zu nennen, damit unsere Urgroßmutter in Frieden ruhen kann und uns endlich kein Unglück mehr widerfährt. Deshalb hat er im Krankenhaus auch Großvater gesehen. Als Zeichen und als Mahnung. Aber es ist gefährlich, jemanden Mai zu nennen. Vielleicht wird das Baby sterben.« Jetzt klingt Dinas Stimme belegt. Sie wischt sich übers Gesicht und dreht sich von mir weg. Gleich darauf höre ich sie schniefen, und bei jedem heftigen Atemzug quietschen die Bettfedern.

»Ich finde, es soll dahin zurück, wo es hergekommen ist«, sage ich und versuche Dina wieder zu mir umzudrehen.

»Sei nicht garstig. Wenn Mai stirbt, dann bist du schuld, weil du so böse Sachen sagst.«

Am Sonntag gehen wir meist in die Kirche. Unsere Kirche ist nicht weit weg. Das Gebäude ist weiß und schaut mit seinen Fensteraugen zur Straße. Die großen Bäume streicheln der Kirche über ihr dunkles Haupt und sprechen auf raschelnde Weise, wie Bäume es tun. Die kleineren stehen wie eine Reihe Schutzengel an dem schmalen Weg, der zur Wohnung des Pfarrers führt.

Wir haben unsere schönen Sachen an, um vor Gott würdig und rein zu erscheinen. Wir setzen uns weit nach vorne, nahe zur Kanzel. Der Chor betritt die Kirche, und Mama lächelt.

»Ach, wie schön es ist, für Gott zu singen«, sagt sie.

Papa kommt selten mit. Er betet lieber zu Hause, so entgeht er nämlich dem Tratsch der Kirchenmammas und der Angeberei der Kirchenpappas. Aber Mama findet es wichtig, dass wir hingehen. Der Pfarrer kennt Mama und nennt sie Schwester Amba.

Später bittet der Pfarrer uns Kinder, einer Kirchenmamma zur Sonntagsschule zu folgen, und obwohl Dina normalerweise mitkommt, bleibt sie heute sitzen. Während ich weggebracht werde, sehe ich, wie sie Mai auf den Arm nimmt, damit Mama ihre Bibel aufschlagen kann.

Als die Lehrerin der Sonntagsschule auf der Gitarre spielt und Gottes Schöpfung der Welt preist, schmolle ich. Gott macht Fehler. Die Lehrerin fordert mich auf mitzusingen, aber ich presse die Lippen zu einem Strich zusammen, und sie reißt die Augen weit auf.

Die Sonntagabende bestimmt meist Papa. Vor dem Abendessen liest er aus der Bibel vor. Und wenn Dina danach den Psalm des Abends in drei Sprachen, nämlich Französisch, Englisch und Tschiluba, vorgelesen hat, ist das Vaterunser dran. Dina fängt immer an zu schwitzen, weil sie den Text vergisst. Ich habe gehört, wie sie es, wenn sie sich unbeobachtet fühlt, flüstert, um sich alles richtig zu merken, aber sobald Papa sie auffordert, es zu beten, verhaspelt sie sich und sucht nach Wörtern.

»Als du jünger warst, hast du es doch gekonnt. Was ist mit dir passiert, Dina?«, fragt Papa, und seine Enttäuschung ist riesig. »Adi, zeig deiner Schwester, wie es geht.«

»Vaaaater uuuunser, der du bist im HIMMEL«, lege ich mit einer Inbrunst los, die bis ins Paradies reichen soll. In mir brennt ein Licht und leuchtet durch meine Haut. »Geheiligt werde dein Name. Dein Reich komme. Dein Wille geschehe, wie im Himmel, so auf Erden.«

Als ich auch noch die Hand aufs Herz lege, ist mir klar, dass mich Dina zwicken wird, sobald wir allein sind. Sie hat die Arme vor der Brust verschränkt, und ihre Augen sind ganz schmal.

»Denn dein ist das Reich und die Kraft und die Herrlichkeit, in Ewigkeit. AMEN«, ende ich. Ich fühle mich ganz weit.

Papa lächelt und tätschelt mir den Kopf.

»Und erst fünf Jahre«, sagt er.

Mama lächelt.

»Du spielst dich auf. Das ist Gotteslästerung«, sagt Dina, als wir bereit zum Essen sind.

Ich streite ab, dass ich mich aufspiele, aber Mama stimmt Dina zu. Das ist eine so riesige Ungerechtigkeit, dass mir Tränen über die Wangen laufen.

»Da, du tust es schon wieder!« Dina ist wütend.

Papa unterbricht uns, indem er das halb verschlungene Wörterbuch neben seinen Teller legt. Das heißt, dass wir ein Wort lesen und seine Bedeutung sagen müssen, bevor wir etwas zu essen bekommen. Unser Wortbüfett. Papa lacht immer, wenn er das sagt. Dina hasst alles, was mit Wörtern zu tun hat. Wenn sie keine Angst vor Schlägen hätte, würde sie Papa einfach nur finster anschauen. Papa redet gern über Familien, die Fragespiele machen und sich sogar am Esstisch bilden und entwickeln. In diesen Familien wachsen die Kinder zu bedeutenden Menschen heran, sagt er.

Zu Papas Enttäuschung kann ich mein Wort nicht lesen, mein Hals wird ganz eng. Bevor Papa es sehen kann, wische ich die erneuten Tränen weg und kämpfe gegen das Schluchzen an. Mama wiegt Mai im Stehen, anstatt sich an den Tisch zu setzen. Keiner hier im Raum mag mich. Da bin ich sicher.

Als ich heulend dagegen protestiere, den Boden zu fegen, wiederholt Mama nur ihre Aufforderung und drückt mir den Besen in die Hand.

»Du musst mithelfen, du bist jetzt eine große Schwester.«

Mama lässt Mai nie allein. Sie wacht neben ihrem Bettchen und horcht, wie sie atmet.

»Babys sterben manchmal, einfach so«, murmelt sie vor sich hin und bindet sich Mai auf den Rücken, wenn weder Zuri noch Dina auf sie aufpassen können. Jetzt schuckelt sie Mai und zeigt mir zugleich an, wo ich fegen soll. Meine Hand wird schnell ganz müde, und nichts geschieht. Irgendwann reicht es Mama, und sie nimmt mir den Besen ab. Aber ich darf nicht gehen. Ich muss zusehen.

Den Besenstiel fest in der Hand fegt sie den Boden. Mit einem raspelnden Geräusch. Der Besen ist ein Wesen in langem Reisigkleid, das mich verfolgt, und egal wie ich meinen Kopf drehe und wende, ich kann sein maskiertes Gesicht einfach nicht erkennen. Bald summt Mama eine Melodie. Der Besen begleitet Mamas Lied und holt den Staub von Wochen aus Ecken und Winkeln. In Vergessenheit geratene Scherben einer Tasse von Mamas gutem Geschirr werden ans Tageslicht befördert und ein Stift, der weggekullert ist, als Dina mit tränenerfüllten Augen auf ihre Hausaufgaben gestarrt hat.

Mama bittet mich, den Müll rauszustellen und das Handtuch zu holen, mit dem wir den Boden wischen. Der Müll kommt vor die Tür, bis ihn Zuri zum Lastauto bringt, das einmal in der Woche durch unsere Straße fährt. Ich stelle den

Besen neben die Tüte, und als ich wieder reingehe, höre ich raschelnde Reisighände im Schmutz nach Schätzen suchen.

Mais Kopf wackelt im Takt von Mamas Bewegungen, die jetzt den Boden schrubbt, bis er im Sonnenlicht glänzt. Mama sagt, ich darf da nicht durchmarschieren, solange es feucht ist, sonst muss sie noch einmal von vorne anfangen. Aber als kurz darauf Papa nach Hause kommt und mit seinen staubigen Schuhen darüber ins Schlafzimmer läuft, sagt sie nichts. Schweigend wischt sie die Kreise und Linien weg, die seine Schuhe auf dem Boden hinterlassen haben, und geht in die Küche, um das Abendessen vorzubereiten.

***

Zuri mit ihren lackierten Zehennägeln und rissigen Fersen rührt unter Mamas Aufsicht in einem Bohneneintopf. »Mehr Tomatensoße«, ordnet Mama an und rupft zackig das Hühnchen, das auf dem Rücken in einem Bottich voll warmem Wasser liegt. Der tote Kopf hängt über den Rand und nickt auf und ab.

Dina sitzt auf dem Sofa im Esszimmer und schuckelt Mai. Ihr Singen dringt durch die offene Tür zu mir auf die Loggia, wo ich die Hände fest um die blauen, verschnörkelten Eisenstangen klammere. Auf der Straße fahren Autos, und ich kann trotz der ganzen Bäume bei den Nachbarn bis zur Kreuzung sehen.

Der Geruch von der Zigarette unseres Wächters mischt sich mit dem vom Essen aus der Küche. Zwischendurch rieche ich auch ein bisschen Meer, das nur fünf Minuten mit dem Auto entfernt ist.

Ich schaue zu dem Nuckelfläschchen, das ich über den Boden rollen und in die Büsche habe hinunterfallen lassen. Ich habe gehofft, dass es kaputtgeht und das Weiße herausfließt.

Einer von Elombes jüngeren Brüdern, Moise, streckt den Kopf aus dem Fenster.

»Adi, hast du die da grad runtergeworfen?« Er deutet auf die Flasche.

Ich schüttle den Kopf.

»Wir haben es gesehen. Was, wenn die wem auf den Kopf gefallen wäre? Wir kommen jetzt rauf und erzählen es deiner Mama.«

Ich renne weg und verstecke mich im Schrank. Als ich Mama wütend schreien höre, vergrabe ich mich noch tiefer in den Kleidern und Laken.

***

Mai lächelt niemanden an. Ihr Gesicht ist ernst, und die Augen sind immer noch gleich, derselbe schwarze Blick, mit dem sie einem schon von Anfang an hinterhergeschaut hat. Ungewöhnlich, hat Mama gemeint, aber noch immer nicht erkannt, dass mit Mai etwas seltsam ist.

Als Mama sie umzieht und dabei streichelt und knuddelt, stelle ich mich hinter den Vorhang. Und als Mai dann schläft, schleiche ich ganz leise zu ihr, aber sobald ich in ihre Nähe komme, macht sie mitten im Schlaf die Augen auf und sieht mich an. Später, als sie den Kopf heben kann, kriegt sie immer, wenn man mit ihr spricht, eine Falte auf der Stirn. Dina sagt zu dem Fotografen, den wir bestellt haben, er soll sie mit diesem Gesicht fotografieren, und lacht. Sie badet Mai in einer blauen Wanne und versucht, sie zum Lachen bringen, kitzelt sie, aber Mai schaut Dina mit demselben genervten Blick an wie Papa, wenn Dina etwas sagt. Und Papa, der seufzt nur und sagt, das Ganze ist Mamas Schuld.

***

Inmitten der großen Regenzeit, in den Tagen bevor Dina den April vom Wandkalender reißt, fühle ich mich düster und voller Gewitterwolken. Wie der Himmel. Mai liegt in ihrem Bettchen, ist wach, und endlich ist mal niemand da. Sie lauscht aufmerksam nach meinen Schritten, ihr Blick geht von hier nach da nach dort. Sie spürt wohl, dass etwas vor sich geht. Ich schnelle aus der Hocke hoch und renne zu ihr.

»Verschwinde«, schreie ich mit meiner unheimlichsten Stimme und brülle wie ein wilder Löwe. Mai reißt die Augen auf, runzelt die Stirn und lacht zum allerersten Mal in ihrem Leben. Dann streckt sie die Hände zu mir hoch und brabbelt in Babysprache.

An diesem Abend haben wir zum zweiten Mal in Folge nachts keinen Strom. Mama legt Handtücher unter den Eisschrank und kommt mit einer Petroleumlampe zu uns. Sie hat Mai gerade im Schlafzimmer ins Bett gebracht. Statt nur kurz hereinzuschauen und uns ans Abendgebet zu erinnern, setzt sie sich zu uns. Das Licht der Petroleumlampe verstärkt die Linien in ihrem Gesicht. Dina sagt, dass Mama und Papa wegen ihrer Sorgen schneller alt werden. Heute Abend lacht Mama trotz ihrer Schatten.

»Mama, kann ich nicht ein eigenes Zimmer haben?«, mault Dina.

»Husch, ins Bett jetzt«, antwortet Mama. »Bei solchem Regen muss ich immer an meine Kindheit denken«, erzählt sie, und wir werden sofort ganz still, Dina und ich. »Wir waren eine Menge Schwestern und haben uns alle ein einziges Zimmer geteilt. Wir schliefen auf Matten. Das Pfarrhaus, in dem wir lebten, war so platziert, dass der Regen manchmal den gesamten Hof überschwemmte. Die Regenzeit war für uns immer eine Zeit voller Spaß. Bei Gewittern erzählte unsere Mutter nämlich Geschichten. In früheren Zeiten hat man das mit Musikbegleitung gemacht. Meine Mutter meinte immer, der Donner sei ihre Trommel, und dann erzählte sie uns von wilden Geistern, boshaften Hexen und Ungeheuern, die kleine Kinder fraßen. Schrecklich gruslige Geschichten, und wenn sie fertig war, trauten wir uns gar nicht mehr einzuschlafen.«

»Erzählst du uns eine Gruselgeschichte, Mama«, frage ich mit pochendem Herz. Dina stößt mich an.

»Pst«, sagt sie. »Weiter, Mama.«

»Hm, ja. Ich muss gerade daran denken, wie meine Mutter einmal vor lauter Schreck einen ganzen Topf voll Maniokeintopf umgekippt hat. Auch wenn sie gerne Geschichten von Ungeheuern und anderen grauenhaften Wesen erzählt hat, fürchtete sie sich manchmal vor ihrem eigenen Schatten. Und damals guckte plötzlich eine Kreatur in ihre Küche. Ein großes Wesen mit riesigem Schnabel und stierenden Augen. Sie schrie und schrie. Mein Onkel versuchte, sie zu beruhigen. Der Vogel gehörte ihm. Aber das war ein seltsamer Vogel, das sag ich euch. Er war groß wie ein Mensch. Auf Französisch heißt er Bec-en-sabot du Nil, Schuhschnabel.« Ich und Dina kichern.

»Schuh?«, frage ich.

»Ja. Mein Onkel war Tierarzt und hatte immer irgendwelche Tiere bei sich zu Hause oder auch dabei. Dieser Schuhschnabel hatte blaue Flügel, und seine Augen saßen im Gesicht vorne wie bei einem Menschen. Mein Onkel sagte, wir müssten uns verbeugen, bevor wir uns dem Vogel näherten. Er machte es vor, und der Vogel verbeugte sich ebenfalls. Wir verbeugten uns, aber keiner traute sich, ihn zu streicheln. Und Mama jammerte nur und rieb sich über die Brust. Mein Bruder will mich umbringen, plärrte sie. Das ist ein Geistervogel, war sie sicher. Ein Vogel, der sich mühelos zwischen der Welt der Geister und der Welt der Menschen hin- und herbewegen konnte. Und im Leben einst bestimmt ein König oder eine Königin war. Warum sonst musste man sich erst vor ihm verbeugen.«

Wir lachen. Mama umarmt uns und sagt Gute Nacht.

Als sie weg ist, ist Dina ganz still.

»So einen Vogel möchte ich sehen«, sage ich.

»Mama hat seit Jahren mit keiner ihrer Schwestern gesprochen. Sie haben uns nie in Kinshasa besucht. Weder in Limite noch in Mikondo oder Binza.«

»Und warum nicht?«

»Ich weiß es nicht. Wenn ich gefragt habe, hat Mama immer gesagt, dass sie zu weit weg wohnen.«

Dina klingt traurig, ich verstehe nicht, warum. Ich freue mich nur, dass sich Mama zu uns gesetzt hat, ohne die ganze Zeit Angst um Mai zu haben.

Mama ist in ihrem Gärtchen hinterm Haus und buddelt bei den Maniokwurzeln herum. Zuri passt auf die schlafende Mai auf. Ich bin mit Dina raufgegangen. Ich habe dreckige Füße von meinem Spiel neben Mamas Korb.

Wir gehen nicht, wie Mama es uns aufgetragen hat, ins Bad und waschen uns.

Dina hat die blaue Uniform der Olympio-Schule an. Den Faltenrock, der direkt unter den Knien endet. Ihre krausen Haare stecken in eingeflochtenen Zöpfen. Sie trägt schwarze Schuhe, weiße Strümpfe und eine weiße Bluse, alles nach den Regeln der Schule. Swahili sprechen ist dort verboten. Dina hat mir vom gemeinen Sir Leo erzählt, der über den Schulhof spaziert und einem auf die Hand schlägt, wenn man nicht Englisch spricht.

»Sir Leo, spindeldürr und mit bösartigem Gesichtsausdruck. Nimm dich in Acht vor dem, wenn du dort anfängst.«

Dina stopft die Schulbücher in den Schrank, deckt sie mit Kleidern zu und verlässt das Schlafzimmer, ohne sich umzuziehen. Sie hat eine Kassette in der Hand. Wenn Papa nicht zu Hause ist, hört sie Koffi. Ich schaue zu, wie sie zum letzten Lied spult. Koffi singt auf Lingala.

Es beginnt bei den Zehen. Dina verbiegt sie, stellt einen Fuß zurück und beugt das Knie. Dann geht ein Stoß durch ihr Becken, und sie kreist die Hüften, zugleich heben sich ihre Hände, als würde sie jemanden grüßen, und das verstärkt die anschließenden Becken- und Pozuckungen.

»Oh, ich liebe diesen Song!« Dina singt und stampft dazu im Takt, und auch das Pogezucke geht weiter. Ich horche, um herauszufinden, weswegen man den Song lieben könnte. Diese Sache mit der Musik verstehe ich nicht ganz. Papa hört Jim Reeves, der singt von Jesus. Mama hört das traurige Paar, wie Papa die beiden nennt, und manchmal bittet er Mama, diese Musik auszuschalten. Die singen auch von Jesus. Koffi singt nicht von Jesus. Und deshalb wartet Dina, bis Papa nicht zu Hause ist, um die Kassette anzumachen.

Mama kommt aus dem Gärtchen. Ihr Korb ist voll mit dreckigen Werkzeugen. Sie trägt ihre weißen Flipflops und den alten Pagne, den sie beim Umgraben immer benutzt. Er ist grün getupft. Mama hat nicht sehr viele von den teuren Holland-Superwax-Stoffen, die die anderen Diplomatenfrauen kaufen. Oft sagt sie, so sind wir nicht.

»Dina«, sagt Mama. »Du weckst das Baby auf.«

Als Zuri Mama hört, kommt sie aus dem Arbeitszimmer und nimmt ihr den Korb ab. Dina tanzt weiter, als hätte Mama nichts gesagt. Mama geht ins Arbeitszimmer, wo das Bügeleisen, an dem ich mich vor ein paar Tagen verbrannt habe, wartet und heiß nach neugierigen Armen giert. Zurück kommt sie mit Mai auf dem Arm, die mittlerweile dicke schwarze Haare hat. Mai lutscht an ihren Fingern.

»Dina, mach diese Musik aus, du hast Mai geweckt. Mach aus, bevor Papa heimkommt und dich so in deiner Uniform sieht.«

»Ich übe, Mama«, antwortet sie.

»Du übst?«

Dina kreist mit den Hüften über dem Boden.

»Ich werde eine von Koffis Tänzerinnen.«

Mama stößt einen Laut aus, der Dina sofort aufhören lässt. Mai zuckt zusammen und lutscht nicht mehr an den Fingern.

»Wie kannst du so was sagen! Was fällt dir ein?« Irgendwas in Mama hat sich verändert. Sogar die Musik schweigt. Das Band schnurrt und stoppt dann. »So was will ich nie wieder hören. Du bist ein christliches Mädchen, konzentriere dich auf die Schule, und sei nicht so ungehorsam!«

Mai zappelt auf Mamas Arm und heult los.

Mein Körper juckt. Ich kratze wie wild an Beinen und Füßen, und getrockneter Lehm rieselt auf den Boden.

Mama schüttelt den Kopf.

»Zieh deine Uniform aus und hilf deiner Schwester, ihre Füße zu waschen.«

»Komm, Adi«, sagt Dina mit hängenden Schultern.

Einmal sind nur Dina, Mai und ich zu Hause. Mai war beim Arzt, und Mama und Zuri sind unterwegs wegen ihrer Medizin. Monsieur Éléphant kommt hoch. Das hat er sich nicht mehr getraut, seit Papa ihn zufällig gesehen hat. Aber jetzt traut er sich. Er hat eine Kassette, Süßigkeiten und in gelbes Papier eingewickelte Kaugummis dabei. Er legt alles auf die Wachstuchtischdecke, die, obwohl sie jetzt schon ein halbes Jahr alt ist, noch immer neu riecht. Als ich vor ein paar Tagen Limo verschüttet habe und Dina wollte, dass ich sie aufwische, habe ich sie stattdessen weggeschlürft. Der Plastikgeschmack war so heftig bitter, dass ich ganz oft ausspucken musste. Leider habe ich auf Dina gespuckt, die mit Mai im Sessel saß. Dina hat losgeplärrt und Shetani zu mir gesagt. Das tut sie oft. Wie als ich Mais Fläschchen leer getrunken habe. Oder wie ich damals auf Dina losgegangen bin und sie beinahe Mai fallen gelassen hätte. Und wie heute, als sie ins Zimmer kam und sah, dass ich Mai die Decke übers Gesicht gezogen hatte. Sie hat mir eine heftige Kopfnuss gegeben. Hat sich angefühlt, als würde sie mir mit den Fingerknöcheln einen Spalt in den Schädel hauen. Deshalb stand ich heulend an der Tür, als Monsieur Éléphant hochgekommen ist.

Mit Kaugummis im Mund sitzen wir drei im Esszimmer und hören die Kassette. Ich verstehe nicht jedes Wort. Es geht zu schnell.

»Was sagt die da, Dina?«

»Die ist ein Mann. Das ist Michael Jackson«, erklärt Dina. Dina hört Michael Jackson zu und sieht dabei aus, als hätte sie in eine saftige Frucht gebissen und probierte jetzt deren Saft, während sie gleichzeitig die Nase rümpft und Tränen fließen und ihr Herz ganz schwer ist, weil ihre Mama sie mit einer Schlange ersetzt hat, einer verfluchten Kreatur, die sie boshaft auslacht.

Monsieur Éléphant legt Dina die Hand auf die Schulter.

»Der ist doch toll, oder?«

Dina nickt.

Monsieur Éléphant stellt sich auf die Zehenspitzen und tanzt rückwärts. Er greift sich zwischen die Beine und drückt seinen Unterleib nach vorne gegen seine Hand. Dina lacht auf.

»So tanzt der doch immer, oder?«, fragt er sie. Dann nimmt er Dina an den Händen. Genauso wie Elombe damals mit ihr tanzen wollte, aber Dina haut und schubst ihn. Monsieur Éléphant lacht, lässt sie aber nicht los. Er flüstert etwas und zieht Dina in Richtung unseres Zimmers. Er murmelt. Dina schüttelt nur den Kopf. Sie will nicht spielen, aber trotzdem fangen sie mit dem Spiel an. Er zupft an ihren Kleidern, presst sich an sie, und sie schlägt stärker nach ihm. Er holt was aus seiner Hose, und ein Tropfen fällt auf ihre Füße. Sie hat sie nicht eingeschmiert, wie Mama es ihr gesagt hat. Der Tropfen hat die Form einer Kapsel. Feucht auf dem trockenen, grauen Fuß. Dina bemerkt ihn nicht. Sie schubst Monsieur Éléphant weg, der in sich zusammensinkt und merkwürdige Töne von sich gibt. Dina heult, rennt in unser Zimmer und schließt die Tür hinter sich.

»Warum weint sie?«, frage ich.

»Sie ist ein schlechtes Mädchen«, sagt Monsieur Éléphant. »So wie sie sich da vor mir bewegt hat. Das ist nicht brav. Aber du tust das nicht, oder? Du schönstes Mädchen der Welt?« Er steckt die Finger in seine Tasche, aber die ist jetzt leer. »Du bist doch ein braves Mädchen, oder?«

Weil meine Schwester mich gehauen hat. Weil es ihr recht geschieht, dass sie auch weint. Weil ich beweisen will, dass ich wirklich schöner und braver bin, gehe ich mit Monsieur Éléphant aus unserer Wohnung durch das offene Tor hinunter in sein Zimmer im Erdgeschoss von Upanga 81. Dort zieht er seine Hose runter, und ich sehe Haut, die hart gegen einen Stoff drückt, einen schwarzen Stoff wie das Netz, das wir am Abend ums Bett ziehen. Ich verstehe nicht wirklich, was er da anhat. Er greift hinein und holt das geheime Körperteil heraus. Dann sagt er, ich soll die Augen schließen und den Mund aufmachen.

Januar – März 1990

GEHEIMNISSE

Es ist der erste Monat im Jahr, und Papa ist mit der Arbeit weg. Dina hat eine beste Freundin gefunden und ist jetzt ständig mit der zusammen – denn bald dreizehnjährige Mädchen spielen nicht mit ihren bald sechsjährigen Geschwistern. Dinas beste Freundin heißt fast genau wie sie: Dima. Dina lächelt, wenn sie Dimas Namen sagt. »Als wir kapiert haben, dass wir fast den gleichen Namen haben und dass wir beide aus Zaire sind, wusste ich, dass wir Freundinnen fürs Leben werden.«

In der Pause reden sie über Schminkzeug, und Dima zeigt ihre angeklebten Fingernägel. Dina dürfte nie angeklebte Nägel haben, aber sie will sie lang wachsen lassen und mit durchsichtigem Nagellack anmalen. Was Dima wirklich zu Dinas bester Freundin macht, ist, dass sie auch so gern tanzt. Die beiden haben die Gruppe DD gegründet. Aber das ist ein Geheimnis.

Nach dem Unterricht gehen Dina und ihre Freundinnen zu Dima, die ganz in der Nähe der Schule wohnt. Dina sagt, dort leben nur Frauen, und Dimas Mutter führt ein offenes Haus. Sie gibt ihnen immer Limo, und DD hören die ganze Zeit Musik und tanzen.

»Dima hat auch eine schöne Stimme«, erzählt Dina und tanzt im Zimmer herum, als wäre sie noch immer bei Dima.

»Zusammen sind Dima und ich moto, verstehst du?«

Ich verstehe nichts. Warum sind sie heiß?

Dina lacht über meine Dummheit.

»Dimas Mama ist eine Ndoki.« Dina nennt Dimas Mutter eine Hexe, aber sie lächelt, wenn sie an sie denkt und von dort erzählt.

Dima lebt laut Dina mit ihrer Mutter und ihrer Großmutter, die nur Koko genannt wird, zusammen. Koko sitzt oft auf ihrem grünen Plastikstuhl im Hof und raucht ihre Kalebassenpfeife. Zu den Klängen von Tshala Muana tanzen DD synchron wie Koffis Tänzerinnen. Zwischen zwei Liedern applaudiert Koko begeistert und lächelt ein riesiges, zahnloses Lächeln. Und wenn sie was sagt, dann mit rauer Stimme. Aber immer öfter sagt sie ständig dasselbe.

»Tanzen ist der einzige Weg, Gott näherzukommen.« Sie wedelt mit der Pfeife und breitet die Arme aus, als würde sie die Welt umarmen.

»Ja, Koko.« Dima nickt dann und tanzt weiter.

Dimas Mutter hatte einmal ein schönes Kleidungsgeschäft, aber das ist bei einem heftigen Gewitter in der Regenzeit abgebrannt. Es war die einzige Einkommensquelle der Familie. Jetzt hat sie sich auf ein Geschäft zurückbesonnen, das die Familie zuvor über Generationen betrieben hatte, nämlich den Verkauf von Nkisi. Dimas Mutter empfängt ihre Kundschaft in einem kleinen Schuppen hinter dem Haus und verkauft Objekte, Beutelchen mit Kräutern sowie Kristalle, die von der Heilung von Krankheiten bis zur Schaffung von Glück alles bewirken können. Sie hat wohl zu Dina gesagt, sie würde nie etwas verkaufen, was Unglück bringt. Das würde nämlich bösen Geistern die Türen öffnen, und sie würden bei dir einziehen wie Gäste, die man nie wieder loswird, die immer mehr verschlingen, bis sie schließlich den ultimativen Preis fordern: ein Leben.

Dina wusste, dass Dima und ihre Familie zu genau der Gruppe von Menschen gehörten, vor denen Mama und Papa sie ihr ganzes Leben lang gewarnt hatten. Hexerei ist nämlich ein Werk des Teufels.

»Die Welt ist ein Chaos, die Menschen suchen Trost«, hat Mama ya Dima, wie Dina sie nennt, gesagt. Sie hat Dina zum Essen eingeladen. Sie macht die besten Mikate und hat versprochen, es Dina beizubringen. Ihre Mikate sind frittiert, rund und nicht zu ölig.

Koko spricht in großen Worten über Gott. »Vor langer Zeit wussten die Menschen, dass Gott in jedem einzelnen existiert. Auch wenn man an einen großen Schöpfer glaubte, hatte jeder Mensch seine eigene Weise, mit Gott zu sprechen. Aber dann kamen diese Religionen, bei denen Gott außerhalb dessen liegt, was ein Mensch natürlicherweise ist und denkt. Gott gibt es da nur in diesem oder jenem Haus, in dieser oder jener Handlung, und man kann mit Gott nur auf diese oder jene Weise sprechen. Alles andere ist Sünde. Diese Religiösen, sie sind ganz verliebt in ihre Sünde! Mädchen, wenn ihr tanzt, ist es wahres Gebet. Sie bezichtigen ihre Kinder, von bösen Geistern besessen zu sein, schicken sie zu schrecklichen Ärzten, verletzen sie und prügeln sie zu Tode. Sie sind selbst böse Geister!«, regt sich Koko auf.

»Mama, du und Koko, ihr verschreckt Dina. Ihre Familie ist sehr religiös«, hat Dima da vorsichtig gesagt.

»Warum haben die Menschen so viel Angst vor sich selbst? Das habe ich mich schon immer gefragt.« Mama ya Dima hat so gelacht, dass man die Lücken zwischen ihren Zähnen sehen konnte, und der rote Schal auf ihrem Kopf hat im schlechten Licht der Küche geleuchtet.

»Der Vater meiner Mutter war Pfarrer«, hat Dina gemurmelt.

»War er so ein Pfarrer für Geld? Diese beredten Männer, die Jesus rufen und mit der Bibel winken. Und das Geld strömt.«

»Ich weiß es nicht. Ich glaube nicht, dass er reich war.«
»Jaja«, hat Koko geantwortet und an ihrer Pfeife gezogen.

Dina hat von Mama ya Dima einen Stein bekommen. Er ist blank und in der Mitte dunkler. Dina sagt, das ist eine Spirale. Sie steckt ihn in einen Schlitz am Tor.

»So kommt er nicht mehr herein«, sagt sie.

»Meinst du Papa?«, frage ich.

Erst antwortet Dina nicht, dann sagt sie: »Stell dir das vor. Dann gibt es nie mehr einen ganzen Tag lang Hausaufgaben. Kein Wortbüfett mehr. Wir können spielen, so viel wir wollen!«

»Spielst du mit mir, Dina?«, frage ich.

»Hör auf, ich habe zu tun«, antwortet sie.

Als sie geht, pule ich den Stein aus dem Schlitz und stecke ihn mir in die Tasche.

Seit Papa in Zaire ist, liegt auf uns ein Gefühl von Faulheit. Dina vergisst ihre Bücher beinahe komplett. Ich bin froh, dass ich nicht aus Papas Wörterbuch vorlesen muss, und Mama ist wie zwei Menschen. Tagsüber scherzt sie und sagt nichts dagegen, dass Dina versucht, Mutuashi, den traditionellen Tanz der Baluba, zu lernen. Mittags kommt Mama ya Elombe zum Essen hoch, was noch nie zuvor passiert ist. Und als Mai aus irgendeiner Laune heraus plötzlich, wenn sie wo hinwill, rückwärts läuft, lacht Mama richtig doll los. Sie hält sich den Bauch und meint, Mai wird bestimmt mal Komikerin, wenn sie groß ist. Am Abend aber wird Mama zu einem verlassenen, besorgten Menschen. Sie betet bereits mehrmals, noch bevor es Zeit ist, ins Bett zu gehen.

»Betet für euren Vater und die anderen Geschwister, die ihr noch habt. In Zaire sind schlechte Zeiten. Der Präsident befürchtet einen Putsch«, sagt sie. »Man bringt Leute um.«

Dina beunruhigt es nicht, dass in Zaire Leute umgebracht werden. Sie denkt nur an ihre Tanzerei und ihre Haare.

Ich beobachte sie gerne. Ich folge ihr auf Schritt und Tritt. Ich mache nach, wie sie sich bewegt, möchte, dass sie mit mir spielt, dass sie mir wie früher Anziehpuppen ausschneidet oder mir die Sachen beibringt, die sie jetzt macht. Wenn ich mit ihr ins Bad will, wird sie wütend. Ich muss mich ab jetzt selbst duschen, sagt sie, und dass die Körper von erwachsenen Frauen geheim sind.

Geheim? Warum ist Dinas Körper plötzlich geheim? Ich muss die ganze Zeit darüber nachdenken. Mama hat gesagt, dass es für Kinder verboten ist, nackte Körper von Erwachsenen zu sehen. Das ist Gottes Gebot. Sie hat von dem Mann erzählt, der Gottes Angesicht sehen wollte und den man warnte, er würde beim Anblick von Gottes Angesicht verrückt werden. Und deshalb dürfen auch Kinder Erwachsene nicht nackt sehen. Das ist dieselbe Art Sünde.

Jetzt, in der Trockenzeit, duscht Mama mehrmals am Tag. Angeblich fühlt sich ihr Körper bei dieser starken Hitze völlig ausgedörrt an. Als Mama an einem Samstagnachmittag duschen geht, nutze ich die Gelegenheit. Ich beeile mich und hoffe, dass Gott gerade mit etwas anderem beschäftigt ist, zum Beispiel mit Mai, die allein auf der Loggia spielt. Aber ein wenig habe ich auch Angst, dass Gott mich sieht und unter mir ein Loch aufreißt, das geradewegs in die Hölle führt.

Ich schleiche ins Schlafzimmer von Mama und Papa. An der Badezimmertür drücke ich mein Gesicht gegen das kühle Schlüsselloch. Ich sehe Mama von hinten. Auf Mamas Rücken und Schenkel sind dünne Linien, als hätte sie irgendwas mehrere Male gekratzt. Vielleicht eines von den Tieren ihres Onkels? Vielleicht hat sie vor langer Zeit zu lange auf irgendwas gelegen? Vielleicht sind es Spuren von Großvaters Peitsche? Papa hat erzählt, dass alle unsere Koko als Eltern ziemlich streng waren. Das hatten sie von den Missionaren. Und Papa behauptet ständig, Mama hätte als Kind mehr Strafe gebraucht, denn wo das hingeführt hat, kann man ja sehen. Mehr sagt er nicht darüber. Du musst es ihnen beibringen, mahnt er Mama. Dann erzählt uns Mama immer von Musau.

Das Märchen von Musau ist ein Mianu, also ein Märchen, das Eltern erzählen, um uns Kindern etwas beizubringen, was in der Welt wichtig ist. Ein Mianu endet mit einem Lied, dessen entscheidende Zeile das Kind können muss, um dem Erzähler in seinem Erzählgesang zu antworten. Eine kinderlose Frau ging zu einer Ndoki und bekam von ihr magisches Wasser. Die Ndoki hieß sie, sich ein Kind aus Lehm zu formen und von diesem Wasser so lange auf den Lehmkörper tropfen zu lassen, bis das Kind lebendig würde. Von diesem Moment an aber müsse sich das lebendige Kind um jeden Preis vor Wasser hüten. Die Frau befolgte die Anweisungen der Ndoki und bekam endlich ihr langersehntes Kind, eine Tochter, und nannte sie Musau. Die Frau verbat Musau, das Haus zu verlassen, da die Welt dort draußen für ein kleines Lehmmädchen wie sie gefährlich sei. Wieder und wieder erinnerte die Mutter die Tochter an das Verbot, denn sie sah ihre Neugier und die Sehnsucht. Eines Tages aber, als die Mutter nicht zu Hause war, setzte sich Musau über das Verbot hinweg und ging nach draußen, um mit den anderen Kindern zu spielen. Sie vergnügte sich und konnte nicht verstehen, wovor ihre Mutter solche Angst hatte. Dann aber begann es zu regnen und Musau, aus Lehm wie sie war, zerfloss. Als die Mutter beim Nachhausekommen die Reste ihrer Tochter fand, weinte sie, und ihr Weinen wurde zu einem Lied, und dieses Lied sang Mama zum Abschluss des Mianu mit uns.

»Liebste Musau, liebste Musau«, sang Mama
»Musau, du ungehorsames, unglückliches Kind, Musau«, antworteten wir
»Ich hab es dir gesagt, Musau«
»Musau, du ungehorsames, unglückliches Kind, Musau«
»Gehe nicht aus dem Haus, Musau«
»Musau, du ungehorsames, unglückliches Kind, Musau«
»Aber du hast nicht auf mich gehört, Musau«
»Musau, du ungehorsames, unglückliches Kind, Musau«
»Und jetzt bist du nicht mehr, Musau«
»Musau, du ungehorsames, unglückliches Kind, Musau«

Mama dreht sich um, sie summt. Als hätte sie meine Gedanken gehört und würde nun deshalb das Musaulied summen. Auch an der Körpervorderseite ist Mamas Haut voller Spuren. Sie schöpft Wasser über sich. Ihre Brüste habe ich schon gesehen, als sie Mai gestillt hat. Sie liegen auf ihrem Bauch, der dasselbe Muster hat wie ein durchgepflügtes Feld. Auf Mamas Körper sind so viele Linien, es sieht fast aus, als hätte sie jemand bemalt. Dunkle Linien, die zu diesen unzähligen, dunklen Haaren am Bauchende führen. Warum hat Mama Haare am Bauchende? Und warum hat mir niemand davon erzählt? Ist das das Geheimnis der Körper von Frauen? Und wann soll ich denn das eigentlich herausfinden?

Ich husche zurück zur Loggia und hoffe, dass Zuri noch auf der Toilette ist. Aber sie ist schon zurück. Sie gibt mir eine Ohrfeige.

»Schlimmes Mädchen, lässt deine Schwester allein auf der Loggia!«

Ich verkneife mir das Weinen, denn wenn ich weine und Mama fragt, warum, erfährt sie, dass ich meine Schwester allein auf der Loggia gelassen habe, wo die Affen sie schnappen können. Wenn ich weine und sie fragt, warum, würde sie vielleicht herausfinden, dass ich sie heimlich beobachtet und ihren nackten Körper und die Haare am Bauchende gesehen habe und jetzt ganz viele Fragen in mir sind.

Ich denke und grüble den ganzen Nachmittag bis zum Abend, als Mama mit uns auf der Loggia sitzt und so rote Steinchen isst. Sie zerbrechen, wenn man draufbeißt, und es schmeckt dick, als würde jeder Bissen zu viel Platz im Mund beanspruchen. Mai ist wieder so lustig rückwärts unterwegs, und Mama versucht, sie vom Geländer fernzuhalten.

»Mai, nicht so nah da ran«, sagt sie immer wieder.

Ich sitze neben Mama und überlege genau, was ich fragen will.

Irgendwann platzt es aus mir heraus.

»Mama, warum haben manche Menschen da unten Haare?«

Mama legt die roten Steinchen weg und sieht mich an. »Woher weißt du, dass manche da Haare haben?«

Mir kommt eine Idee, und ich hebe meinen Rock in die Höhe und zeige auf mich.

»Ich habe da ein paar Haare bekommen, und jetzt frage ich mich das.«

»Rock runter, Adi«, sagt Mama und zieht ihn nach unten. »Das ist verboten! Das ist eine Sünde.«

»Aber Mama, ich frage mich wirklich, weil ich da unten ein paar Haare bekommen habe.« Sie glaubt mir nicht, und ich habe keine Ahnung, warum nicht. Ich sehe doch an meinem Bauchende ein bisschen Flaum. Das ist doch bestimmt der Anfang für eine Menge Haare, die da mal wachsen werden. Warum glaubt sie mir nicht?

»Wenn dir ein Erwachsener seinen Körper zeigt, renn weg und erzähl es mir, verstanden?«

Ich nicke.

Dina und Dima haben sich zwei Stühle in den Schatten der Palmenbäume vorm Haus gestellt. Sie lackieren sich die Nägel und quatschen. In ihrem kleinen Radio singt Pépé Kallé. Ich war vorher mit Mama hinterm Haus, aber dann wurden mir Moises heftige Rumschubsspiele zu viel. Ich bin hingefallen und habe Dinas Stein verloren. Jetzt sitze ich auf der Loggia. Näher lässt mich Dina nicht an sie und Dima ran. Während ich ihnen verstohlen zusehe, spiele ich mit den Anziehpuppen, die mir Dina auf Mamas Befehl hin ausschneiden musste. Die Puppen machen nach, wie Elombe Dina einmal mit einer Wasserpistole verfolgt hat, sie hingefallen sind und er mit ihr gerungen hat. Dann wird die Elombe-Puppe zu Monsieur Éléphant, der versucht, mit Dina zu tanzen, so wie damals. Eine Puppe geht auf die Knie und reißt die andere mit den Zähnen auf.

Unter mir, auf ihrer Veranda, reden Elombe und Monsieur Éléphant so laut, dass sogar ich es höre. Elombes Lachen ist schrill, und Dina tut, als würde sie ihn nicht bemerken, während sie lächelnd auf ihre Nägel pustet. Dann redet Monsieur Éléphant über Frauen. Er sagt, dass Frauen mit langen Fingernägeln schmutzig sind, weil sie sich untenrum nicht richtig waschen können. Da sind die Nägel im Weg, sagt er. Die Muschis von Frauen sind elastisch, aber wenn man sie nicht wäscht, werden sie schlaff.

»Und genau deshalb geht man zu Nutten. Ein Männerschwanz will da rein, wo es eng ist, und Nutten bereiten sich richtig vor. Die waschen sich. Die stopfen sich den Finger rein. Wühlen durch alle Falten, greifen tief ins Fleisch, fahren rundherum und kratzen alles raus. Aber man muss früh am Abend hin, wenn sie gerade erst mit ihrem Geschäft beginnen.«

Dina und Dima kichern verlegen. Mir kommt es vor, als hätte Monsieur Éléphant ein Megafon. Ich habe Angst, dass Gott ihn hört, oder noch schlimmer Mama oder gar Papa in Zaire. Mein Bauch tut weh, von allem, was er sagt, damit wir es hören, damit es alle hören. Leichte Frauen, solche, die es wollen, die ganz gierig sind, die lange Nägel haben. Das sind wir. Er redet von uns.

Elombe lacht. »Du bist echt schamlos, Papa Leki!«

»Ich bin nur ehrlich, ich erzähle nur, was ich gesehen habe. Und dann stell dir mal so eine Frau beim Abwaschen vor. Was glaubst du, wie das bei der geht? Solche Frauen wollen dann einen Geschirrspüler von dir. So eine braucht einen reichen Kerl, denn sie kostet ein Vermögen. Und alles nur wegen dieser Nägel.«

»Hör auf, Papa Leki«, schreit Elombe und kriegt vor lauter Lachen kaum noch Luft. »Quatsch vor den Mädchen nicht so dummes Zeug.«

»Mir schnurzegal, ob sie es gehört haben. Ist wichtig, dass sie es lernen.«

Als Zuri für heute fertig ist und geht, presse ich mein Gesicht ans Gestänge. Gerade schlurft sie mit ihrem typischen Wiegegang durchs Tor, und ihr Hintern fesselt Monsieur Éléphants Blick. Er sitzt jetzt bei Yusuf, unserem Wächter, und raucht mit ihm. Seit ich mit ihm in seinem Zimmer war, sagt er nicht mehr, dass ich das schönste Mädchen der Welt bin. Stattdessen lächelt er, als wüsste er alles über mich. Und er trotzt auch nicht mehr den Gefahren des Verkehrs, um Süßigkeiten für mich zu kaufen. Monsieur Éléphant pfeift Zuri hinterher. Da geht sie schneller und versucht, den Hintern mit dem Wäschekorb zu verdecken. Dima ist nach Hause gegangen, und Dina redet mit Elombe. Sie lachen. Monsieur Éléphant richtet seine Aufmerksamkeit auf mich, lächelt und macht eine Geste, als würde er mir unter den Rock schauen. Da kommt Mama. Sie faucht Dina an, sie soll auf der Stelle hoch.

Beim Abendessen sagt Mama, dass Dina ein schlechtes Vorbild für mich ist. Und was wohl Papa sagen wird, wenn er nach Hause kommt und sieht, was Dina treibt.

»Was passiert mit dir, wenn Jesus auf die Erde zurückkommt?«, fragt Mama und steckt gleichzeitig einen Löffel Karottenbrei in Mais aufgerissenen Mund.

»Adi, du schläfst bei mir.« Mama ya Elombe hat von Dimas Familie erzählt, und das ist für Mama ein Beweis, dass Dina drauf und dran ist zu fallen. »Und Mai wird ständig krank. Kapierst du nicht, dass wir in Gefahr sind?«

Mais dunkle Augen starren mich an.

»Wo ist mein Kind?«, fragt sie plötzlich mit ihrer Babystimme, und der Strom fällt aus.

Ich pinkle mir in die Hose.

Später erinnert sich niemand an das, was Mai gesagt hat, nur dass ich in die Hose gemacht habe.

Dina lacht darüber bis in alle Ewigkeit.

Es ist der zweite Tag, nachdem Papa von seinem Monat in Zaire zurückgekehrt ist. Nach dem Abendessen sitzen wir alle gemeinsam im Wohnzimmer, und Papa stellt das neue Hörspiel an, das er mir gekauft hat. Dina brütet über ihren Hausaufgaben, und Mama hat die Augen zu. Ich freue mich immer riesig über neue Bücher. Papa kauft mir lieber Bücher als Puppen. Fast immer aus der Ladybird-Märchenserie, weil bei denen eine Kassette dabei ist. Am Anfang von diesen Büchern kommt Musik, eine europäische Musik, klassisch nennt Papa die.

Die neue Geschichte heißt *Der gestiefelte Kater.* Als sie losgeht, lässt Papa seine Notizen bleiben, und Mama beendet ihr Schläfchen. Dina freut sich über jeden Grund, den Stift weglegen zu können, und hört zu. Mama fächelt sich mit einem Zettel über den Chor der Kirche Luft zu. Für den würde sie sich interessieren, hat sie gesagt, aber Papa war skeptisch. Wir lachen alle über die Listigkeit des Katers.

»Eine Katze mit Stiefeln«, pruste ich.

»Stellt euch das mal vor«, stimmt Papa ein.

Ich schaue ins Buch, betrachte das Schloss, in dem der Müllerssohn die Prinzessin bekommt.

»So was kannst du eines Tages schreiben«, sagt Mama.

»Was denn schreiben, Mama?«, frage ich.

»Bücher. Vielleicht wirst du eines Tages Schriftstellerin.«

Irgendwas fügt sich ineinander. Ich schaue Mama an, als hätte sie gerade etwas in einer neuen Sprache gesagt.

Schriftstellerinnen, so heißen die also, die die Seiten mit Wörtern und Bildern füllen. Ist das etwas, das man werden kann? Was ich werden kann?

Als wir ins Bett sollen, tanze ich mit Dinas neuem Schal durchs Zimmer. Der Strom ist ausgefallen, und meine Bewegungen erzeugen riesige Schatten. Dina sitzt mit einer Kerze vorm Gesicht am Tisch, schmiert sich Lippenstift auf die Lippen und wischt ihn dann gleich wieder ab. Sie will nur den Farbton testen, sagt sie. Sie beugt sich zu dem kleinen Spiegel in ihrer Hand und begutachtet ihre Lippen. Macht einen Kusslaut.

»Ich werde eine Schriftstellerin«, singe ich. »Ich werde eine Schriftstellerin.« Ich zubble an Dina herum, aber ich soll sie in Ruhe lassen.

»Was wirst du mal, Dina?«

»Ich werde hôtesse de l'air.«

Ich höre auf zu tanzen. Das klingt wie was Tolles. Vielleicht will ich das auch, wenn Dina das werden will.

»Ich auch«, sage ich. »Was macht man denn da mit der Luft? Hilft man dem Wind nach Hause? Sagt man: Hierher Wind, bitte hier lang, hier ist dein Schlafplatz.« Ich wirble herum wie ein Wind und werfe mich aufs Bett, das angenehm federt.

»Nein!« Dina ist genervt. »Man arbeitet im Flugzeug.« Dina beschreibt es mir, und ich kann mir die Frauen genau vorstellen. Das Geräusch, das ihren Schritten vorauseilt. Klack, klack. Dann drei hochgewachsene Frauen in dunkelblauen Blazern und knielangen Röcken. Die in der Mitte hat einen großen Po, und ihr Rock sitzt deshalb ganz stramm. Sie hat rot lackierte Fingernägel und Schminke, die ihre Augen betont. Durchs Fenster fällt Licht auf sie, als würde Gott den Blick besonders aufmerksam auf sie richten. Sie lächelt die Leute auf der Straße an, und die lassen sie mit leichten Verbeugungen durch.

Also deshalb lackiert sich Dina die Nägel. Heißt das, dass sie eine schmutzige Frau ist, deren Muschi nie eine Grotte sein wird, die ein Mann erforschen will? Ich traue mich nicht zu fragen, denn dann würde sie kapieren, dass ich gelauscht habe, und mir eine runterhauen, weil ich es laut ausspreche. Muschi.

Neben der großen Weltkarte im Wohnzimmer steht das Regal mit meinen Büchern. Mai tapst durch die Gegend. Sie stolpert hinter mir her, und ich scheuche sie wütend weg. Sie hat mein Buch über Zenzen, das einsame indische Mädchen, das in einem Schloss lebt und Kuchen isst, zerrissen. Aber keiner hat deswegen mit ihr geschimpft. Gibt es denn für Babys die Hölle nicht? Ich drehe ihr den Rücken zu und widme mich meiner neuen Schultasche. Sie ist eingewickelt in laut raschelndes Papier. Mama bestickt gerade meinen Rock mit den Schulinitialen. Ich packe die neonrosa-grüne Schultertasche aus. Sie glänzt im Nachmittagslicht. Auf dem Tisch schnurrt der Ventilator und wendet seinen Blick mal in die eine, mal in die andere Richtung. Sobald ich die Tasche vor mein Gesicht hebe, nimmt mich der Ventilator ins Visier, und der Geruch von Plastik und chemischer Farbe steigt mir in die Nase. Der Duft einer unbenutzten Tasche. Ein Duft von Schule und Neuanfang. Es knarzt, wenn meine Finger über das glatte Plastik streichen. Ich kraule die Katze auf der Klappe. Dann gehe ich zum Bücherregal und packe meine Bücher hinein.

»Was tust du?«, fragt Mama mit der Nadel zwischen den Lippen. Der schwarze Faden baumelt aus dem Mundwinkel.

»Ich packe Bücher für die Schule.«

»Du kannst nur eins mitnehmen«, sagt sie.

Es ist der Samstag vor meinem ersten Schultag. Mama hat einen Fotografen herbestellt. Ich darf meine neue Schuluniform anziehen. Sie hat den blauen Rock gebügelt und gibt mir meine rosa Wasserflasche. Die Haare sind ordentlich geflochten – ganz nach den Schulregeln. Die meisten Fotos machen wir auf der Dachterrasse. Mama hängt den tausendfarbigen Teppich hinter mich, damit die Betonwandgesichter nicht mit aufs Bild kommen.

Der Fotograf, ein kleiner Mann mit abgewetzten Schuhen, sagt, ich soll lächeln, und schießt ein Bild. Nach drei Bildern in Uniform muss ich runtergehen und mich umziehen, während er Fotos von Dina in ihrer neuen dunkelroten Uniform macht. Sie fängt in der Shaaban Roberts Secondary School an. Dann ziehen sich Mama und Dina um und nehmen Mai zwischen sich. Wir nutzen die Gelegenheit, gleich auch noch neue Familienbilder zu machen. Mama hat für einen Film mit vierundzwanzig Fotos bezahlt. Papa ist auf keinem der Bilder.

Von der Loggia aus sehen wir den Fotografen wegradeln. Er wohnt in Sinza. In derselben Gegend, wo auch unsere Schneiderin ist. Ich kann mich gut an ihr Geschäft erinnern, ganz voll mit Stoffen, und an sie, eine grimmig wirkende Frau, die vermied, Mama in die Augen zu blicken. Selbst dann, als sie nicht mit dem Preis runterging, obwohl sie nicht zur verabredeten Zeit fertig geworden war. Sie redete in Passivformen, sprach über Mama in der dritten Person und deutete, wie zur Erklärung, dass das Leben unvorhergesehene Umstände für sie bereitgehalten hatte, auf ihre Nähmaschine.

»Unehrliche Menschen, diese Schneiderinnen«, hat Mama auf Tschiluba gesagt, damit die Schneiderin sie nicht verstehen konnte. »Rauben einem den letzten Knopf, wenn man nicht aufpasst. Aber gut ist sie.« Die Schneiderin war ihr beim Botschafter von Burundi von anderen Diplomatengattinnen empfohlen worden, als Mama ein seltenes Mal einer dieser Teeeinladungen gefolgt war.

***

Die Schüler und Schülerinnen der ersten Klasse haben ihre Morgenversammlung um acht Uhr. Mama und Papa haben dem Rektor erzählt, dass ich schon Englisch und Swahili lesen kann. Mama grüßt mein neues Fräulein, sagt mir, ich soll mich in die Reihe der Klasse 1c stellen, und verabschiedet sich dann. Das Mädchen vor mir hat eine Frisur mit Garnwickel-Zöpfen, wie kleine abstehende Palmen. Sie geht einen Schritt weiter vor, als ich mich hinter sie stelle, als wollte sie Abstand schaffen. Ich schaue dem entschwindenden Rücken meiner Mama hinterher, da stimmt die Lehrerin die Nationalhymne an, und die Kinder singen mit. Danach gehen wir im Gänsemarsch ins Klassenzimmer, und sie erklärt uns, wie wichtig es ist, adrett zu sein, sich nicht den Rock schmutzig zu machen, nicht ins Schreibheft zu zeichnen und eine schöne saubere Handschrift zu haben. Sie sieht zu, wie wir wieder und wieder den Buchstaben »a« malen und nickt mir anerkennend zu. Am Ende des Schultags bittet sie mich, dass ich vor der Klasse vorlese. Ich stelle mich vorne hin, nehme mit zittrigen Händen das Buch und spüre, wie meine Kehle sich trotzig zusammenzieht. Die Lehrerin spricht mir Mut zu und meint, ich brauche nur den ersten Satz lesen. Du bist ein tüchtiges Mädchen, sagt sie. Und mein Mund öffnet sich, und ich lese, lese und lese. Dann klatscht die Lehrerin, und mir wird ganz warm.

Als ich mich wieder an mein Pult setze, beugt sich meine Banknachbarin zu mir, ein großes Mädchen mit eingeflochtenen Zöpfen und einem Lächeln, in dem ein Schneidezahn fehlt.

»Du musst ziemlich klug sein.«

Ich lächle.

»Schön, oder?« Das Mädchen deutet auf ihre Haare. »Hat meine Großmutter gemacht. Hat deine Großmutter dir auch die Haare geflochten?«

»Ich habe keine Großmutter. Die hat sich das Wasser geholt.«

Das Mädchen reißt die Augen auf und sagt nichts mehr.

Dies ist die Geschichte, wie sich das Wasser Kimpa Vita Bomina wiedergeholt hat

Die Vögel konnten sehen, wie der Kongo gleich einem Riesen aus unheilbarer Wunde in den Atlantik blutete. Auf dem brausenden Strom drifteten Teile des Landes, Pflanzen, Tierkadaver, Reste von Behausungen und auf Frachtschiffen aus dem tiefsten Landesinneren Rohstoffe wie Gummi, Elfenbein und Mineralien. Die Vögel konnten sehen, wie der Fluss mit seinen unzähligen Verästelungen durchs ganze Land ein lebendiges Wesen nährte. Denn das Land lebte, das wusste Kimpa Bomina.

»Die Geschichte meiner Familie liegt an diesem Strom«, erzählte sie ihrem vierjährigen Sohn Kabongo Mukendi. »Sie sind auf dem Fluss von Boma nach Kisangani gekommen und haben gelernt, dort in den Stromschnellen zu fischen. Die Familie wurde auseinandergerissen, als meine Großmutter jung war. Araber aus Sansibar nahmen sie und ihren Bruder gefangen. Danach kamen Belgier und kauften sie ihnen ab. Meine Großmutter wurde hierhergebracht, nach Katanga, wo die Belgier sie zum Christentum bekehren wollten und in ihren Häusern arbeiten ließen.«

Es war 1940, und Kimpa Bomina war mit ihrem letzten Kind schwanger. Sie wusste weder, dass dies ihr letztes Kind sein sollte, noch, dass es ein Mädchen war. Kimpa Bomina wurde bei Schwangerschaften sehr rund, und so bewegte sich ihr Körper fast rollend vorwärts, als sie nun zum Fluss ging, der ein Stück vom Hof entfernt lag. Tag für Tag holte Kimpa Bomina dort Wasser, obwohl der Hof einen eigenen Brunnen besaß. Neben ihr lief ihr Sohn Kabongo Mukendi, der zu einem nachdenklichen, schweigsamen Kind heranzuwachsen schien. Die Trockenzeit neigte sich dem Ende zu, und Kimpa Bomina zog es zum Wasser. Wer den Pulsschlag des Landes nicht hört, hat keine Ruhe, und das Herz des Landes hört man nur am Wasser, hatte ihr Vater immer gesagt, ein Mukongo, der dem Willen der Brüder und Schwestern seiner Mutter getrotzt und eine Muluba geheiratet hatte. Kimpa Bomina erzählte ihrem kleinen Sohn und den in den Bäumen lauschenden Vögeln von einem alten, mächtigen Königreich, das sich bis ins heutige Angola erstreckt hatte. Wie dann weiße Männer, von Wassergeistern geleitet, auf ihren Schiffen gekommen waren. Sie nannten sich Portugiesen und sprachen von Nzambis, Göttern, Schöpferkraft und von der Sündhaftigkeit der Ndoki. Sie sprachen von Yesu, dem Sohn Gottes. Damals wurden viele Leute zu Christen, und so war die Macht der Portugiesen ständig gewachsen. Am Ende hatten diese Männer das gesamte Königreich unterworfen, und es wurde von ihrem König und ihrer Königin in einem weit entfernten Land regiert. Zu dieser Zeit lebte eine Nganga, eine Heilerin, die mit der Geisterwelt sprechen konnte und die Frieden in die Welt bringen und das Volk stärken wollte. Sie hieß Kimpa Vita. Sie sagte, Yesu sei Kongolese gewesen, und die Missionare wollten einen schwarzen Heiligen nur nicht anerkennen.

»Wir Bakongo, wir haben nicht vergessen, dass es Nzambi schon vor der Ankunft der Missionare gab.« Kimpa Bomina spuckte auf den Boden, als sie an ihren Ehemann und sein Lied von etwas früher an diesem Tag denken musste.

Luse Mulu hatte an diesem Sonntagmorgen den ganzen Haushalt versammelt, um einen selbstverfassten Hymnus vorzutragen. Er schrieb solche Lieder, um Last von den Herzen zu nehmen und zugeschnürte Kehlen zu weiten. Sie gründeten auf Bibelgeschichten und wurden immer dann vorgetragen, wenn er den gesamten Haushalt versammelte.

Diesmal hatte sein Lied von Ham, dem dritten Sohn Noahs, gehandelt. Ham fand seinen Vater schlafend, betrunken und entkleidet. Er berichtete seinen Brüdern davon, die den Vater zudeckten und dabei die Gesichter abwandten, um seine Blöße nicht zu erblicken. Als Noah wieder nüchtern war und hörte, was Ham getan hatte, verdammte er Ham und seine zukünftigen Nachkommen dazu, zeitlebens seinen Brüdern und deren Nachkommen zu dienen. So war Ham der Stammvater des schwarzen Mannes geworden.

Die Vögel wussten, wie sehr sich Kimpa Bomina gewünscht hatte, Gott möge ihr nicht einen Mann der Baluba zuführen, diesem schuldbeladenen Volk, das seine Bräuche verloren hatte.

Und am heutigen Tag, als die Sonne auf die Erde brannte, warnten die Vögel vor dem Fluss, zu dem Mutter und Kind unterwegs waren. Die Trockenzeit hatte einen schwarzen Leoparden bei der Suche nach Wasser aus seinen weit entfernten Gebieten hergetrieben. Mutter und Kind folgten unbeirrt lachend und singend dem brausenden Klang des Wassers. Die Affen in den Bäumen spotteten über die Menschenohren, die weder die Natur noch die Welt verstanden, und warfen ihnen faule Früchte hinterher.

Viele Meilen entfernt, tief im Busch, vernahm Kimpa Bominas Bruder etwas in der Luft. Ein Schaudern schien durch die Bäume zu laufen, ein Signal, das sich fortpflanzte, von Baum zu Baum, über den dürstenden Boden hinweg. Die kleine Gruppe Menschen hatte ihre Arbeit unterbrochen und hörte ihm zu. Dem Bruder fehlte eine Hand. Er erzählte von Soldaten der kolonialen Armee Force Publique, die Hände abhackten, wenn man die Quote an Kautschuk nicht erfüllte. Die Haut des Bruders war rau wie Borke. Er erzählte davon, wie unmöglich es manchmal gewesen war, den Kautschuk, der wie Tränen aus den sich um die Bäume ringelnden Ranken floss, zu transportieren. Dann waren er und die anderen Arbeiter gezwungen gewesen, sich den milchigen Baumsaft auf die Körper zu schmieren und trocknen zu lassen. Den getrockneten Saft konnten sie abreißen und aus dem Busch bringen. Um seinen Hals hing ein Stein für jedes Kind, das er an Krankheit und Hunger verloren hatte. Der belgische Staat verlangte von ihm und seinesgleichen einhundertundzwei Tage Arbeit pro Jahr. Denn irgendwo war ein Weltkrieg im Gang, und dafür brauchte man Gummi.

»Wir sterben für einen Krieg, der nichts mit uns zu tun hat. Wir sterben für den Bau eines Landes, dessen Straßen wir nie unter unseren Füßen spüren werden. Der Prophet Kimbangu sagt, Gott will etwas anderes für uns.«

Diese Rede wurde unterbrochen, da der Wald mit einem Mal erschauderte, und Kimpa Bominas Bruder spürte, wie seine Schwester die Welt der Lebenden verließ. Ihm war, als würden sich Krallen in sein Innerstes schlagen.

Kimpa Bominas Körper lag im seichten Wasser. Die grünen Tangarme des Stroms hatten sich um ihre Füße geschlungen. Mit jeder Woge des brausenden Wassers wurde sie weiter ins blutige Blau gezogen. Der Gärtner hörte den weinenden Kabongo am Strand. Als er Kimpa entdeckte, hatte sich das Wasser ihren Körper schon fast wiedergeholt. Die Vögel erzählten, dass er nur das ungeborene Kind den Klauen des Wassers entreißen konnte.

Gestern stieg Gott vom Himmel herab. Er kam auf einem der großen, blauen Storchenvögel angeritten, von denen Mama erzählt hat, einem Schuhschnabel. Er rutschte über den Flügel herunter und sah sich auf der Dachterrasse um. Die Wäscheleine wehte heftig im Wind. Er stellte seinen hölzernen Aktenkoffer ab und holte ein Notizbuch und einen Stift heraus. Die Moschee hinter den rosa Häusern sang von Gottes Größe und rief die Menschen zum Gebet.

Bist du auch der Gott der Muslime?, fragte ich.

Er wandte mir sein bebrilltes Gesicht zu. Er war kein Erwachsener. Er war ein Junge in meiner Größe, aber in Erwachsenenkleidern.

Das willst du mich fragen?, antwortete er.

Ich wollte ihn gern andere Sachen fragen, traute mich aber nicht. Wie: War er hier, um mich mit in die Hölle zu nehmen? Ich hatte mir einen Prinzen ausgedacht, der sein Volk dazu zwingt, sein Pipi zu trinken. Sie knien sich vor ihn hin und nehmen sein Glied in den Mund.

Als sich Monsieur Éléphant vor ein paar Wochen durch die unverschlossene Tür hereingestohlen und mir mit einer Handbewegung angezeigt hat, ich soll ihm auf die Dachterrasse folgen, wo er sich dann mit heftigen Bewegungen an mich gedrückt hat, habe ich im Unterleib diese Glut gespürt. Seitdem überlege ich, was das Weiße war, das mir über den Bauch geflossen ist und meinen Unterleib verschmiert hat. Ob es wohl durch den Nabel gedrungen war und mein Bauch jetzt voll davon ist?

Manchmal kneife ich beim Sitzen zusammen, damit es nicht aus mir herausrinnt. Wie soll ich denn sonst Papa die Flecken auf den Lederstühlen erklären, wenn ich nach unseren Plus- und Minus-Rechenübungen aufstehe? Im Bett kneife ich zusammen und presse mich an die Wand, genieße die Kühle an meiner Haut und den Geruch von Farbe. Das Zusammenkneifen fühlt sich aber auch schön an.

Monsieur Éléphants Flüssigkeiten zerfressen meinen Bauch, aber ich habe nichts gesagt. Ich schaue beim Pipimachen nach, aber es ist nur gelb, also bleibt es noch für einen Tag länger mein Geheimnis. Aber Gott weiß es, denn Gott weiß alles, hat Mama gesagt.

Gott nickt, *ich sehe alles,* dann schreibt er weiter in sein Buch.

Wenn die Lehrerin sagt, dass für heute Schluss ist, sehe ich normalerweise durch die in einem regelmäßigen Muster durchbrochene Klassenzimmerwand Mama. Aber heute soll mich Dina abholen, die früher aus hat, weil ihr erstes Jahr in der Secondary School gerade erst losgegangen ist. Am Morgen hat sie gesagt, dass ich auf der Bank vor der Schule auf sie warten soll. Die Hitze drückt auf die Straße. Gegenüber machen die Bauarbeiter eine Essenspause. Die Frauen, die hier Lebensmittel verkaufen, scherzen miteinander. Eine von ihnen fächelt sich mit einem Plastikdeckel Luft zu und begegnet meinem Blick. Ich drehe mich zum Schultor, wo ein Mädchen aus meiner Klasse von einem großen, glänzenden Auto abgeholt wird. Nicht weit davon entfernt verkauft ein Mann Orangen. Auf Wunsch seiner Kundinnen schält er sie auch und macht mit geschickter Hand das Schälen der Orange zu einer kunstfertigen Vorführung. Dina, Dima und ihre Gruppe von Freundinnen und Freunden bemerken den Obstverkäufer nicht. Sie sind ganz in ihr Gespräch vertieft.

Dina war in der Stadt. Sie haben sich in einem Salon die Haare flechten lassen.

»Wie findest du es?«, fragt sie mich. Dinas Haare stecken in dicken Rasta-Zöpfen. Es sieht so schön aus. Die Zöpfe baumeln über den Nacken bis zu ihren Schultern.

»Wenn wir heimkommen, binde ich mir ein Tuch rum, dann tun wir so, als hätte ich sie mir erst am Wochenende gemacht. Mama wird zwar meckern, aber sie hört schon wieder auf.

Und Papa merkt sowieso nicht, was da unterm Tuch ist. Na. Was meinst du?« Dina ist schöner als die hübscheste hôtesse de l'air der Welt. Das finden die Jungen ihrer Clique wohl auch. Sie begleiten uns auf dem Weg nach Hause.

»Dina, wie findest du meine neue Tasche?«

»Dina, wie findest du meine Tanzmoves?«

»Dina, hast du von der Strandparty gehört?«

Dina zeigt sich voll Stolz, so wie sie mir gesagt hat, dass man das soll. Sie hat die freie Auswahl, das sieht man an ihrem Körper und ihren Gesten. Sie ist die Königin und lächelt so breit, dass sie Grübchen auf den Wangen bekommt.

Dimas Arm liegt um einen Typen mit dicken Brillengläsern. Manchmal presst er die Nase an ihren Hals, und sie macht die Augen zu. Bevor wir an der Kreuzung sind, an der Dima und die meisten ihrer Freunde abbiegen müssen, bleibt ein Auto mit einem Ruck vor uns stehen. Dina und ich erkennen unseren blauen Toyota. Ich spüre, wie meine Haut vom schnellen Hieb eines Monsters aufgerissen wird. Papa steigt aus.

Sein Gesicht ist wutverzerrt. Wer aus der Clique nicht nach dem plötzlichen Stopp des Autos mit dem Lachen aufgehört hat, verstummt jetzt, und als Papa auf uns zukommt, weichen alle geschlossen zurück. Er packt Dina an den frisch geflochtenen Zöpfen und zerrt sie zum Auto. Dina verliert das Gleichgewicht, aber er reißt sie an den Haaren hoch und zieht sie weiter.

»Rein mit dir«, brüllt Papa mich an und schubst mich, als ich mich nicht rasch genug bewege.

Dies ist die Geschichte, wie Kabongo Mukendi einen Pakt mit dem Leoparden geschlossen hat

An einem Kind, das mit heiler Haut einem wütenden Leoparden entkommen konnte, musste doch etwas Übernatürliches sein. Vielleicht konnte das Kind mit Tieren sprechen und sie seine Angelegenheiten für sich erledigen lassen? Vielleicht hatte das Kind gar seine Mutter geopfert, um sich an ihrer Lebenskraft zu stärken? So ein Kind schläft besser allein. So ein Kind tröstet man nicht, wenn es weint, man umarmt es nicht, und es darf nicht dabei sein, wenn Märchen erzählt werden. So ein Kind sitzt mit kalt gewordenem Essen allein an einem Feuer. So ein Kind fängt an, mit Schatten zu sprechen und wächst zu einem Jungen heran, der sonderliche Geschichten vom Unglück und Scheitern im Leben seiner fünf älteren Geschwister erzählt. Geschichten, denen man mit Angst, Zorn und letzten Endes Rache begegnet.

Der Tag, an dem Kabongo den Pakt mit dem Leoparden schloss, begann für ihn wie die meisten Tage. Er stand mit dem Hahnenschrei auf. Obwohl der Hahn manchmal auch mitten in der Nacht loskrähte, klang sein Schrei bei Sonnenaufgang besonders. Er war der Rhythmus des Hofs. Vereinzelt waren schon Geräusche der anderen Frühaufsteher zu hören. Die Arbeiter aus dem Geschäft, die darunter wohnten und ihren Tag damit begannen, sich im Freien zu waschen. Kabongo schob die Fensterläden auf. Es war noch so dunkel, dass sich die Palmen nur als Silhouetten abzeichneten. Er schlich in das kleine Zimmer der Hütte, in dem seine kleine Schwester lag, die vier Jahre zuvor aus Kimpa Bominas Bauch gerettet worden war. Aus Trauer um seine tote Ehefrau und wild entschlossen, nicht noch ein Familienmitglied begraben zu müssen, hatte Luse Mulu das Mädchen Ntumba genannt. Kabongo streichelte Ntumbas mopsige Hände. Ntumba drückte beim Schlafen ihr Gesicht an Dinanga Kuluas Seite. Dinanga Kulua war Luse Mulus neue Frau, die er geheiratet hatte, damit sich jemand um Ntumba kümmerte. Sie war groß, sanft und unerschütterlich. In der kleinen Arbeitshütte, in der sie tagsüber Matten flocht und Nüsse sortierte, schlief sie nachts auch mit dem jüngsten Spross der Familie. Kabongo, Dinanga Kulua und Ntumba waren zu einer eigenen kleinen Familie geworden.

Obwohl sie Liebe hieß, wurde Dinanga weder von Kabongos Vater noch seinen Brüdern geliebt. Sie fanden ihre Stimme tief wie die von einem Mann. Sie räusperte sich häufig und spuckte aus. Wenn sie Anordnungen gab, trug ihre Stimme weit. Die Kunden im Laden konnten ihre Kommandos hören, wo man das Maismehl lagern, wie viel Fisch man einsalzen, wann man schlachten und wen man als Hilfe fürs Zuckerrohr anstellen sollte. Dinanga Kulua aber liebte Dinge, die sonst niemand liebte. Sie bewahrte auf, was andere wegwarfen. Sie wählte den schmächtigsten Hund für den Hof. Sie behielt einen nicht funktionierenden Gabelstapler, den alle aufgegeben hatten, und fand wen, der ihn reparieren konnte. Sie hob den Hocker auf, den Kabongos ältester Bruder zusammengezimmert und dann weggeworfen hatte, weil er wackelte. Auf dem saß sie und wiegte schlaflose Kinder. Sie liebte Kabongo Mukendi, und er lief zu ihr mit seinen Wunden, damit sie Salbe draufschmierte. Wenn Dinanga Kulua schlief, war sie wie tot, und nichts konnte sie wecken – außer sie selbst. Sobald es tagte, schlug sie unvermittelt die Augen auf, als hätte jemand in ihr ein Licht angezündet.

Kabongo schlief auf einer Matratze unter Regalbrettern mit sortierten Nüssen. Entlang der anderen Wand stapelten sich Holzfässer mit getrocknetem Fisch. Er war daran gewöhnt, dass das Zimmer nach der Arbeit des Tages roch. Neben seiner Matratze hatte er ein eigenes Regalbrett, auf das ihm Dinanga Kulua abends immer sein Frühstück legte. Eine saftige Mango und Nüsse. Er schälte die Nüsse und aß sie mit Blick auf die wogenden Ölpalmen. Bald würde der Gärtner auf die Bäume klettern und die Steinfrüchte pflücken, um daraus Öl zu gewinnen. Kabongo wischte sich die klebrigen Hände an seiner kurzen Hose ab und suchte dabei nach dem Besen. Seine erste Aufgabe am Morgen war es, den Boden im Schulhaus des Hofs zu fegen. Ein bescheidenes Haus, das sonntags als Kirche und von Montag bis Samstag als Schule für die Kinder der Gegend diente. Hier lernten Kabongos Brüder lesen und schreiben. Sie lasen die Bibel, und die Missionare erzählten von der Möglichkeit, zu reisen und im Ausland Theologie zu studieren. Kabongos Besen war alt, und so ging die Arbeit langsam voran.

Es war Samstag, also würden sich Luse Mulu und sein guter Freund, der Missionar Paul, am Morgen treffen, im Salon des Haupthauses herzlich miteinander plaudern und auf dem neuen Klavier spielen, das Luse Mulu für den Hof angeschafft hatte. Danach würde der Missionar mit Kabongos Brüdern und einigen anderen Kindern aus der Gegend im Schulhaus die Bibel studieren.

Kabongo musste den Boden putzen und die schwarze Tafel abwischen. Darauf standen noch Worte von der Schulstunde am Tag zuvor. Kabongo malte die unverständlichen Zeichen mit dem Finger nach.

»Du hast Hasenzähne und schlechte Augen. Schule ist nichts für dich«, hatte Luse Mulu festgelegt. Stattdessen half der achtjährige Kabongo auf dem Feld und saß häufig beim Gärtner oder den Elefantenjägern, die ab und an auf den Hof kamen. Kimpa Bomina hatte gewollt, dass Kabongo, wenn er etwas größer sei, bei ihrem Bruder und dessen Frau leben sollte, aber der Vater sagte, die seien Kimbanguisten. Sie folgten dem im Gefängnis sitzenden, religiösen Führer Simon Kimbangu, der predigte, er habe Gott gesehen, und Gott wolle, dass das Land unabhängig werde und von seinen schwarzen Kindern geführt. Auf derlei ließen sich die Bakongo ein. Nichts, wobei ein Mulubasohn mitmischen sollte.

Ein paar Worte kannte Kabongo. Jemand hatte mit deutlicher Handschrift Nzambi auf die Tafel geschrieben. Es war berauschend, ein Wort an der Tafel wiederzuerkennen. Nur ein Revolutionär, der seine Krieger in den Kampf gegen die Feinde geführt und gewonnen hat, kann verstehen, wie sich Kabongo in diesem Moment fühlte. Anstatt die Tafel abzuwischen, nahm er die Kreide und malte das Wort nach. Es war mühsam, und seine Hände zitterten, aber er versuchte es wieder und wieder.

So fanden ihn seine Brüder und der Missionar Paul, als es Zeit für den Bibelunterricht war.

Bevor die Brüder ihn hinauswerfen konnten, wandte sich Kabongo an den Missionar.

»Ich will etwas über Gott lernen! Erzähle mir von Gott!«, flehte er und rührte damit den Missionar Paul zu Tränen. An diesem Samstag durfte Kabongo mitmachen, mit großen Augen und wild pochendem Herzen. Nach dem Unterricht verließ er das Schulhaus zusammen mit seinen Brüdern. Endlich war er einer von ihnen. Die Brüder sagten, sie wollten zum Baden und Kabongo solle mitkommen.

Es wurde ein Nachmittag mit viel Gelächter, und Kabongos Hochgefühl verflog auch trotz der groben Spiele seiner älteren Brüder nicht. Ständig quetschte, haute oder schubste ihn jemand zu heftig.

Ihre Spielereien brachen jäh ab, als einer der Brüder »Leopard!« brüllte.

Ein schwarzer Leopard steuerte mit fest auf die Kinder fixiertem Blick aufs Wasser zu.

»Was sollen wir tun?«, fragten die Brüder.

»Ham«, sagte einer der Brüder zu Kabongo, »das ist deine Schuld. Ham, dein Pech!« Die Brüder stießen ihn vor den Leoparden und rannten weg. Kabongo knallte mit dem Kopf gegen einen Stein und begann zu bluten. Der Leopard kam näher.

»Gott, bitte, lass mich am Leben. Ich möchte leben. Ich möchte leben«, betete Kabongo.

Der Leopard lachte leopardisch, ein schauderhafter Laut, der alle Tiere der Umgebung verstummen ließ, sogar den unaufhörlich meckernden Ziegenbock auf dem Hof in der Ferne, der auf alles losging, Menschen, Bäume und auch Dinge, die niemand sonst sehen konnte. Der Leopard senkte sein schwarzes Haupt und schnüffelte an der Wunde an Kabongos Stirn.

»Gott, wenn ich am Leben bleiben darf, werde ich ein guter Mensch. Ich werde immer meine Pflicht tun. Lass mich nur schreiben lernen, dann werde ich anderen etwas zurückgeben«, flüsterte Kabongo. »Ich verspreche, hart zu arbeiten. Ich verspreche, gehorsam und bescheiden zu sein. Ich verspreche, auf meinen Vater und Gottes Wort zu hören.«

Der Leopard lauschte und flüsterte dann: »Halte dein Versprechen. Gott nimmt ein gebrochenes Versprechen sehr ernst, und der Tod treibt seine Schulden immer ein.«

Dann sprang der Leopard fort und verschwand zwischen den Bäumen.

Kabongo ging nach Hause zu Dinanga, und sie verband seine Wunde.

»Du willst also schreiben lernen?«, fragte sie und holte Bücher und Stifte hervor. Von da an gehörte Schreiben und Lesen zu ihrem Abendritual. Die Brüder aber mieden Kabongo weiterhin und lachten ihn aus, doch Kabongo war darüber nicht mehr traurig. Er wusste, er würde es sehr viel weiter bringen als sie.

Als wir nach Hause kommen, schreit Papa Mama an.

Mama sagt nichts und tätschelt beruhigend Mai, die mit weit aufgerissenem Mund heult, als wollte sie Papa übertönen.

»Bring das Kind zum Schweigen!«, brüllt Papa und knallt die Schlafzimmertür hinter sich zu.

Mamas Hand bewegt sich auf Mais Körper rhythmisch wie auf einer Trommel. Nachdem die Tür hinter Papa ins Schloss gefallen ist, schaut Mama Dina an. Und da bricht Dina in Weinen aus.

»Nicht so laut«, sagt Mama zu ihr. »Hol die Schere, Dina.«

Dann schneidet Mama die Zöpfe ab. Sie fallen lautlos rund um Dina, die mit dem Weinen nicht aufhören kann, auf den Boden.

Zuri hat Brote mit klebrig süßer Kondensmilch bestrichen.

Mai sitzt auf Zuris Schoß, mümmelt ihr Brot und starrt uns an. Vielleicht bereut sie, sich unsere Familie ausgesucht zu haben.

»Wenn du weiter so heulst, kriegst du Kopfschmerzen. Ist doch nicht schlimm. Ich schneide so, dass ich deine eigenen Haare nicht erwische.«

Mama zieht einen Kamm durch eine der krausen Strähnen und streichelt Dina über den Kopf.

»Na, na. Versteh doch, so was kannst du nicht machen, Dina. Denk daran, Gott sieht uns. Wir müssen uns so verhalten, wie Gott es geboten hat.«

Als Papa zehn war, haute er zu seinem Onkel, dem Kimbanguisten, ab. Papa hat erzählt, dass es zu der Zeit viele Kräfte gab, die sich für die Freiheit des Landes einsetzten. Da gab es Arbeiter, die auf den Straßen kämpften und auf vielfältige Weise Aufstände anzettelten. Es gab den gebildeten Teil der Bevölkerung, der zuvor von den Belgiern im Austausch mit Rohstoffen und Arbeitskräften bevorzugt behandelt worden war, jetzt aber nach dem Recht strebte, etwas Stabiles für seine Kinder und Enkel aufzubauen. Und es gab Kirchen wie die Kimbanguistenkirche, die Christen waren, aber von landeseigenen Heiligen in der Sprache des eigenen Volkes erzählten, dessen Geschichte verstanden und in dessen Interesse handelten.

»Gott hat dich immer geliebt, du schwarzer Junge. Mein schwarzer Neffe. Schwarz ist die auserwählte Hautfarbe Gottes auf dieser Welt«, hörte Papa von seinem Onkel.

»Ist Gott schwarz, Papa?«, frage ich.

»Gott ist kein Mensch. Er hat keine Farbe. Gott ist alles und überall.«

Aber Gott ist ein schwarzer Junge mit Brille, sage ich zu Mama, die es nicht hört. Gott hat gesagt, dass ich ihnen nichts von ihm erzählen kann, solange er hier ist. Er schreibt auf, was ich getan habe. Jeden Gedanken, jeden Wunsch. Ich habe auf seine Liste geschaut. Ich habe versucht, »Geld aus Papas Tasche gestohlen« wegzuradieren.

Gott hat vermerkt, dass ich mich oft anfasse. Ich muss damit aufhören, hat Mama gesagt. Ich soll nicht die Finger in die Unterhose stecken, besonders nicht vor Papa. Auch jetzt bemerkt Gott meine Hände, wiederholt aber nicht Mamas Warnung. Ich bin ungeduldig, Papa will, dass ich aus der Zeitung vorlese. Es ist ein langes, schweres Wort. Wir werden das Wort verspeisen, sagt Papa. Wir essen uns an Wissen satt. Es juckt an meinem Po, am Schenkel, und ich komme so nicht ran, muss unter den Rock. Papa merkt nichts. Er sagt, ich soll still sitzen und mich konzentrieren. Gott notiert alles, was ich mache. Seine Brille funkelt. Sein Gesicht zeigt keine Regung.

Letzte Nacht hatte Mai Probleme beim Atmen, und Mama und Papa sind schon den ganzen Morgen im Krankenhaus. Gleich nachdem sie weg waren, hat sich Dina mit Elombe ins Wohnzimmer gesetzt. Sie sind allein, weil Zuri bei einem Begräbnis ist. Dina schickt mich zum Spielen hoch auf die Dachterrasse. Papa sagt oft, dass Dina eine Muloji ist, das heißt Hexe auf Tschiluba.

Sie gehorcht nicht, sage ich zu Gott.

Er antwortet mir nicht. Er betrachtet die Wäscheleine. Da hängt keine Unterhose, die ich anziehen könnte. Die, die mir Mama heute Morgen gegeben hat, steckt bestimmt noch in Monsieur Éléphants Tasche.

Gott malt die Wäscheleine ab. Er malt die Ecke der Dachterrasse ab, in der ich liege. Er malt den Schatten des Mangobaums ab, der Muster auf meinen Körper wirft. Er folgt meinem Blick und fängt an, die Wolken zu malen.

Nach der Rückkehr aus dem Krankenhaus kommt Mama auf die Dachterrasse für eine ihrer langen Gebetszeremonien. Die macht sie zu besonderen Gelegenheiten, wie Ostern, Jesus' Geburtstag, oder wenn Mai krank ist. Ich springe auf und beobachte sie. Unterm Arm hat sie den tausendfarbigen Teppich. Sie sieht sich um, als könnte sie spüren, dass da jemand ist oder war.

»Was machst du hier oben?«

»Dina wollte nicht mit mir spielen.«

»Wart ihr unten und habt mit diesen Jungen gespielt?«

»Nein, ich war nur hier.« Ich kratze mich am Schenkel.

Mama bemerkt, dass ich keine Unterhose anhabe.

»Wo ist die Unterhose, die ich dir heute Morgen gegeben habe? Wo ist die hingekommen?«

»Weiß ich nicht.«

Mama packt mich. Sie hält mich an den Schultern fest und fragt mich noch einmal.

Ich kann nicht sagen, dass ich sie nicht mehr habe, weil ich Süßigkeiten wollte.

Ich sage, dass ich sie als Fahne gehisst habe wie diese Kinder in der Nachbarschaft, als sie über diesen Politiker von hier gesungen haben. *Und jetzt flattert seine Unterhose als Fahne.*

»Da ist sie weggeflogen.«

Mama glaubt mir nicht.

Ich zeige ihr, wo ich gestanden und das Lied gesungen habe. »Ich habe eine Schlüpferfahne gemacht, aber dann hab ich hier so mit der Hand gewedelt, und da ist sie mir vom Finger geflogen.«

»Warum kann deine Schwester nicht einmal machen, was man ihr sagt?« Erschöpft setzt sich Mama in ihrem guten, schönen Pagne auf den Boden. Der Teppich liegt unbenutzt neben ihr.

Sie macht die Augen zu, und mein Herz pocht.

Mach, dass sie nie erfährt, was ich getan habe, bitte ich Gott.

September – Dezember 1991

UNRUHEN

»Kinshasa, jetzt gerade: eine Stadt, in der die Luft von Gewehrsalven und Explosionsgeräuschen vibriert. Das Militär hat im Protest gegen ausstehende Solde die Kasernen verlassen. Sie errichten Straßenbarrikaden und plündern die Stadt. Vor unserem Fenster fahren Soldaten mit gezogenen Waffen vorbei, sie legen an, feuern auf Häuser und zerschießen Fensterscheiben. Man bleibt besser zu Hause.

Am Kimbondo, der normalerweise von Obstständen und Straßenhändlern mit ihrem Essen aus riesigen Töpfen flankiert wird, regieren heute Geschrei und Kampfgeräusche. Eine Gruppe Menschen schiebt Karren, randvoll mit Kartons, Lebensmitteln und Elektrogeräten. Ein Mann mit Gewehr schlägt zusammen, wer ihm sein Plündergut streitig machen will. Ein anderer Mann balanciert ein breites Bücherregal auf dem Kopf. Er wird angegriffen, und man entwendet ihm seine Beute mit Gewalt.«

Monsieur Éléphant dreht das Radio leiser. Er schaut durchs Fenster zu mir und Dina herüber, die versucht, an eine erreichbar hängende Mango zu gelangen. Er legt die Hand ans blau bekleckste Fenstergitter. Nach langem Drängen hatte der Botschafter ein billiges und unzuverlässiges Unternehmen mit dem Neuanstrich des Hauses beauftragt. Bereits eine Woche später wirkte die Farbe wieder schäbig. Der Wind malt die Stadt ständig grau. Jetzt, ein paar Monate nach dieser Renovierung, sieht das Haus aus, als hätte es eine schuppende, schmutzblaue Haut.

»Ihr zwei, hab ihr das gehört? In Kin gibt es Plünderungen.«

»Da wohnen die Anderen«, sage ich.

»Die anderen?«, Monsieur Éléphant sieht uns fragend an. Dina, die ihn seit der Sache bei uns demonstrativ ignoriert, blickt jetzt doch zu ihm.

»Kannst du vielleicht ein bisschen lauter machen?«, fragt sie.

Monsieur Éléphant lächelt.

»Wenn du mir einen Kuss gibst.« Dina wendet den Blick ab, und Monsieur Éléphant lacht. Das Radio dreht er trotzdem lauter.

»Ein Schuss hallt durch die Straße. Zwei Frauen fliehen mit einem großen Stück Fleisch und schlagen sich den Weg mit einem Stock frei. Ein Mann in Uniform schießt in die Luft.«

»Wir müssen es Mama erzählen.« Dina hat es jetzt eilig.

»Was bedeutet plündern?«, frage ich und laufe ihr nach.

Papa liest Lus Brief. Lu heißt eigentlich Luse nach Großvater. Das bedeutet Gnade, sagt Papa, aber mein Bruder will Lu genannt werden. Er schreibt, dass er jetzt, wo sein Studium zu Ende ist, mit unserem großen Bruder Kasamba nach Südafrika gehen will. Dort gibt es internationale Unternehmen mit der Möglichkeit einer Versetzung nach Europa. Lu hat Ökonomie studiert, sagt Papa. Angeblich eine gute Idee. Kasamba hatte auch ein Studium angefangen, war aber rausgeworfen worden. Der größte Lügner, sagt Papa, und aus seinem Mund spritzen Tropfen voll Bitterkeit. Ich wische sie mir von der Wange.

»Sie sollten alle nach Südafrika gehen«, sagt Papa.

»Alle? Auch Zo und Kimpa?«, fragt Mama.

»Sie müssen zusammenbleiben. Es versteht sich doch wohl von selbst, dass sie bei diesen Unruhen nicht in Kinshasa bleiben können. Zo und Kimpa waren gezwungen, ihr

Studium zu unterbrechen. Sie sollten alle nach Südafrika gehen und vorher hierherkommen.«

Obwohl es in unserer Familie sieben Kinder gibt, ist es für mich, als wären wir nur drei. Die Anderen nennt Mama sie, wenn sie über die vier wie über eine Gruppe spricht. Ich freue mich sehr darüber, dass sie kommen, auch wenn Dina sagt, dass der Anlass ein trauriger ist. Seit Mai geboren wurde und Papas Arbeitskollegen Geschenke geschickt haben, ist nichts mehr geschehen. Als Mama dem Chor beigetreten ist, haben sie sich samstags zum Singen auf unserer Dachterrasse getroffen, aber das gefiel Papa nicht. Freunde lassen einen im Stich, sagt er. Geschwister betrügen einen. Aber Bücher geben und geben. Er spricht lieber über die Verwandtschaft von Wörtern. Was ist die Wurzel des Wortes Mai? In vielen afrikanischen Sprachen findet sich eine Variante davon.

»Maji auf Swahili. Amazi auf Kirundi. Amanzi auf Zulu. Mai auf Tigrinisch. In jeder Himmelsrichtung Afrikas dasselbe Wort für Wasser. Was ist die Quelle des Wortes? Das Bantuvolk hat sich über den ganzen Kontinent ausgebreitet, und deshalb gehören ihre Sprachen zur größten Sprachfamilie der Welt. Aber Tigrinisch ist keine Bantusprache. Was also mag da die Verbindung sein?« Papa redet und redet.

Die Anderen sind wie aus einem Märchen. Menschliche Gestalten, von denen Dina erzählt und die sie vermisst. Märchenfiguren, denen Papa Koffer mit Kleidung, Geräten und Geld schickt. Figuren, deren Ziel am Ende Europa ist, wo es Chancen gibt. Wo sie durch Ausbildung entwickelt werden sollen, um dann wieder nach Zaire zurückzukommen und das Leben für die dort Zurückgeblieben zu verbessern.

Und heute landen die Anderen am Flughafen von Daressalam. Die Wolken sind beständig grau, aber bisher regnet es nicht. Es ist November, sagt Mama, als würde das alles erklären. Allerdings kommen nur zwei von meinen Geschwistern, Zo und Kimpa. Genau so viele, wie noch in unseren blauen Toyota passen. Nach Papas Plan sollten alle vier Geschwister aus Zaire nach Tansania kommen, bevor es nach Südafrika weitergeht, aber die zwei ältesten haben ihn angelogen. Darüber ist er sehr wütend. Er hat viele piksige Wörter gesagt. Hat sie uns um den Hals gelegt und in unsere Bäuche gebohrt. Zu Mama hat er gesagt, dass sie ab jetzt nicht mehr zum Chor gehen kann, obwohl sie erst ein einziges Mal in der Kirche gesungen hat. Er mag es nicht, wenn sie das Haus verlässt. Deshalb hat Mama außer Mama ya Elombe keine Freundinnen, und diese eine auch nur, weil sie direkt unter uns wohnt. Er hat mir eine Ohrfeige gegeben, als ihm eine Antwort von mir nicht respektvoll genug war, und er hat Mai geschlagen, als sie Zahnschmerzen hatte. Er hat Dina dumm genannt, und sie musste daheimbleiben und Hausaufgaben machen. Und deshalb haben die Anderen jetzt also Platz im Auto.

Die nun zweieinhalbjährige Mai sitzt auf Mamas Schoß und fragt sich wahrscheinlich, wie lange diese Anderen wohl bleiben. Sie freut sich nicht so sehr wie ich, dass endlich mal wieder etwas Neues geschieht. Wir sollen mit Mama im Auto warten, während Papa die Anderen drinnen abholt. Nach einer Ewigkeit Rumsitzen überlege ich mir, wie ich Mama dazu bringen kann, dass sie uns Sambusas kauft. Nicht weit vom Parkplatz ist ein Mann mit einem Sambusastand. Mama ignoriert mich, und Mai, deren Mittagsschlafzeit jetzt ist, ist mit dem Kopf an Mamas grüner

Bluse eingeschlafen. Auf ihrer Stirn stehen Schweißperlen, und Mama versucht, ihnen beiden mit einem alten Briefumschlag Luft zuzufächeln. Ich fantasiere von mit Zwiebeln angebratenem, würzigem Fleisch in einem dünnen frittierten Teigmantel. Ich liebe Sambusas mehr als Eis. Allerdings nicht mehr als das Eis von Azam.

»Mama können wir mit den Anderen zu Azam Eis essen gehen?«

»Nein, Adi«, sagt sie mit ihrer Schluss-jetzt-Stimme. Ich werfe mich im Sitz zurück und trete gegen den Holm am Fenster, bis sie faucht, ich soll endlich aufhören, und ich tief seufze. Es ist furchtbar heiß. Nacken und Schenkel kleben am Leder, und ich möchte einfach nur das neu geschneiderte Kleidchen ausziehen, das dort, wo es an der Taille nach innen eingeschlagen ist, kratzt. Mais Kleidchen, eine kleinere Kopie von meinem, liegt noch zu Hause auf dem Bett, wo es Mama vor Mais Dickköpfigkeit kapitulierend hingeworfen hat. Mai darf immer selbst bestimmen. Man hätte sie in den gepunkteten Spielanzug stecken sollen, obwohl das keine Sonntagskleidung ist und wir heute schöne Sachen anziehen müssen.

Kurz darauf stöhnt auch Mama auf, aber da sehe ich Papa kommen und hinter ihm zwei andere Gestalten. Zuerst der siebzehnjährige Zo. Der Schöne. Auf den auf Fotos immer alle deuten. Dann die achtzehnjährige Kimpa, aufrecht und elegant. Mit langen schmalen Händen. Mama hat erzählt, Kimpa ist schlagfertig. Vielleicht sind ihre Hände grazil, aber ihr Mund und Blick sind voller Kraft. Ich werde bei ihr ganz schüchtern. Bei beiden. Sie umarmen mich, Mama müht sich aus dem Auto und kriegt auch eine Umarmung. Papa möchte, dass wir schnell wieder einsteigen, damit wir loskommen. Mai wacht auf, versteckt aber ihr Gesicht an Mamas Hals.

Als wir nach Hause kommen, fliegt Dina aufs Auto zu. Sie umarmt Kimpa mit Tränen in den Augen.

»Mein Kartöffelchen!«, jubelt Kimpa und küsst sie. »Was habe ich dich vermisst. Keiner da zum Kneifen und Wachhalten, wenn ich nachts nicht schlafen kann.«

»Noch immer Angst im Dunkeln, Kimpa?«, fragt Mama lachend.

»Beeilt euch«, drängelt Papa und deutet auf die Taschen.

Mama ya Elombe und Elombe kommen und sagen Hallo. Kimpa lächelt, dass man ihre Zähne sieht.

Zo umarmt Dina.

»Hallo, Moppelchen«, er kneift ihr in die Wange.

Dina schreit empört auf.

»Wir müssen das Gepäck hochbringen«, erklärt Papa Mama ya Elombe, ohne sie zu grüßen.

Dina nimmt Kimpas Tasche. Sie lächelt ohne Pause und hopst herum.

Zo öffnet die Tür, die hinter Dina zugefallen ist. Er liest, was dort steht, und dreht sich zu Kimpa.

»Hier wartet die Treppe zum Paradies auf dich.«

Kimpa schneidet eine Grimasse.

Papa drängelt.

Mai beäugt alle misstrauisch.

Nachdem Zos Taschen im Arbeitszimmer und Kimpas in unserem Zimmer verstaut sind, gibt Mama eine Wohnungsführung.

Papa ist schon wieder bei der Arbeit.

»Adi, erinnerst du dich an Shekila?«, fragt Dina, als wir ins Bad kommen, und deutet auf den Boiler. Er läuft und gibt lustig monströse Geräusche von sich.

»Also Dina, echt! Warum musst du das Kind erschrecken?« Kimpa streicht mir über den Kopf.

»Ich musste einfach ein Wesen erfinden, damit sie nicht ohne mich ins Bad geht. Sie hat nie auf mich gehört. Mama, kannst du dich nicht mehr daran erinnern, wie sie sich verbrannt hat und die Wunde dann einfach nicht heilen wollte? Ich wollte gerade ein Bad einlaufen lassen und hatte kochendes Wasser eingegossen, damit es warm bleibt.«

Mama verlässt das Bad, und Dina und wir anderen folgen ihr. »Und Papa hat mich der Hexerei beschuldigt, angeblich wollte ich meine Schwester opfern, dabei hatte ich ihr gesagt, dass sie von der Badewanne wegbleiben soll.«

»Eine Wunde, die nicht heilen wollte?«, fragt Zo nach. Er hat sich die Haare gekämmt und trägt jetzt ein silbernes Kreuz unterm Hemd.

»Mehrere Monate. Die Ärzte haben alles versucht«, antwortet Dina.

»Es war ziemlich mysteriös.«

Mama erzählt die Geschichte.

Nach sechs Monaten mit einer Wunde, die nicht heilen wollte, hatten Mama und Papa riesige Angst und wussten nicht mehr, was sie noch tun sollten. Wir waren gerade nach Tansania gezogen, und Mama musste die ganze Zeit an die erste Tshadi denken, die ebenfalls unter einer nicht heilenden Wunde am Bein gelitten hatte. Mama bat Gott um Vergebung und beschloss, sich alten Bräuchen zuzuwenden. Der Wassermutter. Mamas Mutter hatte ihr ganzes Leben lang von der Verbindung der Frauen mit dem Wasser erzählt. Dass das Wasser immer zuhöre. Dass Frauen aus Wasser und Männer aus Erde geschaffen seien. Die Frau sei fließend, formbar und ewig, der Mann hingegen fest, unveränderlich und zerstörbar.

Mama hielt ihr Vorhaben vor Papa geheim. Sie ließ uns drei aus ihrem schönsten Pagne einfache Kleider nähen. In der Dämmerung, an einem Tag als Papa lange arbeiten musste, gingen sie, Dina und ich zu einem Strandabschnitt etwas unterhalb vom Coco Beach, an den wir sonst gehen. Parallel dazu verläuft die Schnellstraße, aber der Strand wird größtenteils von Bäumen und stachligen Büschen abgeschirmt. An diesem Strandabschnitt ging niemand ins Wasser, denn er war grün vom Tang und roch heftig nach verdorbenem Fisch und Salz. Auch wenn wir mit unseren einheitlichen Kleidern leicht auffielen, waren die Autofahrer im abendlichen Verkehr viel zu beschäftigt und abgelenkt von den ganzen Schummlern auf den Krankenwagenfahrstreifen, den Bodabodas, die sich zwischen den Autos hindurchschlängelten und den bettelnden Kindern, die am Straßenrand irgendwelche Dienste oder billigen Kram anboten.

Das Surren der Schnellstraße bildete ein entferntes Hintergrundgeräusch zu Mamas Stimme, als sie zu singen anhob. Sie sang jedoch kein Lied. Eher Worte mit einer Melodie. Mama erzählte dem Wasser, wer sie war. Wer ihre Mutter gewesen ist und wer ihre Großmutter und ihre Urgroßmutter, so weit zurück, wie sie es wusste. Tshadi und Dinanga, die Töchter von Amba Mbuyi, Tochter von Kalila mwa Mbuyi, Tochter von Kapia, Tochter von Masengo. Dann gingen wir ins Meer, und sie tauchte mein wundes Bein ins Wasser.

»Adi hat losgebrüllt und gar nicht mehr aufgehört zu schreien. Es war das Schrecklichste, was ich je gehört habe. Ich verstand, dass ich einen Fehler gemacht hatte. Wir hätten in die Kirche gehen sollen. Ich habe Adi hochgehoben, und da sah ich es. Ein Tier hatte sich an ihrer Wunde festgesaugt. Ich habe geglaubt, mir springt gleich das Herz aus dem Leib. Ich hatte Böses getan. Ich hatte wie ein unbedachtes Mädchen gehandelt. Was hatte ich getan? Was sollte ich eurem Vater sagen? Ich hatte solche Angst.«

Wir stehen im Wohnzimmer, die Wohnungsführung ist vergessen. Es ist das erste Mal, dass Mama das so ausführlich erzählt. Früher hat sie nur gesagt, dass sie mich ins Meer getaucht hat, aber nicht, warum. Dina macht große Augen, vielleicht hat auch sie nicht verstanden, wie entsetzlich das damals für Mama gewesen ist.

»Was ich auch versucht habe, es gelang mir nicht, das Tier zu entfernen. Ich schlug und zerrte. Gleichzeitig schrie Adi wie am Spieß. Ich fing an zu beten und betete und betete. Am Ende fiel das Tier ab. Einfach so. Und verschwand ins Wasser.«

Kimpa räuspert sich, und Zo murmelt etwas, das ich nicht verstehe.

»Und was ist dann passiert?«, fragt Kimpa.

»Nur wenige Tage später war die Wunde verheilt. Nichts ist zurückgeblieben. Nicht mal eine Narbe.«

»Was war das für ein Tier, Mama?«

»Ich weiß es nicht. Ich hatte so was noch nie gesehen«, antwortet Mama.

»Ihr habt also bei den Plünderungen mitgemacht?« Mama ist wütend. Sie trennt den Kopf vom Fisch und wirft ihn in den Eimer mit den restlichen Fischabfällen. Kimpa und ich helfen ihr in der Küche beim Kochen des Festessens. Zo und Dina sind unterwegs und kaufen Getränke. Zwei Kästen sollen sie vollmachen. Mai spielt Fangen mit dem Sonnenlicht, das sich durch die Küche bewegt. Mama schickt sie zum Spielen ins Wohnzimmer. Zuri sitzt auf ihrem Hocker und schält Kartoffeln. Ich klaube Steinchen aus dem Reis und bin dabei sehr sorgfältig. Man kann sich die Zähne ruinieren, wenn man auf einen Stein beißt. Mama traut unserem Reisverkäufer nicht. Mehr Steine als Reis, meckert sie oft.

»In was für eine Gefahr ihr euch begeben habt, Kimpa!«, rügt Mama, und Kimpa schweigt.

Als Mama es nicht hören kann, erzählt Zo von den Plünderungen. Dina sitzt neben Kimpa und schlingt die Arme um sie, sie hat sie vermisst und nutzt jede Gelegenheit für eine Umarmung.

Zo sagt, wenn yaya Kasama nicht verreist und yaya Lu nicht zu faul gewesen waren, wären sie alle plündern gegangen. Zo benutzt yaya vor den Namen von denen, die älter sind als er, denn so macht man das auf Lingala. Mama und Papa sprechen die Sprache selten, und Papa hat uns verboten, dass wir sie zu Hause benutzen, also ist Dina für mich immer nur Dina und nicht yaya oder ya Dina.

Wir hören Zo zu, und Gott schreibt mit. Er murmelt und füllt Zos Pausen. Würden die anderen genau zuhören, würden sie auch hören, was geschieht, wenn Zo bei seiner Erzählung den Blick senkt. Oder wenn er tief atmet und bestimmte Worte runterschluckt.

Wenn Zo nachts schlief, träumte er von einem Ort, an dem statt Asche Schnee auf den Boden fiel. Wo die Würmer im Wasser den Menschen, die sich in Kirchen versammelten, ohne ein einziges Mal Gottes Stimme gehört zu haben, keine Eier ins Gehirn legten.

Am Morgen des Tages, an dem sie sich entschieden, plündern zu gehen, hatte er vor sich hin gedöst. Der Boden unter seinem Bett war voller Bierflaschen, und auf dem wackligen Hocker am Kopfende lag eine Bibel. Zwischen den Beinen des Hockers standen die teuren Krokodillederschuhe, die ihm Onkel Jack geschenkt hatte. Ein Mann, der nicht wirklich sein Onkel war.

Wie nennt man einen Mann, der nicht aus dem Bett rauskommt?, hatte ihn der Teufel gefragt. Die Stimme war durch die Schlitze in der Wand gekrochen, die er mit blutigen Stoffstreifen zugestopft hatte. Er rasierte sich zu tief, zu oft. *Welcher Mann möchte nicht behaart sein?*, fragte der Teufel. Das schöne Haus in Binza zerbröselte. Über Nacht tauchten unerklärliche Risse auf.

»Keiner baut für morgen«, sagt ya Kimpa immer. Ya Kimpa wird mal Politikerin, wenn sie die Möglichkeit dazu kriegt, oder sie stirbt bei einem Putsch. Oder sie fügt sich dem allgegenwärtigen Schweigen, heiratet und senkt von da an ebenfalls ihren Blick. Laut Zos Freund ging Kinshasas Verfall rasant. Ein gieriges Tier mit unsichtbarem Körper und einem Biss, der mysteriöse Spuren hinterlässt, hatte alles angenagt. Sein Freund wollte ein Leben in Luxus. Seine

Brüder riefen aus Paris, Brüssel und den USA an und erzählten vom Reichtum dort. Sein Freund meinte, wer auf nährstoffarmem Boden aufwächst, bringt es zu nichts.

»Schau dir nur unsere Eltern an.«

Zo konnte seinen Vater vor sich sehen, wenn er die Augen zumachte. Eine Gestalt aus Sand, die der Wind am Strand wegwehte. Ein misshandeltes Kind vom Land, das sich sein ganzes Leben lang abrackerte und das man vergessen würde, sobald es unter der Erde war. Sein Papa, der Disziplin predigte. Dass man, um ein guter Mensch zu sein, Dinge für sich behalten, zurückhalten musste. Sein Gutsein, das ihm viel Kraft und Aufopferung abverlangte und dabei höchst zerbrechlich war. Sein Vater hätte Pfarrer werden sollen.

Zos Freund war wie Zo. Nicht dass die beiden ihr Land nicht liebten. Nein, nur hatten auch sie funkelnde Schuhe verdient und einen eigenen Weinkeller und dass heiße Luft gegen die Kälte verströmt wurde. Sie verdienten es, bedeutender als ihre Väter zu werden, sonst wäre alles, was ihre Väter getan hatten, umsonst.

»Ich folge den Mineralien auf dem Weg aus dem Land«, hatte sein Freund gesagt. »Ich folge dem Coltan, Gold und den Diamanten. Ich möchte nicht zu denen gehören, die sich in den Gruben um Krümelchen schlagen. Wie meine Vorfahren. Sie starben, millionenweise, sie sind der Boden, auf dem europäische Städte errichtet sind. Es wäre unerträglich, wenn wir drei, nein sechs Generationen später noch nicht weiter wären. Es wäre unerträglich, dasselbe Leben zu leben, denselben Tod zu sterben.«

Welcher Mann flattert so mit seinen Händen? Welcher Mann möchte ...

Da öffnete ya Kimpa mit Schwung die Tür zu seinem Zimmer und unterbrach damit den Teufel. Ob Zo denn nicht gehört habe, was los war? Das Militär plünderte die Stadt, und jeder bediente sich. Die vierzehnjährige Cousine war dort. Väterlicherseits, denn von Mama Ambas Familie, die in Kasaï lebte und nicht mit ihr sprach, kannten die Geschwister niemanden. Cousine Therese war ya Kimpas neuester Schützling und ihre treueste Anhängerin.

Ya Kimpa leerte Farbdosen aus Kasambas riesigem, abgewetztem Rucksack und sagte zu Zo, er solle seine Tasche holen. Ya Kimpa hatte eine resolute Stimme, man widersprach ihr nicht so leicht.

»Wir beschaffen Nahrungsmittel«, sagte sie.

Es gab ein großes Lebensmittelgeschäft, das so teuer war, dass sie es sich nur selten leisten konnten. Dort wurde alles in Dosen und Plastikverpackungen verkauft. Als sie aufbrachen, interessierte sich auf der Straße niemand für ein paar Jugendliche, die nichts hatten außer einem uralten Fahrrad, das offenbar nur noch von purer Willenskraft zusammengehalten wurde.

Auf der Straße begegneten ihnen rennende Menschen, die ihre Beute fest umklammerten, verletzte Menschen, denen nach Hause geholfen wurde, und ein Trupp Soldaten mit verbissenen Mienen im Laufschritt zu einem unbekannten Ziel.

Das große Schild am Lebensmittelgeschäft war zerschossen. Vor dem Eingang stand eine Gruppe Menschen und raffte zusammen, was andere beim Herauskommen verloren. Jemand berichtete, drinnen würden Menschen totgetrampelt.

»Wir gehen rein«, beschloss ya Kimpa trotzdem. »Wir schnappen uns einfach, was uns in die Hände fällt, und rennen auf der anderen Seite wieder raus. Da sind weniger Menschen. Wenn uns jemand angreift, darfst du sie verprügeln, Zo.«

Zo geht zum Boxen, seit er dreizehn ist, weil Kimpa ihn dazu gezwungen hat.

Gott murmelt. *Aber das ist nicht der Grund, weshalb er dabeigeblieben ist. Was tut ein Junge, der ein Begehren entdeckt, das alle anderen als Sünde betrachten? Ein starkes Begehren, das nicht zu unterdrücken ist? Das macht einsam. Denn zu begehren heißt sterben.* Ich verstehe nichts, und Gott sagt, eines Tages werde ich das schon noch.

Zo macht vor, was er mit Angreifern seiner Schwester oder Cousine gemacht hätte. Kimpa und Dina lachen.

Ya Kimpa kämpfte sich voran, und Zo passte auf, dass sich die Menge hinter ihr nicht wieder schloss.

»Therese, halt deine Beute ordentlich fest und pass auf, dass du uns nicht verlierst.« Therese folgte ya Kimpa und boxte schon bald ebenfalls in alle Richtungen. Hinter den zerbrochenen Glastüren angekommen, rannten sie los. Die Regale lagen kreuz und quer übereinander. Durch das spärlich erleuchtete Gebäude gellten Schreie. Therese schnappte sich Shampoo, Seife und Parfüm. Zo stopfte eine große Packung Thunfisch und einen verpackten Laib Brot, der auf dem Boden herumlag, in seinen Rucksack. Ya Kimpa dirigierte sie zum Seitenausgang. Sie prallte mit einem Mann zusammen, der sie beschimpfte, aber dann abhaute. Ya Kimpa raffte Dosen, Batterien, Kekse und alles, was ihr in die Hände fiel, an sich. Zo suchte nach weiteren Nahrungsmitteln, entdeckte aber nur Handtücher, nahm dann die, und Sandalen und eine kleine Flasche Saft.

Der Seitenausgang war von übereinander gestürzten Regalen blockiert.

»Wir müssen uns durchgraben«, sagte ya Kimpa, »das ist unser Weg nach draußen.« Zo grub, zerrte oder schleuderte Regale beiseite, grub weiter. Ein Regal brach zusammen, und für ein paar Sekunden waren sie darunter gefangen. Sie traten gegen Plastikeimer und kaputte Holzbretter, um eine

Öffnung zu schaffen, durch die sie nach draußen kriechen konnten.

»Wir müssen zurück zum Fahrrad!«

Ihre Taschen waren gut gefüllt. Zo und Therese sammelten im Laufen weiter Zeug vom Boden auf. Zo war so außer Atem, dass ihm Nase und Ohren wehtaten. Aber ihm war klar: stehen bleiben war zu gefährlich.

Sie waren noch nicht weit gekommen, als ein Soldat in Militäruniform das Gewehr auf sie richtete und ihnen hinterherrief.

»Fallen lassen oder ich schieße!«

Zos Blick ging zu Kimpa, was würde sie tun? Würden sie alles hinlegen und abhauen? Nein, sie setzte diesen Gesichtsausdruck auf, für den sie schon in der Schule und im Viertel berüchtigt gewesen war.

»Geht weiter«, befahl sie. Dann zeigte sie auf den Soldaten, als wäre er irgendein vorlauter Nachbarsjunge.

»Na schau mal, du willst uns also erschießen?« Sie sprach laut und zog damit die Aufmerksamkeit auf sich.

»Geh doch selbst rein und hol dir was, wenn du was willst. Hast du vor, Kinder abzuknallen, hm?« Während sie so redete, vergrößerte sie den Abstand zu ihm.

Der Soldat war regungslos, verwirrt. Mit Widerstand hatte er nicht gerechnet und sich auch nicht überlegt, wie weit er vor Zeugen gehen wollte.

»Glaubst wohl, ich sehe nicht, dass das eine Spielzeugwaffe ist?«

Irgendwer in der Nähe lachte. Der Soldat richtete seine Waffe dorthin, und da befahl ya Kimpa zu rennen.

Wir schauen alle zu Kimpa, die ihren Kopf schüttelt.

So viel Mut zu haben.

Ich wünschte mir, ich hätte den auch.

»Deshalb sagen die Leute immer, Kimpa macht ihrem Namen alle Ehre. Du bist eine Kriegerin«, sagt Dina.

Irgendetwas ist mit Dina. Als steckte sie mitten in einer Regenzeit voll zornigem Donner und blitzartigen Ausrastern, plus jeder Menge Tränen und einer schniefenden Nase. Vielleicht weil Elombe sie nicht mehr besucht, sondern Fahrradtricks vor einem fünfzehnjährigen Nachbarsmädchen macht, das jetzt plötzlich oft in Upanga 81 auftaucht. Vielleicht weil Papa nie zur Ruhe kommt und Dina ihn ständig wütend macht. Oft mit ihren schulischen Leistungen, aber genauso gut kann es darum gehen, dass sie ihm zu laut lacht. Dass sie über andere redet und Papa meint, sie lästert. Dass sie ständig vom Schönsein faselt. Dass sie den Rock ihrer Schuluniform auf eine Länge bis kurz überm Knie umgenäht hat. Es ist Abend, und Papas bittere Worte deswegen lasten auf uns. Dina müht sich mit zitternden Händen, den Rock wieder in Ordnung zu bringen, bis Kimpa ihn ihr abnimmt und mit wütenden Bewegungen den Saum auftrennt. Aber sie sagt nichts. Nicht einmal Kimpa widerspricht Papa.

Werde nicht wie Dina, warnt mich Papa.

Dina verschränkt die Arme, als hätte ich ihr etwas getan.

Am nächsten Tag kneift mich Dina und schreit mich ununterbrochen an.

»Geh Brot kaufen«, befiehlt sie und unterbricht mein Spiel auf der Loggia. Ich krabbele gerade auf allen vieren herum und zähle Ameisen. Manchmal ist es gar nicht so einfach zu wissen, ob ich eine Ameise schon gezählt habe, denn Ameisen sehen alle gleich aus. Es macht mir Spaß, aber als mich Dina stört, fühlt sich mein Körper sofort ganz schlapp an.

»Ich will nicht«, maule ich.

»Mama, siehst du, was Adi macht?« Dina heult fast.

Mama genießt gerade die Ruhe, bevor sie das Abendessen kochen muss. Sie isst eine mit Piri Piri eingeriebene Salzzitrone.

Bei Dinas lautstarker Beschwerde öffnet Mama die Augen und sieht mich enttäuscht an.

»Sie ist ungehorsam, Mama. Siehst du das nicht. Adi hört nie, aber ich bin immer die Böse.«

»Adi, geh Brot kaufen. Und bring noch zwei Tafeln Schokolade mit, die könnt ihr euch teilen.« Mama gibt mir Geld.

Beim Gedanken an Schokolade ist der kurze Gang zum Laden an der Kreuzung auf einmal nicht mehr schwer und mühsam. Ich springe die Treppen hinunter, flitze durchs offene Tor, renne die Straße entlang, wobei ich den Boden möglichst wenig berühre, weil die Erde brennt und mir, wenn ich nicht vorsichtig bin, die Zehen abfallen werden. Im indischen Laden steht die Besitzerin, eine kleine rundliche Frau im Sari. Sie guckt wie immer mit misstrauischem Blick durchs Gitter und möchte zuerst das Geld sehen. Dann holt sie das Brot, packt zwei Tafeln Schokolade in eine weiße Papiertüte und reicht mir alles durch die viereckige Luke im Gitter. Ich nehme die Sachen, und unglaublich leckerer Schokoladengeruch springt mir in die Nase.

»Lass es dir schmecken«, sagt der Ehemann der Besitzerin. Er hockt immer neben ihr, scheint aber nie was zu helfen. Aber er lächelt oder gibt was umsonst, wenn seine Frau es nicht mitbekommt.

Ich kann meinen Anteil ja essen, sage ich zu Gott, der auftaucht und noch dabei ist, meine Geschwindigkeit auf dem Hinweg zum Laden auszurechnen. Gott rechnet das, und ich berechne, wie viele Stücke mein Anteil wären, wenn Mama mit »euch« mich und Mai gemeint hat, beziehungsweise wenn sie mich, Mai und Dina gemeint hat oder wenn sie auch noch Kimpa und Zo mit einbezogen hat. Ich ziehe kurzerhand Zo und Kimpa ab, weil die nicht zu Hause sind. Wie könnte Mama glauben, dass zwei Tafeln Schokolade für mich, Mai und Dina reichen könnten? Sie muss also mich und Mai gemeint haben, denn Dina hatte heute schon was Süßes. Mama hat die Schokolade als Belohnung für mich gedacht. Genau.

Du hast schon eine ganze Tafel gegessen, sagt Gott, ohne mich anzuschauen. Stattdessen notiert er, was ich tue. Er vergleicht die Geschwindigkeit meines Rückwegs mit dem Hinweg. Der Rückweg ist viel langsamer. Noch vor der Hälfte sind beide Tafeln Schokolade weg.

Was mach ich nur?

Gott tritt ein Stückchen Holz durch die Gegend, und ich habe eine Idee.

Daheim sind Zuri und Mama mit Kochen beschäftigt. Dina sitzt im Wohnzimmer und nimmt mit finsterer Miene das Brot entgegen.

»Wo ist die Schokolade?«, fragt sie.

»Die ist für mich und Mai«, antworte ich.

Dinas Miene verfinstert sich noch mehr. Sie fordert mich auf, Mai ihre Schokolade zu geben.

Ich gehe zu Mai, lege die Papiertüte vor sie auf den Tisch und sehe zu, dass ich so unbekümmert wie möglich verschwinde.

»Was ist denn das? Ein Stück Holz? Adi!«

Da renne ich los, ich muss mich verstecken. Aber Dina läuft mir gar nicht hinterher. Für eine Weile wird es ganz still. Dann kommen Kimpa und Zo vom Englischunterricht nach Hause, und ich höre Dina erzählen, wie gemein ich bin, wie ich Mai ein dreckiges Holzstück andrehen wollte.

Sie ist schrecklich, sagt Dina immer wieder.

Keiner widerspricht. Die Schokoladenstücke in meinem Bauch verwandeln sich in Steine.

Ein paar Abende später liegt Dina heulend in Kimpas Armen.

»Wie soll sie denn was lernen, wenn er sie so hart anpackt«, fragt Kimpa Mama, die nichts sagt.

Als Papa am selben Abend einen möglichen neuen Plan für Zo und Kimpa anspricht, nämlich London, sagt Kimpa, dass sie sich nicht von Dina trennen werden und Dina mitkommen soll.

Papa wird still. Sagt, darüber hat er auch schon nachgedacht, aber Dina hat sich dafür nicht reif genug erwiesen. Trotz Papas Nein verändert sich Dina. Die dunkeln Wolken lichten sich. Sie redet ununterbrochen davon, dass sie vielleicht mit Kimpa nach London zieht. Ich bin so sauer darüber, wie gemein Dina war, dass ich ihr schon mal ihre abgewetzte Reisetasche raushole.

Sie beachtet mich nicht.

Wir sitzen um den Esstisch. Papa hat den Samstag durchgeplant. Erst werden wir eine Kleinigkeit essen, dann eine Stunde beten. Papa wird reden. Dann werden wir bis zum Abendessen Englisch lernen. Nach dem Abendessen folgt eine weitere Gebetseinheit. Obwohl die Anderen seit fast einem Monat da sind, sind die Tage nicht lustiger geworden. Eher im Gegenteil. Für Papa gibt es jetzt noch mehr, was er lehren möchte, mehr Dinge, die er mit allen gemeinsam besprechen will. Und noch mehr Gebetseinheiten.

»Ich will spielen, Mama«, quengle ich.

Mama sagt, ich soll still sein. Mai ist müde, sie döst an Mamas Brust. Ich fange an, sie zu piksen, zuerst unauffällig, dann immer fester. Sie fuchtelt mit der Hand nach mir, aber ich ducke mich weg. Sie versucht, mich zu erwischen, ich entkomme ihr. Ich lache sie aus. Mama sagt schhh. Wir werden still, aber nur kurz. Da richtet Papa den Blick auf uns: »Aufgepasst!«, brüllt er, und das Wort schießt durch meine Ohren in meine Kehle und hängt dort wie ein riesiges Stück Wassereis. Mai und ich versinken im dunklen Leder der Esszimmerstühle. Wichtiges wird besprochen. Papa redet über die Londonpläne. Er hat dort einen Bekannten, der bei den Startproblemen helfen kann. Papa wird Geld fürs Studium schicken. Kimpa und Zo sitzen schweigend da, obwohl diese Pläne für alle, auch Dina, ganz schön aufregend sind. Ich habe gehört, wie sie Papa den Beschwerer genannt haben. Er macht alles schwer. Schlimmer als das, was er sagt, ist nur seine Hand.

»Meine Kinder, ich möchte, dass euch mein Beispiel eine Lehre ist. Ich habe nun, da ich älter bin, gelernt, meinen Vater zu schätzen. Als ich jünger war, habe ich nur daran gedacht, wie ungerecht er mir gegenüber war. Wie wenig Liebe er mir gezeigt hatte. Wie er erst zulassen konnte, dass mich meine Brüder schlecht behandelten, um mir dann später zu sagen, dass nur ich sie retten könne. Ich bin von zu Hause geflohen und habe gegen ihn aufbegehrt, obwohl ich Gott versprochen hatte, immer gehorsam zu sein. Ich hatte mich dafür entschieden, ihn falsch zu verstehen, und habe dafür bezahlt. Wer sich seinen Eltern widersetzt, den verfolgt das Unglück. Ich habe da einen Weg für euch bereitet, folgt ihm, hört auf mich und hört auf Gott, und für euch wird alles gut.«

Papa hat ohne Pause geredet, dann haben wir gebetet. Draußen hört man Moise und die anderen. Jetzt liest Papa aus dem Wörterbuch, während Zuri unter Mamas Aufsicht das Essen auftischt. Sie bringt Miranda und Cola. Die Flaschen dürfen vor unseren Augen in der Wärme schwitzen. Während wir darauf warten, dass Papa mit seinem ganzen Reden fertig wird, zeichne ich Männchen auf die Wachsdecke. Da ist auch ein Strich von meinen Matheaufgaben am Tag zuvor. Ich versuche, ihn mit dem Wasser, das sich um den Flaschenboden gebildet hat, wegzureiben. Es geht nicht, aber ich kann mit dem Zeigefinger im Wasser malen. Papa mit dem Wörterbuch in der Hand neben dem Tisch. Mama, die ihre Haare flicht, während sie die zapplige Mai im Auge behält. Kimpa, die den Kopf in den Händen begraben hat, und Dina und Zo, die mit leeren Blicken auf den Stühlen zusammengesunken sind. Meine Wassermännchen zerfließen, werden zu formlosen Kreisen, ich ziehe Flüsse daraus. Das macht Spaß, ich lege die Decke in Falten, damit ein richtiger See entsteht.

»Entschuldige bitte«, sagt Mama. »Aber das Essen wird kalt, und für die Kleinen ist es bald Zeit fürs Bett.«

Zuri ruft ein Kwaheri, nimmt ihre Tasche und geht. Man hört ihre Flipflops wegflappen, während Papa versucht, sich von dieser doppelten Unterbrechung zu erholen. Er schließt das Wörterbuch.

»Wir machen morgen weiter. Eure Mutter möchte, dass wir jetzt essen.«

Zo und Kimpa versuchen, nicht allzu laut aufzustöhnen.

»Morgen weiter? Er müsste doch inzwischen alles über Verben gesagt haben, was man überhaupt über Verben sagen kann«, flüstert Zo Dina zu, als Papa die Bücher wegbringt. Dina entfährt ein seltsamer Lacher, als würde sie eigentlich lieber weinen. Kimpa reibt sich die Augen und steht auf. Sie verschwindet im Bad und schließt die Tür mit Nachdruck.

»Jetzt essen wir«, sagt Mama.

Zo erfindet Geschichten: Angeblich versteckt sich der Englischlehrer, zu dem er und Kimpa gehen müssen, unterm Bett. Schau nach, wenn du dich traust. So kriegt er Mai dazu, mit ihm zu spielen. Sie sieht nach und findet nichts. Unterm Bett ist es staubig. So staubig, dass wir daraus kleine Staubmännchen kneten können. Wir wälzen uns im Staub und werden ganz grau.

Dann muss Mai die ganze Nacht husten, und Mama ist sauer, dass wir im Staub gespielt haben.

Als Zo fragt, was mit Mai eigentlich los ist, antwortet Mama, dass Mais Nase und Luftröhre irgendeine Fehlbildung haben, wegen der sie schnell krank wird und manchmal Probleme beim Atmen kriegt. Das kann man operieren, wenn sie größer ist.

»Auf Mai liegt der Fluch von Urgroßmutter Mai«, erkläre ich Zo, als Mama mit etwas anderem beschäftigt ist.

»Ja«, sagt er und sieht mich mit ernster Miene an. »Alle sind verflucht. Das kommt von der Luft in Zaire. Überall unselige Geister, die Menschen dazu bringen, einander Schlechtes anzutun.«

Er wird still, hört auf, mit seinen Karten zu spielen, und spricht dann weiter: »Ich werde dir jetzt etwas Schreckliches erzählen. Als die erste Tshadi gestorben war, begann es in unserem Haus zu spuken.«

Tshadi war die erste Tote, die Zo gesehen hat. Ihr Körper wirkte zusammengeschrumpft, als wäre etwas entfernt worden, das zuvor allen Platz eingenommen hatte. Bis heute ist dieser reglose, blassgrüne Körper für Zo wie ein schlechter Witz. Obwohl es schon Jahre her ist, gibt es in ihm einen Teil, der noch immer darauf wartet, dass jemand kommt und sagt, dass alles nur eine Probe war, eine Halluzination, ein Traum. Dass die erste Tshadi überlebt hat und mysteriöse Umstände sie dazu gezwungen haben, für eine Weile zu verschwinden. Aber dass sie jetzt wieder da ist. Seine geliebte kleine Schwester. Er hat diese kleine Schwester mit den Augen wie feuchter Sand geliebt. Die erste Tshadi mit ihren nicht zu bändigenden Haaren. Die ihr in einer Art Rebellion gegen die Kraft, die alles nach unten zieht, vom Kopf abstanden. Die erste Tshadi, deren Klatschen und Lächeln einem tiefsinnig und liebevoll vorkamen. Die erste Tshadi, die früh zu sprechen begonnen hatte. Sein kleines Schwesterchen, deren Fehlen ein jeder Logik entbehrendes Phänomen war. Eine Tragödie, die sich auf alle in der Familie ganz unterschiedlich auswirkte. Zo wurde von bösen Geistern heimgesucht. Das Haus war voll von ihnen. Sie wollten ihn davon überzeugen, dass er am Tod der ersten Tshadi schuld gewesen sei. Weil er mit dem Haus, in dem sie früher in Limite gewohnt hatten, angegeben und behauptet hatte, seine Familie wäre reich. Weil Zo mit den reichen Jungen in der Schule befreundet sein wollte. Weil Zo Lügen verbreitet hatte und wegen dieser Lügen Räuber in ihr Haus gekommen waren.

»Böse Geister überall. Sie haben meinen Kopf mit sündigen Gedanken gefüllt. Eines Nachts habe ich Hände gespürt, die mich erwürgen wollten. Ich habe gebrüllt ›in Jesu Namen‹, und sie haben mich losgelassen. Mama hat denen geglaubt, die meinten, dass die erste Tshadi an Malaria gestorben ist, aber ihr Tod war ziemlich mysteriös, mit dieser Wunde, die nicht heilen wollte.« Zo atmet tief ein. »Es gibt keine Hoffnung für Zaire oder überhaupt für Afrika. Diese Erde ist blutgetränkt, und der Zorn der Vorfahren lässt sich nicht vergessen.«

Zo redet eher mit sich selbst. Ich sortiere die Karten nach Farben. Auch wenn ich jetzt keine Angst spüre, weiß ich, dass ich nachts Angst vor Händen haben werde, die mich erwürgen wollen, und vor Stimmen, die mir die Schuld an etwas geben.

Gott und ich haben bemerkt, dass Zo sein Spiegelbild hasst, obwohl doch alle sagen, dass er schön ist.

Wenn er ins Bad geht, verhängt er den Spiegel mit einem Handtuch. Und manchmal vergisst er es da. Aber erst als er ihn an einem Morgen mal nicht verhängt, verstehe ich, warum er es sonst tut. Gott hat mich aufgeweckt und aus dem Bett gescheucht. Er hat etwas bemerkt, was er mir zeigen muss. Gott schiebt die Tür einen Spalt auf. Durch den Spalt sehen wir, dass das Spiegelbild ein Leben hat. Es schneidet Zo Grimassen und zitiert:

»Darum hat sie Gott dahingegeben in schändliche Leidenschaften; denn bei ihnen haben Frauen den natürlichen Verkehr vertauscht mit dem widernatürlichen; desgleichen haben auch die Männer den natürlichen Verkehr mit der Frau verlassen und sind in Begierde zueinander entbrannt und haben Männer mit Männern Schande über sich gebracht und den Lohn für ihre Verirrung, wie es ja sein musste, an sich selbst empfangen.«

Zo putzt sich die Zähne so hastig, als stünde er unter Zeitdruck. Es spritzt auf den ganzen Spiegel. Das silberne Kreuz, das er immer trägt, hüpft auf seinem Kehlgrübchen.

»Ich bin der Teufel«, sagt die Stimme im Spiegel. »Du wirst sehr einsam sein, Zo. Du wirst vor weißen Männern auf die Knie gehen und sie lutschen. Du wirst auf Toiletten für Geld gefickt werden. Du wirst in der Kälte herumwandern und keinen Ort zum Leben haben. Du wirst irgendwann einsehen, dass im Fallen Frieden liegt. Verkenne nicht meine Rolle in deinem Leben.«

Ich kriege riesige Angst vor dem, was ich gehört habe, solche Angst, dass ich die Badezimmertür zuknalle und in mein Bett zurücklaufe.

Gott hat alles aufgeschrieben.

Ich krieche zu Dina unter die Decke, und mein Herz klopft so stark, dass womöglich gleich das ganze Haus davon wach wird.

Zo öffnet die Tür zum Bad. Dann guckt er in unser Zimmer.

»Dina? Kimpa?«, flüstert er fragend. Da weder Dina noch Kimpa antworten, geht er schweigend davon.

Dina ist krank. Mama und Kimpa sind mit ihr ins Krankenhaus. Als sie wieder zurückkommen, ist irgendwas nicht in Ordnung, denn zum allerallerersten Mal schlägt Mama Dina.

»Was hast du mit ihm gemacht? Was hast du mit diesem dreckigen ...« Sie zieht einen ihrer Schlappen aus und stürzt sich mit allem Zorn, zu dem sie fähig ist, auf Dina.

»Was hast du getan?«, schreit sie wieder und wieder. So wütend haben wir sie noch nie gesehen.

Mama atmet heftig und weint. Dann stürmt sie ins Schlafzimmer.

Alle haben Angst vor dem, was passiert, wenn Papa nach Hause kommt.

»Dann ist man besser nicht mehr hier!« Zo packt seine Tasche.

Kimpa sagt, er soll aufhören. Wo er denn hinwill? Ohne Geld. Kimpa hält die weinende Dina im Arm.

»Ich will dann nicht hier sein. Ich will dann nicht hier sein.«

»Komm, schau«, flüstert Mai mir zu. Sie zieht mich zu Mamas Kleiderschrank. Wir linsen durch den Schlitz. Drinnen sitzt Mama unter den langen Reihen von Farben und Mustern ihrer Pagne. Ordentlich gefaltet wie immer. Ihre Hände zittern. Als sie uns entdeckt, hauen wir ab.

»Warum macht Mama das?« Mai fragt mich, als wäre sie sicher, dass ich das weiß.

Später gibt es eine Besprechung zwischen ihnen. Am nächsten Morgen sind Mamas Augen ganz rot. Papa hat Dina geschlagen, und sie hat den ganzen Morgen geweint. Ich glaube, ich verstehe, worum es geht. Das, was Dina mit Elombe gemacht hat. Was ich gesehen habe, als sie in unserem Bett lagen und ich oben auf der Dachterrasse hätte sein und sie in Ruhe lassen sollen.

Sie werden mir auch auf die Schliche kommen, sage ich zu Gott.

Beim Frühstück starrt jeder auf seinen Teller. Dina ist in unserem Zimmer geblieben. Papa isst nicht mit uns. Er war noch vor Tagesanbruch unterwegs. Jetzt hält er sich im Schlafzimmer auf. Man hört ihn Papier zerreißen, beten und laut singen. Irgendwann kommt er heraus und fragt, wo Dina ist. Mama soll sie holen. Als nichts passiert, geht Papa selbst zu Dina und brüllt sie an. Da kommt sie und setzt sich. Dina sieht aus, als hätte sie seit Tagen nichts gegessen. Vor Papa liegt ein Stapel Papier.

»Ich habe gebetet und gebetet. Wir haben die ganze Nacht hindurch geredet, jetzt ist alles gesagt. Große Sündhaftigkeit lastet auf meinem Haus, und meine Kinder tun alles, um mich zu vernichten. Du, Kimpa, hast in Kinshasa in wilder Ehe mit einem Mann zusammengelebt. Und das muss ich von meinem Nachbarn erfahren, von einem Menschen, mit dem ich arbeite. Habe ich so geschuftet, damit mir dann so etwas widerfährt? Was für eine Schande! Wer hat euch das beigebracht? Ich weiß, es ist meine Schuld. Ich habe mich schließlich für eure Mutter entschieden. Seht euch Dina an, ganz die Tochter ihrer Mutter! Dass ich diese Wahl einmal so bitterlich bereuen würde.« Als Papa das sagt, steht Mama auf und verlässt das Zimmer. In dem Durcheinander danach wende ich mich flüsternd an Gott, der unterm Tisch sitzt:

Was haben Dina und Mama miteinander zu tun?

Das stellt sich bestimmt noch heraus, antwortet Gott.

Nach einer Weile spricht Papa weiter. »Womöglich hat euch jemand verhext. Was weiß ich, was ihr bei meinen

Brüdern gegessen habt oder ob sie euch gebeten haben, Fetische mitzunehmen, um das Unglück in mein Haus zu tragen. Aber lasst euch eines gesagt sein, das wird nicht gelingen. Ich werde euch garantiert kein schlechtes Beispiel für eure kleineren Geschwister sein lassen. Meine ganze Schufterei für euch – völlig umsonst. Ihr seid nicht mehr zu retten. Ich hoffe, bei Gottes Gnade, dass ihr es schafft, aber mich schröpft ihr nicht mehr. Wir müssen dieses Haus von der Sündhaftigkeit säubern, die ihr mitgebracht habt.«

Papa greift zur Bibel. Während bei Dina die Tränen strömen, liest Papa von Frauen, von denen sich Gott abgewandt hat. Straßenmädchen, nennt Papa sie. Frauen ohne Wert. Frauen ohne Respekt vor Gottes Gesetz. Frauen, die mit dem Teufel tanzen, und junge Männer, die Alkohol trinken. Sie alle haben sich von Gott abgekehrt und Satan in ihren Herzen empfangen. Dann beten und singen wir, und Papa redet über Schande und dass man sie unmöglich abwaschen kann. Sie überzieht einen, verändert die Hautfarbe, befleckt das Gesicht. DUMBA. Das Wort zerfrisst Papa, und nachdem er es ausgespuckt hat, nagt es auch an uns. Dumba, das sind diese Frauen mit kurzen Röcken und hohen Absätzen, die wir gesehen haben. Frauen, die am Straßenrand den Autos zuwinken.

Als wir eine Pause einlegen, um fürs Abendessen zu kochen, bleibt Kimpa bei Dina, die zwar jetzt nicht mehr weint, aber ins Leere starrt. Zo sagt, dass sich alles klären wird. Sie sind ja zusammen. Mai und ich schleichen um das Gespräch herum. Mama ist wieder da, aber ihr Mund ist schmal wie ein Strich. Papa leidet unter all den Wörtern, die er im Laufe des Tags vergossen hat. Sie lasten auf seinen zitternden Händen, erzeugen feuchte Flecken an der Wand und lassen keinen Sauerstoff durch die geöffneten Fenster herein.

Beim Abendessen isst Papa nichts. Mai stochert im Essen herum und verfrachtet ihre Hähnchenhaut auf Mamas Teller.

»Nein, Mai, du musst alles essen!«, flüstere ich.

Sie sieht mich pampig an.

Papa trinkt Wasser, steht plötzlich auf und verlässt den Tisch. Kommt mit Mais Babywanne wieder. Mama soll sie mit Wasser füllen. Mama legt ihr Besteck weg und sieht uns an, als würde sie uns nicht erkennen. Als wüsste sie nicht, wer sie selbst ist. Ihr Blick erschreckt mich. Wenn Gott zurückkommt, werde ich ihn fragen. Ob er mir vielleicht erklären kann, was geschieht.

Die Geschwister schauen einander fragend an, als Mama mit der gefüllten Wanne zurückkommt. Papa sagt, sie soll sie ins Wohnzimmer stellen. Dann kniet er sich davor und betet. Zo verzieht das Gesicht, und ich presse mir die Hand auf den Mund, damit man das nervöse Kichern nicht hört. Dina isst nichts. Ihr Blick geht durch die offene Tür zum stockdunklen Himmel.

Dann sagt Papa, wir sollen uns ins Wohnzimmer setzen. In meinen Zehen sticht es heftig, und in meiner Brust ist es so eng, dass ich am liebsten weinen würde. Er sagt, in der Wanne ist Weihwasser.

»Papa, das Wasser kommt aus der Küche«, sagt Mai, und nun pruste ich unaufhaltbar los.

»KINDER! Begreift den Ernst der Lage!«

Wir stürzen ins Wohnzimmer.

»Wer danach sucht, findet Vergebung bei Gott. Doch um weiter in Gottes Licht über die Welt wandeln zu können, muss man eine Entscheidung treffen und sich erlauben, durch Gottes Wasser gereinigt zu werden. Dina, komm her!«

Am nächsten Morgen sind Dina, Kimpa und Zo verschwunden. Viele von Dinas Sachen sind noch da. Ihr Schal, ihre Schulbücher. Ihre Uniform hängt im Schrank, aber ihre Lieblingsschuhe finde ich nirgends. Oder die Kassette mit Michael Jackson. Oder ihren Lippenstift. Oder die Reisetaschen der Anderen.

Aber der Nagellack, den ich gemopst habe, ist noch da. Ich wollte ihn mir damals ansehen und habe dann vergessen, ihn wieder zuzuschrauben. Dina hat ewig gesucht. Ich habe das Fläschchen in dem kleinen Spalt im Fußboden der Loggia versteckt. Zugedeckt vom Teppich mit den früher tausend Farben, so konnte Dina ihn nicht finden.

Das steht auch auf Gottes Liste meiner Taten. Der ist gerade unten im Hof und untersucht den Boden auf Spuren. Er notiert, was er sieht. Er richtet den Blick zum Himmel, vermerkt die Wolken. Ich traue mich nicht zu fragen, wohin Dina verschwunden ist. In den Himmel oder nach unten?

Mama spricht nichts. Sie macht uns kein Frühstück. Papa sagt, ich und Mai sollen in meinem und Dinas Zimmer bleiben. Wir essen unsere Brote im Bett, was normalerweise nicht erlaubt ist. Das lockt nämlich Mäuse an, die uns im Schlaf in die Finger beißen.

Wir schmieren mehr Marmelade aufs Brot, als wir sonst kriegen. Das sind die besten Marmeladenbrote unseres Lebens. Wir essen den ganzen Laib und trinken dazu Blubberwasser. Ich liebe das Geräusch beim Eintauchen von Brot in Cola. Den pappigen Geschmack danach, das kalte, weiche

Brot im Mund. Mai macht nach, was ich mache und wie ich mich anhöre.

Durchs Fenster, das auf die Loggia geht, sehen wir Mama sitzen und vor sich hin starren. Sie murmelt leise. Die Stimme klingt eingedorrt, und die Lippen machen Schmatzlaute.

Sie schaut sogar Papa nicht an, als er kommt und sagt, dass die Kinder was zu essen brauchen. Sie bleibt einfach auf dem alten tausendfarbigen Teppich sitzen. Lässt ihn Spuren in ihre Haut zeichnen.

An diesem Sonntag kümmert sich Papa ums Essen. Zuri kommt sonntags nicht. Ich soll Karotten schälen. Er sagt, mittlerweile hätte mir Mama so gewöhnliche Küchenarbeiten wie diese schon beibringen können.

Gegen Dämmerung fängt es heftig an zu regnen, und ich höre, dass Mama die Loggia verlässt. Mai schläft schon. Ich liege im Bett und lausche Mamas Schritten. Sie geht ins Bad und stellt den Boiler an. Dann kommt sie zu uns.

Sie setzt sich an unser Bett, sieht, dass ich wach bin, und fragt, ob wir gegessen haben.

»Mama, wo ist Dina?«, frage ich.

»Sie ist mit den anderen nach Südafrika.«

»Warum ist sie einfach verschwunden?«

»Frag nicht, Adi. Nicht jetzt.«

Tränen laufen mir über die Wangen. Ich möchte erzählen, dass Gott gekommen ist, um mich zu holen, damit ich meine Sünden büßen kann. Ich möchte, dass sie verspricht, dass Dina zurückkommt. Ich wünschte, ich wäre mitgegangen.

»Warum hat sie mich nicht geweckt?«

Ein Donner bebt um unser Haus.

»Jetzt regnet es«, sagt Mama.

Und es regnet eine ganze Woche lang.

»Dina wurde vom Wasser deiner Wanne verschluckt«, sage ich zu Mai, als sie nach Dina fragt. Wir sehen nach der Wanne im Bad, aber Mai, die beim Duschen bisher darauf bestanden hat, in der Wanne zu sitzen, traut sich nicht mehr in ihre Nähe.

»Dem Wasser sind Arme gewachsen, und damit hat es sie hineingezerrt. Nur die Schuluniform im Schrank ist von ihr noch übrig«, raune ich Mai zu, die mich mit großen Augen anblickt.

In dieser Woche sehen Mai und ich, wie der Hof überflutet wird, wie Mamas Pflanzen sterben. Es heißt, ganze Dörfer wurden fortgeschwemmt, und eine Kirche ist gar mitsamt Pfarrer und Kirchenchor im Erdboden versunken. Nachdem nun der Schlamm getrocknet ist, zeigt nur noch das aus der Erde stehende Kreuz vom Kirchendach an, dass dort einmal eine Kirche gestanden hat. Mama liest in der Bibel über Noah und erzählt uns noch einmal von dem Mädchen, das nicht auf seine Eltern gehört hat und deshalb im Wasser zerflossen ist.

1992

UNREIN

Ein Jahr löst das andere ab, und die Erde trocknet während der kurzen Trockenzeit zu Jahresbeginn. Mai schläft jetzt bei mir im Zimmer. Ich schlafe am Rand. An Abenden, an denen Mai Probleme beim Atmen hat, legt Mama eine Matratze in unser Zimmer und schläft wie ein Extrawachposten vor unserem Bett.

Jetzt drückt Mai sich aus Angst vor den Krokodilen unterm Bett an mich.

Wo ist Dina, fragt sie jeden Abend wie zum ersten Mal.

Deine Badewanne hat sie verschluckt, antworte ich manchmal.

Sie ist auf einem blauen Vogel nach Südafrika geflogen, antworte ich andere Male.

Heute Abend sage ich, dass sie in den Regen hinausgegangen ist, obwohl sie nicht gedurft hat. Mama hatte sie davor gewarnt. Denn Dina war aus Lehm. Aber sie ist trotzdem in den Regen hinausgegangen und zerflossen. Die Geschichte bringt Mai zum Heulen, und sie möchte bei Mama drüben schlafen. Da verspreche ich ihr, dass wir am nächsten Tag im Hof nach Dina suchen und dabei bestimmt einen sensationellen Fund machen werden.

Der Tag darauf ist ein Samstag. Während sich Mama um ihr Gärtchen kümmert, durchwühlen wir mit den Fingern den Boden und suchen nach Augen, Fingern, nach Überresten von ungehorsamen, im Wasser zerflossenen Mädchen.

Garstiges Mädchen, wo bist du, singen wir.

Sobald irgendwo etwas glitzert, stürzen wir uns schreiend darauf, aber immer entpuppt es sich als etwas anderes als das Körperteil eines zerflossenen, ungehorsamen Mädchens. Oft als Stück einer Getränkedose oder eine Glasscherbe.

Dann aber brüllt Mai. »Ich habe was!«

»Zeig her«, fordere ich sie auf.

In ihrer Hand liegt Dinas Stein. Der mit den Spiralen, den ich vor langer Zeit beim Streiten und Rangeln mit Moise verloren habe. Ich hätte nicht gedacht, den jemals wiederzusehen.

»Weißt du, was du da gefunden hast, Mai? Ein Auge! Das verfluchte Auge. Gib es mir lieber, sonst wachst du womöglich morgen früh auf und bist aus Lehm.«

Mai überlässt mir den Stein auf der Stelle, und ich stecke ihn in die Tasche.

Am Abend hole ich ihn hervor. Mama badet gerade Mai, und Papa hört im Radio Nachrichten. Er wechselt häufig den Sender, als würde er etwas Bestimmtes suchen. Vielleicht eine Nachricht über drei Jugendliche, die von zu Hause abgehauen sind und weit von Daressalam entfernt im Straßengraben gefunden wurden. Vielleicht erschossen von Gangstern, in deren Krieg um irgendein Gebiet sie geraten waren. Vielleicht niedergetrampelt von einer aufgebrachten Büffelherde, nachdem sie zuvor dem Lastwagenfahrer entwischen konnten, der versprochen hatte, sie nach Johannisburg zu bringen, aber sie eigentlich zur Zwangsarbeit an einen Hof in Mosambik verkaufen wollte.

Oder vielleicht sitzt Dina in genau diesem Augenblick vor einem Schrank genau wie dem, den sie zurückgelassen hat, und blickt auf eine Puppe, die aus einem Kleid gewickelt ist, das sie mir gestohlen hat. Ich platziere der Dinapuppe, die ich gemacht habe, den Stein als Auge. Ich flüstere, dass ich sie vermisse, ja, sogar ich. Pass auf die Jäger auf, Dina. Und auf die Lastwagenfahrer mit bösartigen Plänen. Ich stecke der Dinapuppe Süßigkeiten und Schätze in die Taschen.

Am nächsten Morgen entdeckt Mama die Dinapuppe und ist entsetzt. Sie war auf der Suche nach ihrem getupften Pagne. Seit die Anderen abgehauen sind, wickelt sie ihn direkt über der Brust. Sie befeuchtet sich vor dem Flechten die Haare nicht mehr mit Öl, das nach Lavendel duftet. Sie trägt sie unter einem Schal, einem alten gelben, den sie jeden dritten Tag wäscht. Wenn sie auf der Loggia sitzt, bedeckt ihr Pagne auch Kopf und Schultern wie bei den Mammas in der Kirche zu Trauerzeiten. Am Abend faltet sie alle ihre Pagne. Sie öffnet den Schrank, eine Landschaft roter Spiralen mit gelb gepunktetem Himmel und braunen Tieren in einem Stoffwald aus Rosa, Blau und Grün. Angefangen an einer Seite faltet sie bis zur anderen Pagne um Pagne, fährt mit den Fingern die Muster nach, drückt den Stoff mit beiden Händen fest aufeinander und hängt sie dann wieder feinsäuberlich zurück. Wenn sie, wie nun immer am Wochenende, mit ihrer Bibel auf die Dachterrasse hochgeht, um zu fasten, wobei sie nicht einmal etwas trinkt, obwohl die starke Sonne der Trockenzeit den Boden aufreißt, zieht sie sich den Pagne auf den Kopf und betet mehrere Stunden lang.

Mama sagt, sie hat Angst um mich und wickelt die Dinapuppe auseinander. Der Stein plumpst zu Boden, und ich verstecke ihn schnell unter meinem Fuß. Sie sagt, sie wird mich in ihre Gebete einschließen. Dann betrachtet sie sorgenvoll meine Hände, als würde sie an ihnen irgendwas erkennen.

Ich sehe auch auf meine Hände.

Es sind nur Hände.

Es sind nur Hände, bestätigt Gott.

»Das Böse ist in uns«, sagt Mama und beschließt dann: »Wir müssen in die Kirche.«

Etwas später an diesem Sonntagmorgen halten wir vor den zum Pfarrhaus führenden Bäumen.

Mama umklammert ihre Bibel. Sie hat die auf Swahili dabei.

»Wenn ich hierherkomme, denke ich oft an mein Elternhaus.« Sie betrachtet das Haus und die Bäume lange. Sie kneift die Augen zusammen und spricht ein stummes Gebet.

Mai zupft an ihrem Arm.

»Ich will hoch.« Weite Strecken schafft Mai nicht.

Auf der Kirchentreppe begegnen wir den Kirchenmammas. Mama möchte ihren Platz im Chor wieder einnehmen, aber die Mammas meinen, sie soll besser ihren Mann nicht verärgern. Und auch wenn Mama ihnen versichert, dass sich das geklärt hat, bringt es nichts. Sie kriegen beim Gedanken daran, Mama könnte mit ihnen ihre Hymnen singen, ganz große Augen.

»Du kannst was anderes für die Kirche tun«, sagen die Mammas und machen ihr alle möglichen Vorschläge, von Aufräumen nach der Sonntagsschule bis Essenkochen für die Armen.

»Ich habe die schönste Stimme der ganzen Gruppe«, erklärt Mama verletzt, als die Kirchenmammas hineineilen. Ich suche Mais Blick, aber die ist damit beschäftigt, ihre müden, schleifenverzierten Füße anzuseufzen. Ich mag es, wenn Mama singt. Ihr Gesang ist durchdringend und kommt direkt aus ihrem Herzen. Ich würde ihr jederzeit beim Singen zuhören, aber vielleicht geht das nur mir so.

Wir gehen in die Kirche.

»Hüte dich vor denen, die Gott in alltäglichen Dingen finden. Hüte dich vor denen, die sagen, sie erblicken Gott anderswo als in der Kirche, anderswo als in der Bibel.« Eine der Kirchenmammas legt Zeugnis ab:

»Ich wende sofort meinen Blick ab, wenn Geister des Teufels kommen, um mich zu versuchen.«

Die Kirchenmamma hebt die Hände in die Höhe, sie spricht mit großen Gesten. »Jesus, rufe ich!« Sie deutet auf die Menschen in der gut besetzten Kirche. Die meisten sind Tansanier, ein paar Inder. »Hüte dich, deine Anbetung auf kleine Dinge zur richten. Ich höre Menschen von einem Gott sprechen, der in ihrer Leibesmitte sitzt. Von einem Gott hinter ihren Ohren. Satan möchte dich glauben machen, es gäbe mehrere Wege zu Gott. Es gibt nur einen Weg zu Gott, und zwar diesen. Über diese Kanzel. Satan verkleidet sich und gibt sich als Gottes Stimme aus. Er kommt zu uns Menschen aufgrund unserer Lust, unseres Verlangens, unseres Stolzes und Ungehorsams. Wer sich diesen Sünden hingibt, fällt.«

»Amen«, sagt Mama.

Gott ist hier nirgendwo. Ich kann mich nicht erinnern, dass er jemals mit in die Kirche gekommen ist.

An einem Samstag im Februar erklärt Mama, dass das Haus einen schier erstickt.

Die Aufträge der Universität bleiben aus, sagt Mama, weil Papa Bauchschmerzen hat und schlecht im Rechnen geworden ist. Und der Lohn aus der Botschaft kommt unregelmäßig. In Zaire herrschen Unruhen, und in Tansania versterben in den zairischen Familien Leute auf mysteriöse Weise. Einen hat eine Ziege gefressen. Hat man so was schon mal gehört?

Mama ist vom Haus so erstickt, dass sie beschließt, mit uns zum Coco Beach zu gehen.

»Papa möchte nicht häufiger Auto fahren als nötig«, erklärt Mama. Und: »Papa möchte aus Upanga weg.« Papa und Papa Kabeya sind jetzt nämlich verfeindet. Elombe wurde zu Verwandten nach Frankreich geschickt, und Moise sagt, das ist alles Dinas Schuld. Aber wir können nicht umziehen. Die Botschaft hat kein freies Haus.

Yusuf, der manchmal auch als Chauffeur dient, bietet an, uns zu fahren.

»Papa hat Bauchschmerzen«, sagt Mama wieder, als hätte sich dieser Satz in ihrem Kopf festgehakt.

Am Strand essen Mai und ich gegrillten Mais. Wir rennen und lassen uns vom Wind vorwärtsschubsen. Wir gehen ans Wasser und hopsen hoch, wenn uns eine Welle erwischt.

Lass ihre Hand nicht los, sagt Gott.

Warum soll ich die ganze Zeit auf sie aufpassen?, frage ich.

Weil sie dir gegeben wurde, damit du sie liebst.

Ein Massai steht am Wasser und sieht zu uns herüber. Kronkorken, Glasscherben und ein Knäuel aus Tang und einem alten Stofffetzen werden angeschwemmt. Die Massaifüße in Sandalen treten gegen eine Plastikflasche. Der Himmel hinter dem Massaikopf ist grau. Der Mann ist stehen geblieben, um uns zuzusehen. Die Armreife in seiner Hand rasseln.

Vor meinen Füßen liegt Mai, und dann wiegt Mama sie hin und her. Mai hustet und hustet, wieder und wieder. Sie hat Asthma, erklärt Mama, als jemand fragt. Und nicht, dass das Wasser als Vergeltung über Mai und mir zusammengeschlagen ist. Nicht, dass ich ihre Hand losgelassen habe. Nicht, dass Mai für ein paar Sekunden nicht mehr auf dieser Erde war. Gott notiert. Sein Anzug ist nass vom Meerwasser.

Bin ich böse? Ich habe ihre Hand nicht festgehalten, und sie ist verschwunden.

Gott schweigt.

Wo ist sie hin, als sie verschwunden ist?

Auf die andere Seite, sagt Gott.

Wird Mai sterben?

Gott wringt den Ärmel seines nassen Jacketts aus, antwortet aber nicht.

Kann irgendwer sie retten?

Du, antwortet Gott.

Im Hof von einem der Häuser in unserer Straße stehen versteinerte Menschen. Von Sockeln gucken sie mit toten Augen in die Welt. Einer hat den Arm um ein kleines Kind gelegt. Einem anderen fehlt der Kopf. Es sind Menschen, die von Mami Wata, der im Meer lebenden Hexe mit Fischschwanz, versteinert wurden.

»Weißt du, dass die in der Nacht zum Leben erwachen und durch die Straßen schleichen? Mit rot glühenden Augen lechzen sie hungrig nach schlaflosen Kindern«, hat Dina immer behauptet, wenn wir gemeinsam zur Schule gegangen sind.

Obwohl ich mittlerweile kapiert habe, dass auf den Grundstücken der Europäer nur Statuen stehen, husche ich an der italienischen Residenz lieber ganz schnell vorbei. Die Sonne hat noch keine Kraft, dafür ist es zu früh, und trotzdem bin ich froh über die Schatten der Bäume, die die Straße säumen. Aus einem Geschäft schallt Bob Marley. Davor sitzt eine Mama und raucht eine Zigarette. Ihr Blick geht in die Ferne, das Knarzen meiner Schultasche reißt sie nicht aus ihren tiefen Gedanken. Stattdessen nimmt sie einen langen Zug und seufzt eine Rauchwolke aus. Ich halte den Atem an und gehe hindurch.

Zwei Massai hocken an einem Spieltisch und bewegen wortlos die Steine. Ich renne über die Straße und begegne zwei Frauen im Nikab, eine trägt eine riesige Tüte voll Zuckerrohr.

Vor Dinas alter Secondary School stehen die Schülerinnen und Schüler in dunkelroten Röcken und Hosen. Zwei Mädchen aus meiner Schule stechen mit ihren blauen Röcken hervor. Ethel ist blond und hat braune Pünktchen im Gesicht. Die beiden tuscheln und lachen. Irene ist groß und hat um den Hals eine Narbe. Man flüstert sich zu, dass sie jemand erhängen wollte, als sie klein war.

Ich sage Hallo zu den beiden. Sie lachen überrascht auf, werden langsamer, und wir gehen gemeinsam. Sie fragen, was ich in meiner Pausendose habe. Mama hat einen Kuchen gebacken und meine Wasserflasche mit Saft gefüllt. Das beeindruckt die beiden nicht. Ethel sagt, sie darf sich was kaufen. Ich wünsche mir, ebenfalls Essensgeld zu bekommen.

In den Pausen spiele ich jetzt immer Bao mit Grace. Von allen Mädchen wird sie von den Lehrern am meisten geschlagen. Sie hat trockene Haut und kratzt oft an ihren Handgelenken. Ihre eingeflochtenen Zöpfe sind immer schlampig gemacht und fransen am Ansatz aus. Im Betragenheft kriegt sie oft ein Minus in Aussehen.

Als wir zum ersten Mal in der Pause miteinander auf der Veranda saßen, hatte ich sechzehn Löcher gegraben und Steine gesammelt. Sie setzte sich neben mich, und wir fingen, ohne Überleitung oder irgendwas zu sagen, an, Bao zu spielen.

»*Kichaa, Kichaa, ana pembe yake,* der Verrückte hat seine Hörner«, sagte sie jedes Mal, wenn sie die Steine aus ihrer Hand in die Löcher auf ihrer Seite verteilte, von meiner welche nahm und immer mehr Steine zu ihr gelangten. Eine Partie Bao kann schon mal die ganze Pause dauern, aber heute sind wir beide abgelenkt und hören schnell wieder auf und sitzen nur vorm Klassenraum der Drittklässler im Schatten. Ein grauer Vogel hat in den Büschen etwas entdeckt und weiß nun nicht, was stärker ist, seine Angst vor uns oder sein Hunger.

Ethel und Irene kommen herüber, vielleicht weil ich am Morgen Hallo zu ihnen gesagt habe, und fragen, ob wir bei ihrem Kreisspiel mitmachen wollen. Ein Kreis aus Mädchen bewegt sich um eines in der Mitte. Solange alle klatschen, muss die in der Mitte tanzen, dann deckt sie sich mit einer Hand die Augen zu und dreht sich im Kreis, bis das Lied vorbei ist. Die, auf die sie dann zeigt, muss als Nächstes in die Mitte. Ich komme dran. Viele Blicke sind auf mich gerichtet. Mir wird ganz heiß. Aber ich muss tanzen. Ich habe gesehen, wie Dina ihre Hüften bewegt. Dinas Bewegungen in Richtung Boden. Aber bei diesem Geschüttel des Körpers wird das ganze schleimige Weiß, das da auf der Dachterrasse in meinen Bauch gesickert ist, aufgewirbelt. Ich setze mich schnell hin und umfasse meinen Bauch. Die anderen Mädchen sagen nichts. Ich weiß nicht, was für Gesichter sie machen, denn als ich wieder hochsehe, sind sie schon mit etwas anderem beschäftigt. Ethel, Irene und ein drittes Mädchen flüstern.

Ethel, Irene und das dritte Mädchen kichern. Sie legen die Arme umeinander und singen einen Reim, den ich weder kenne noch verstehe. Mit ihren Füßen deuten sie auf mein Geschlecht. Als ob alle es wissen. Grace steht neben mir, sagt aber nichts.

Als wüssten sie, dass ich gern die Wörter aus Monsieur Éléphants Liedern sein wollte. Dass ich oben auf der Dachterrasse auf ihn gewartet und auf Süßigkeiten und verrückte Geschichten gehofft habe. Dass ich in sein Zimmer mitgekommen bin und nun nie mehr das schönste Mädchen der Welt werden kann. Dass ich später noch zweimal auf die Dachterrasse mitgegangen bin, aber mir keine Gedichte mehr gesagt wurden, sondern nur, dass ich daliegen und eine Weile den Himmel betrachten soll. Ich bin kein Kind mehr. Doch ich weiß, dass das, was er gemacht hat, kein Zauber war. Wenn ich mich nun aber irre? Immerhin hat er gesagt, dass es irgendein Zauber ist. Dass ich nur warten muss, um das zu erkennen.

Ich sitze da und umklammere meinen Bauch. Als es Zeit ist, wieder in die Klasse zu gehen, stützt mich Grace, sagt aber noch immer nichts.

»Vielleicht gibt es Hoffnung«, sagt Mama in der Hitze der Augustsonne. Die Kleider kleben, und wir bleiben im Schatten. Auf der Türschwelle sitzend, warten wir darauf, dass uns die Sonne auf der Loggia Platz macht. Der Teppich pikst. Aber Mama sitzt gern hier. Mai spielt mit der Puppe, die ihr Mama auf dem großen Markt in Kariakoo gekauft hat. Die konnte »Mama« sagen, bis ich sie heimlich gebadet habe. Jetzt gibt sie nur mehr ein jammerndes Quäken von sich. Sie klingt wie die Straßenkatze, die manchmal um Mamas Gärtchen herumstreunt, Mama sagt Teufelsvieh zu ihr und verscheucht sie mit einem Stock oder was sie auch gerade zur Hand hat. Einmal hat sie meine Sandale nach ihr geworfen, und die ist in dem hohen Gras von Mamas Gärtchen verschwunden, das, obwohl es so klein ist, Sachen verschlucken kann.

Mama fächelt sich mit einer Zeitung Luft zu. Aber mir raubt der Geruch der Druckerschwärze den Atem, deshalb benutze ich lieber die Hand. Mai macht es wie ich und wedelt frenetisch mit beiden Händen.

Gott studiert die Zeitung.

Papa sitzt in seinem Sessel und redet über die Konferenz in Kinshasa, bei der die Teilnehmer den Beschluss, das Land wieder in Kongo umzubenennen, mit frenetischem Beifall unterstrichen haben. Gott blättert die Zeitung durch. Da steht nichts davon.

Der Präsident und auch die internationalen Mächte haben den Namenswechsel nicht anerkannt. Papa schüttelt den Kopf.

»Es braucht eine Veränderung«, sagt er.

Möchtest du, dass sich die Dinge verändern?, frage ich Gott.

Nicht ich schaffe Veränderung, antwortet Gott.

Sie reden über Tshisékédi, den neuen Premierminister.

»Vielleicht gibt es Hoffnung«, sagt Mama noch mal. »Viele glauben an ihn. Er steht dem Präsidenten kritisch gegenüber.«

Papa antwortet, dass die Macht des Teufels groß ist.

»Der Hunger des Teufels ist unstillbar. Er korrumpiert die Menschen.« Menschen sind sündhaft und wollen Dinge tun, die falsch sind. Und die hungrigsten Menschen sind die mit Macht. Der Teufel gewinnt immer.

Mama sagt nichts.

Als im September die letzten Mangos vom Baum fallen, müssen wir erneut Platz im Arbeitszimmer schaffen. Zuri stellt das Bügeleisen und den Tisch um. Mein zweiunddreißigjähriger Bruder Kasamba ist da. Er ist den weiten Weg von Swasiland hierhergekommen. Viel davon zu Fuß, er war wochenlang auf reisendem Fuß, wie er sagt. Deswegen sind seine Füße ganz weiß vom Staub, und er hat tiefdunkle Linien im Gesicht. Während mein Bruder erzählt, was er vorhat, geht Papas Blick in die Ferne. Kasamba will durch die Welt ziehen, und er will zeichnen. Erst mal noch nicht als Ökonom arbeiten. Papa schweigt, und da wird Kasambas Stimme zittrig. Mein Bruder ist groß. Ein Doppelgänger von Michael Jordan, heißt es immer wieder. Der ist bestimmt Zairer, sagen die Zairer über den Basketballspieler, genau wie über die meisten anderen amerikanischen Stars. Kasamba hat ständig Papier und Stift bei sich. Er zeichnet mich. Meine Haare sind geflochten, und die Linien des Schlafanzugs hören über meinen Hüften auf. Er zeichnet Mai schlafend mit dem Daumen im Mund. Unser Nachbar meint, wir sollen ihr Piri Piri draufschmieren, dann hört sie damit auf.

Kasamba erzählt, dass die Geschwister es mit dem verfügbaren Geld gerade so nach Swasiland geschafft hatten. Dort kamen sie in ein Flüchtlingslager. Er sagt, Dina und Kimpa wollen mit Kimpas neuem Mann, einem Arzt, nach Deutschland gehen. Zos Aufenthaltsort ist unbekannt, keiner weiß, wo er ist. Lu hat in Johannesburg Arbeit gefunden.

Ohne ein Wort zu sagen, verlässt Papa den Tisch.

»Wo ist Zo?«, fragt Mama Kasamaba eines Abends, als die beiden auf der Loggia sitzen.

»Es war heftig für die drei im Flüchtlingslager. Sie hatten bei den Behörden die Angabe gemacht, elternlos zu sein. Ohne George wäre Dina jetzt tot. Er ist auch Zairer, lebt aber in Deutschland und war mit Ärzte ohne Grenzen da. Er hat sich auf der Stelle in Kimpa verliebt.«

»Ja, das tun alle«, antwortet Mama.

Wie fast jeden Abend trinken die beiden Tee und tuscheln miteinander. Ich sitze auf der anderen Seite der Wand und tue so, als würde ich lesen.

»Zo hat eine Gruppe Leute kennengelernt und sich mit jemandem angefreundet, der jemanden kannte, der angeblich wusste, wie man eine unkomplizierte Überfahrt nach England organisiert. Als klar wurde, dass Dina und Kimpa nach Deutschland gehen, hat Zo das Lager verlassen. Er hat zum Abschied nur einen Brief geschrieben. Bei meiner Ankunft war Zo schon weg.«

»Wie schrecklich! Er hätte nach Hause kommen sollen. Sie alle hätten nach Hause kommen sollen.«

Kasamba antwortet nicht.

»Was ist mit Dina?«

»Sie hat doch Briefe geschrieben. Hast du keine bekommen?«

»Briefe? Ich habe keinen Brief gesehen.«

Wieder hängt da dieses Schweigen.

Gott hat ein Holzbrett.

Was ist das?, frage ich Gott.

Das ist ein Lukasa. Eine Art Erinnerungsbrett, das die Baluba verwenden, um ihre Geschichte zu erzählen. Dieses Erzählen ist eine Darbringung, ein Auftritt, weshalb sich die Erzählungen je nach Erzähler verändern.

Ist das hier die Geschichte der Baluba?

Das hier, Adi, ist die gesamte Geschichte, antwortet er. Das Brett ist mit verschiedenfarbigen Perlen in unterschiedlichen Mustern besetzt. Es wirkt wie zweigeteilt, wobei der untere Teil den oberen spiegelt.

Als sich Gott seinem Notizbuch zuwendet und losschreibt, legt er das Brett neben seinen Füßen ab. Ich tue so, als würde ich mich ganz auf den grauen Himmel konzentrieren, wo gerade eine Wolke zur Gestalt eines Mädchens wird, das mit Pfeil und Bogen auf die Sonne zielt, greife aber nach dem Erinnerungsbrett und stecke es ein.

Gott sagt nichts.

Mai und ich haben Kasamba wochenlang hinterherspioniert. Wir haben uns die Zeichnungen angeguckt, die er versteckt. Bilder von Frauen mit nackten Brüsten und Fischflossen. Ein Bild nach dem anderen, in seinem Block.

Wenn Kasamba nicht zeichnet, spielt er Gitarre. Er spielt in der Dämmerung auf der Dachterrasse, und die wehenden Kleidungsstücke umgeben ihn wie ein freundlich gesinntes Publikum. Er schreibt seine eigenen Hymnen. Er singt vom Paradies, und Mama findet es schön, dass er zu Gott singt.

Beim Abendgebet holt er die Gitarre.

Ich soll *Esengo ezali na lola,* die Freude wartet im Himmel, wiederholen.

Kasamba erfindet die Verse erst in diesem Moment.

Er singt Mai, du Liebe, du hattest Schmerzen und warst doch nicht betrübt

Und ich antworte, denn die Freude wartet im Himmel

Liebste Mutter, die mir das Leben geschenkt, was du alles für deine Kinder tust, obwohl es hart ist

Und ich antworte, denn die Freude wartet im Himmel

Papa summt und klatscht.

Lieber Vater, setzt Kasamba an, aber Papa schüttelt den Kopf und sagt Nein. Kasamba stockt.

Und ich antworte, denn die Freude wartet im Himmel. Kasamba lächelt mir zu.

Kasamba wechselt übergangslos zu einem neuen Lied, und wir singen auf Tschiluba die Lieder aus dem englischen Psalmenbuch.

Kasamba möchte wirklich von Papa gemocht werden. Er bittet darum, ihn morgens zur Arbeit fahren zu dürfen, da Papa noch immer Bauchschmerzen hat. Seit die Anderen abgehauen sind, ist Papas Bauch nervös, als würde eine Schlange darin herumkriechen. Als Papa das gesagt hat, bekam Mama Angst, und sie ist hoch auf die Dachterrasse, um zu fasten.

Für mich ist es gut, dass Kasamba das für Papa tut, weil ich dann auch gebracht werde. Wir fahren zuerst zur zairischen Botschaft, die zehn Autominuten von Upanga weg ist. Das Gebäude liegt im Schatten von hohen, dicht belaubten Bäumen. Da musste bereits mehrmals jemand kommen, um die kleinen, in den Baumkronen lebenden Äffchen zu entfernen. Papa beschwert sich oft über ihr nachmittägliches Geschrei. Der Botschafter meint, dass er wohl irgendwann alle Bäume fällen muss. Papa bittet Kasamba, ihn um fünf abzuholen, und geht ordentlich gekleidet im Anzug und mit geradem Rücken auf das Gebäude zu.

Ich habe Kasamba zwar nachspioniert und mit ihm gesungen, aber ich weiß nicht, was ich mit ihm reden soll. Ich ertrage es kaum, ihm in die Augen zu schauen. *In denen liegt so viel,* sagt Gott.

»Hat dir Mama Reis mit Kidneybohnen gemacht?«, fragt Kasamba.

Ich nicke.

»Mein Lieblingsessen!«

Da fällt mir ein, dass mir Mama mal erzählt hat, dass Kasamba und ich dasselbe Lieblingsessen haben. Kidneybohnen in Tomatensoße, die Mama mit rotem Palmöl mischt, und dazu leicht gezuckerter Reis.

»Bei so einer Pausendose wünsche ich mir fast, selbst noch in die Schule zu gehen.«

»Du kannst doch in die Schule gehen.« Ich denke an sein langes Gespräch mit Papa, der findet, Kasamba soll zurück zur Universität und seinen Abschluss machen.

»Stimmt, Papa möchte das.« Kasamba seufzt. »Weißt du, wie es ist, wenn man einen Traum hat?«

»Ich werde mal Schriftstellerin.«

Kasamba lacht.

»Siehst du, noch was, worum man dich beneiden kann. Ich habe keinen blassen Schimmer. Ich weiß nicht einmal, ob es irgendeine Bedeutung hat, dass ich hier bin.«

Kasamba biegt ab und hält vor der Schule.

»Ich kann dich nachher nicht abholen. Papa hat ein Treffen mit einem seiner Bekannten, zu dem ich mitkommen soll. Du musst nach Hause laufen.«

Ich nicke.

»Hey, das wird der beste Tag mit dem leckersten Pausenessen!« Kasamba reibt sich genüsslich stöhnend den Bauch.

Er hat ein ansteckendes Lächeln, mein Bruder Kasamba.

Aber in der Mittagspause sitze ich zur heißesten Tageszeit fröstelnd auf dem belebten Schulhof. Ich beobachte, wie sich manche Kinder exotische Früchte wie Äpfel oder Tüten mit Katchori, Vitumbua oder Chipsi Mayai kaufen. Einige Kinder drängeln sich um den Stand, an dem es Stifte und nach Süßigkeiten duftende Radiergummis gibt. Es riecht nach frisch gebackenen Sambusa. Die Frau, die sie macht, winkt mir mit einem zu, um mich zu ködern. Heute habe ich kein Geld. Das letzte Mal hatte ich welches, als ich es in Papas Tasche ~~gefunden~~ habe. Gott streicht das Wort gefunden durch.

Alles ist genau wie sonst, und trotzdem ist alles wie auf den Kopf gestellt. Fräulein Maulidi hat am Vormittag zwei Schülerinnen vor die Klasse gerufen, Grace und mich. Wir mussten uns mit dem Rücken zur Tafel stellen, auf die sie dann hörbar mit Kreide etwas schrieb.

»Ihr dürft euch nicht umdrehen«, sagte Fräulein Maulidi und wandte sich an die Klasse, um mit dem Unterricht zu beginnen. Die Blicke aller hundert anderen Kinder in der Klasse waren auf uns gerichtet, während Fräulein Maulidi über englische Verben redete. Das Wort an der Tafel hinter uns brannte, und ich kämpfte schwer mit den Tränen. Als Grace sich zur Tafel umdrehen wollte, um zu lesen, schrie Fräulein Maulidi auf und griff nach dem Lineal. Sie drosch auf Grace ein. Aber Grace weinte nicht. Sie ballte nur die Fäuste. Fräulein Maulidi ging zum Katheder, kritzelte rasch etwas auf einen Zettel und schickte Grace zum Rektor.

»Aus dir wird nichts«, sagte sie, als sie mir das englische Aufgabenheft zurückgab und ich mich wieder setzen durfte. Erst auf meinem Platz wagte ich den Blick zur Tafel. Dort stand in großen Buchstaben »lost woman«. Das Schlimmste an der Sache war aber nicht, dass Fräulein Maulidi mich und meine Freundin vor den Jungen als leichte Frauen abgestempelt hatte. Diesen Jungen, die keine Gelegenheit ausließen, angeblich leichte Mädchen zu schnappen und anzugrapschen. Auch nicht, dass sie es vor so Lästerzungen wie Ethel und ihren Freundinnen geschrieben hatte und nie wieder ein Mädchen aus der Klasse mit mir spielen würde. Haben sie ja auch bisher schon nicht viel. Nein, das Schlimmste ist, dass Fräulein Maulidi etwas in mein Aufgabenheft geschrieben hat. Das Heft, das Papa jeden Tag nach der Schule kontrolliert.

Die Mittagspause verfliegt, ich verschlucke mich an den Bohnen und huste so sehr, dass mir Tränen in die Augen schießen. Erst fragt Ethel, ob alles gut ist, aber dann lacht sie, als fände sie mich seltsam. In der letzten Stunde haben wir Erdkunde bei dem gemeinen Sir Leo, der gerne Kollektivstrafen austeilt. Die Klasse ist laut und unruhig, also müssen alle ihre rechte Hand vorstrecken. Er schlägt jeden und jede Einzelne von uns. Eine Klasse mit hundert Kindern. Trotzdem hoffe ich, dass die Stunde niemals aufhört.

Ich gehe nach Hause, aber meine Füße kleben am Boden. An heißen Tagen ist der Heimweg immer besonders weit, und weil ich mittags nichts runtergebracht habe, bin ich außerdem durstig und schlapp. Die Hand brennt von Sir Leos Schlägen. Kurz vor Upanga 81 bleibe ich vor dem Hochhaus stehen, in dem nur tansanische Staatsbedienstete wohnen dürfen. Ich fröstle noch immer, und meine Brust fühlt sich an, als würde ich etwas herausdrücken wollen, das nicht genug Platz hat. Der Kloakengeruch ist heftig, trotzdem setze ich mich auf den Boden und greife an meine Brust, da wo das Herz kämpft wie ein in einem Netz verhedderter Vogel.

Ein Mann auf einem Fahrrad hält an.

»Hast du dich verlaufen?«

Ich ringe nach Worten, aber sie wollen nicht heraus.

»Wo wohnst du?«

Er steht wartend vor mir.

Irgendwann bringe ich endlich hervor, dass ich ganz in der Nähe wohne. Dass meine Hand wehtut, weil mich mein Lehrer geschlagen hat. Da lacht er. Er hat Lachfalten.

»Das geht vorbei«, sagt er. »Der Lehrer hat nur seine Pflicht getan.«

Er nimmt aus seinem vollen Korb eine Tüte Ubuyu, in Zucker, Chili und rotem Farbstoff eingekochte und dann in Mabuyumehl gewälzte Kerne der Baobab-Frucht. Einmal hat sie eine Frau in einem Schuppen am Coco Beach hergestellt. Dina und ich haben ihr zugeschaut. Er gibt mir die Tüte.

»Bitte schön, bis deine Tränen versiegt sind und die Welt wieder heller aussieht.«

Yusuf, unser Wächter, steht rauchend im Hof. Ich schaffe es, das Tor selbst aufzumachen, er winkt. Der Mangobaum tanzt. Gerade ist so eine Zeit, in der angefaulte Mangos vom Baum plumpsen. Also gehe ich lieber nicht darunter durch. Mama gießt ihr Gärtchen, und Mai hilft ihr. Sie soll den Schlauch so halten, dass er nicht vom Hahn abrutscht, der aus dem Boden des Hinterhofs in die Höhe ragt. Aber Mai ist mit ihrer Aufmerksamkeit bei dem verlassenen Schuppen auf dem Nachbarsgrundstück, in den Fledermäuse eingezogen sind. Mai möchte sie sehen, aber sie schlafen. In der Hoffnung, dass sie davon aufwachen, wirft Mai mit kleinen Stöckchen und vergisst darüber, was sie tun soll.

Mama und Mai bemerken mich, und wir gehen hoch in die Wohnung. Mai möchte, dass wir auf der Loggia spielen, aber Mama hat eine Aufgabe für mich. Sie sagt, ich werde einmal eine Mama sein, und dann muss ich für meine Kinder kochen können. Außerdem muss das Essen vorbereitet werden, damit es fertig ist, wenn Papa heimkommt. Da fällt mir Dinas Stein ein, den ich in irgendeine meiner Taschen gesteckt habe. Ich gehe zum Tor hinunter und quetsche den Stein in den Schlitz. Vielleicht passiert heute etwas auf der Arbeit, weswegen Papa dann plötzlich verreisen muss. Dann überlege ich eine Weile, ob ich das Aufgabenheft zerreißen soll, traue mich aber nicht.

Mama nimmt mich mit in die Küche, wo sie Fisch mit Reis und Gemüse zubereitet. Zuri geht ins Esszimmer und füttert Mai. Mama brät den Fisch, während ich Zwiebeln hacke und den Reis würze. Die Abflussrohre in der Küche sind alt und lecken, wenn wir abwaschen oder Wasser laufen lassen. Für die Instandhaltung des Hauses fehlt das Geld, sagt

Mama, außerdem gehört es uns nicht, wir wohnen hier nur so lange, wie Papa an der Botschaft arbeitet. Unterm Spülbecken steht ein Eimer, in dem wir das Wasser auffangen. Ich muss helfen, ihn ins Klo zu leeren.

Als Papa und Kasamba nach Hause kommen, geht Kasamba schnurstracks auf die Dachterrasse. Sein Gesicht ist wie versteinert, und er sagt, dass er nicht gestört werden will. Papa hat das Tor ohne Probleme öffnen können. Ich gehe hinunter und pule den Stein wieder aus dem Schlitz. Papa vom Haus fernzuhalten, war vielleicht nicht seine Bestimmung, trotzdem hatte ich gehofft, es würde funktionieren.

Papa isst und macht dann wie üblich sein Nickerchen. Während er schläft, suche ich Mais Babywanne und verstecke sie im Arbeitszimmer unterm Bett. Ich verstecke Mamas Schlappen. Aber das Haus ist noch immer voller Dinge, die gegen mich verwendet werden können. Mai möchte spielen, aber ich kann an Spielen nicht denken. Ich gebe ihr ein paar von meinen Ubuyu. Sie lutscht daran und zeigt mir ihre rosa Zunge. Ich sage ihr, sie muss still sein und in unserem Zimmer bleiben, weil Papa schläft.

Als ich höre, wie Papa die Klospülung betätigt, was ein sicheres Zeichen dafür ist, dass er wach ist, heule ich untröstlich los. Mama kommt. Sie versteht nichts. Ob ich mich gestoßen habe? Ob mir etwas wehtut?

Papa ruft nach mir, und ich beginne Mama anzuflehen.

»Bitte, ich will keine Hausaufgaben machen, liebe Mama. Liebe, liebe Mama. Ich habe Kopfweh.«

»Du bist nicht krank, Adi, und du musst deine Hausaufgaben machen.«

»Bitte, liebe Mama.« Papa ruft wieder. Ich muss jetzt zu ihm, sonst glaubt er, ich versuche, ungehorsam zu sein.

Ich wische die Tränen weg, gehe raus und setze mich zitternd hin. Jetzt ist Papa schon wütend, weil er von mir keine

Antwort auf sein Rufen bekommen hat. Ich habe das Englisch-Aufgabenheft im Hausaufgabenstapel ganz nach unten gelegt. Ich verstecke meine Hände im Schoß und warte.

Als Letztes schlägt Papa das Englischheft auf. Er sieht den roten Text.

Adi zeigt in der Schule ein schludriges Benehmen. Meine Kollegen haben auf dem Schulhof ein unmoralisches Betragen registriert. Und auch in den Unterrichtsstunden zeigt sich ihr Desinteresse für die Schule. Es ist wichtig, dass Sie zu Hause hart durchgreifen, sonst endet sie irgendwann als lost woman.

Papa schnaubt. Dann greift er mir an den Kopf und knallt ihn auf die Tischplatte.

Mama hat mich in dem Zimmer, das jetzt Mais und meines ist, auf einen Hocker gesetzt. Sie reibt die nach gestern Abend an meiner Stirn gewachsene Beule mit Tigerbalsam ein. Kasamba sitzt bei uns und malt. Als er über Mamas Geschwister redet, reibt Mama mit mehr Druck. Ich traue mich nicht, etwas zu sagen. Es tut weh. Mein ganzer Kopf tut weh, aber ich weine nicht mehr.

Kasamba erzählt, dass er ihnen vor ein paar Jahren mal geschrieben und dabei herausgefunden hat, dass die jüngste Schwester in Kinshasa lebt.

»Auf dem Weg nach Südafrika habe ich sie getroffen.«

»Warum?«, fragt Mama und reibt jetzt nicht mehr an mir herum, sondern guckt in die Dose.

»Ich weiß es nicht. Vielleicht habe ich gehofft, dass mich deine Geschwister lieber mögen als die von Papa.«

Mama wird still. Das ist jetzt wie eins ihrer privaten Gespräche auf der Loggia, und sie haben vergessen, dass ich da bin.

»Sie hat gesagt, dass sie viele Jahre lang versucht haben, Kontakt mit dir aufzunehmen.«

»Menschen sagen viel«, antwortet Mama. »Wie geht es ihr denn?«

Kasamba erzählt von seinem ersten Treffen mit der Tante.

Die Tante hatte von einem Freund gerade eine Hose bekommen, als Herausforderung. Keine eng anliegende oder so, nur eine locker sitzende mit Mustern. Die Tante hatte eine Schwäche für Herausforderungen, also nahm sie natürlich an. Aber die Hose war so eigenartig geschnitten, dass ihr die vordere Hosennaht bei jedem Schritt gegen die Pipiblase drückte. Bald musste sie so dringend mal für kleine Mädchen, dass sie deswegen in einen Friseursalon huschte. Nur ist das Pipimachen mit einer Hose viel schwieriger. Man kann sie ja nicht einfach hochraffen und sich hinhocken. Abgesehen davon war die Toilette des Salons so dreckig, dass sie beschloss, lieber weiter einzuhalten, als über diesem stinkenden Loch den Kampf mit der Hose anzutreten. Also ging sie nach Hause, langsam, mit Tippelschritten. Sie betete zu allen erdenklichen Engeln in ihrer Nähe, sie mögen ihr helfen, es bis nach Hause zu schaffen. Die Leute glotzten sie an und fragten sich vermutlich, was das für durchgeknallte Frau war, so seltsam wie sie lief und dabei mit sich selbst redete.

Wir lachen alle.

»Also ich kann nicht glauben, dass sie ihrem Neffen so eine Geschichte erzählt hat. Sie ist unverbesserlich!«

»Sie ist großartig. Ziemlich jugendlich«, lacht Kasamba. Er studiert Mama. Er zeichnet sie.

»Sie hat von Tante Imani erzählt.«

»Schluss!«, unterbricht ihn Mama. »Darüber sprechen wir nicht.«

Papa ruft nach uns. Er sagt, es ist Zeit zum Beten.

Kasamba seufzt.

Mama wickelt mir ein Tuch um den Kopf.

Wir versammeln uns im Wohnzimmer. Mama kann Mai nur schwer bändigen.

Seit Kasamba da ist, hält Papa jeden Abend Gebetsstunde. Auch wenn der Strom ausgefallen ist und wir in der Dunkelheit ganz schläfrig werden.

Aber statt zu beten, erzählt er aus seinem Leben.

Dies ist die Geschichte über die Brüder, die ein Kind verschlungen haben

1983. Kabongo Mukendi kannte viele Geschichten über Brüder, die einander Böses antun. In der Bibel, die ihm mit den Jahren eine immer wichtigere Quelle des Trosts geworden war, gab es jede Menge Verrat zwischen Brüdern. Kain erschlug seinen Bruder Abel und beging damit den ersten Mord der Bibel. Josef hatte Träume über die Zukunft und wurde von seinen Brüdern verkauft. Jakob luchste seinem Bruder Esau den väterlichen Segen und das Erstgeburtsrecht ab. Der biblische Gott hatte eine Art, den Frommen, jenen, die in ihrem Glauben nicht wankten, Wiedergutmachung zu verschaffen. Als Kabongo 1983 mit seinem toten Kind in den Armen dastand, fragte er Gott, wie er diese Ungerechtigkeit rächen wolle. Wie wollte Gott ihm begründen, dass die Sonne weiter aufging, wo doch seine jüngste Tochter nicht mehr atmete? Dass der Regen kommen und auf die großen Bäume im Wald prasseln würde wie immer? Dass nach dem Regen die Affen auftauchen würden, um die Papayas vorm Haus zu fressen? Gott gab keine Antwort.

Kabongo hatte Gott vor langer Zeit versprochen, gehorsam zu sein. Sein Vater hatte ihm einen Auftrag gegeben. Aber Kabongo war weggelaufen und hatte all seine Versprechen und Pflichten vergessen.

1957. Er war von zu Hause weggegangen und erst wieder zurückgekommen, nachdem er als Einundzwanzigjähriger sein Studium in Brüssel erfolgreich abgeschlossen hatte. Da steckten seine Brüder und der Hof in finanziellen Schwierigkeiten. Der älteste Bruder bekniete Kabongo beinahe, ihnen zu helfen. Kabongo willigte ein, mit seinen Brüdern zu arbeiten, verlangte aber als Gegenleistung, dass sie ihm einen großen Traum finanzierten. Er träumte von der Errichtung einer Schule samt Bibliothek voller Bücher zur Förderung der fortschrittlichen Entwicklung zukünftiger Generationen. Die Brüder stimmten zu, und Kabongos Traum von der Schule wurde wahr. Sie gedieh rasant, aber auch die wirtschaftliche Situation der Familie kam durch Kabongos Instinkt schnell wieder auf die Beine. Doch irgendetwas schwebte über Luse Mulus Kindern. Etwas, das keine Ruhe fand. Die Brüder waren verschwenderisch. Aufgrund ihres Reichtums und dem Ansehen ihres Vaters gehörten sie zur gesellschaftlichen Klasse der sogenannten fortschrittlichen Kongolesen. Diese begriffen sich als den Weißen ebenbürtig, wenn nicht sogar ein bisschen überlegen. Der Kongo der Kolonialzeit kannte keine Gleichbehandlung. Für die weißen Belgier und die schwarzen Kongolesen galten unterschiedliche Gesetze und Regeln. Und unter den Schwarzen galten unterschiedliche Regeln, je nachdem, zu welchem Stamm, welcher Ethnie man gehörte.

Die Belgier hatten ein Prüfungsverfahren eingeführt, das einem Schwarzen die »carte d'immatriculation«, eine Art bessergestellte Staatsbürgerschaft, verschaffen konnte. Der Test bestand in erster Linie darin, dass ein Inspektionskomitee zu einem nach Hause kam und kontrollierte, wie man lebte, aß, wie viel Französisch gesprochen wurde. Wer diese Prüfung bestand, stieg sozial auf, wurde wie ein Europäer behandelt und entkam den rassistischen Beschränkungen, die allen anderen Kongolesen auferlegt waren.

Als sich Kabongo weigerte, mit ihnen zu trinken, und sich weigerte, das zum Verkauf gedachte Benzin im Laden zu verdünnen, und sich weigerte, angefaulte oder verdorbene Maniokwurzeln zu verkaufen, und sich weigerte, das Mädchen zu heiraten, das sie ihm ausgesucht hatten, vergaßen die Brüder, welchen Dank sie ihm schuldig waren. Sie nannten ihn einen Mönch und den Vertrockneten. Aber Kabongo waren seine Brüder egal. Er hatte seine Schule errichtet und das Mädchen gefunden, das er heiraten wollte. Jedoch sollte ein anderer Zwist zwischen einer anderen Art Brüder alles zerstören, was er im Begriff war aufzubauen.

Kabongo und seine Familie gehörten innerhalb der Baluba zu einer ethnischen Gruppe, die aus Kasaï stammte, einer Provinz nordwestlich der Katangaprovinz, in der sie nun lebten. Zu König Leopolds Zeit waren viele Menschen aus Kasaï geflohen. Man hatte sie in Katanga wie Brüder empfangen. Obwohl sie alle Baluba waren, wurde seit geraumer Zeit zwischen den Baluba aus Katanga, auch Lulua genannt, und den Baluba aus Kasaï, den Luba-Kasaï, unterschieden.

Die aus ihrer Heimat vertriebenen Luba-Kasaï waren ganz erpicht darauf, sich eine neue Zukunft aufzubauen. Sie wurden von den Belgiern bevorzugt behandelt, und so entstand allmählich der Mythos von der Effizienz, Tüchtigkeit und Kraft der Luba-Kasaï, was im Laufe der Zeit die Luba-Kasaï und die Lulua in zwei Lager spaltete.

In Kabongos Jugend, den 1950ern, begannen die Belgier, die gewachsene Macht und Privilegien der Luba-Kasaï zu fürchten. So halfen im Jahr 1952 die belgischen Behörden und die katholische Kirche bei der Einrichtung einer ethnischen Vereinigung, der Lulua Frères, um die sozioökonomische Situation der Lulua zu verbessern. Dadurch sollten sie zu den Luba-Kasaï »aufschließen« und somit ein Gegengewicht zu ihnen bilden. Damit war der Startschuss für die ethnischen Säuberungen gefallen, denen die Luba-Kasaï zwischen 1959 und 1969 ausgesetzt waren.

1983. Die Stadt Kinshasa war an einem Platz errichtet worden, der schon lange als Treffpunkt gedient hatte und früher Nshasa hieß. Genau genommen lag dieser Platz zwischen den zwei altbekannten Dörfern Nshasa und Ntampo, und die Fischer und Händler der Bahumbu und der Batéké hatten dort ihre Waren getauscht und verkauft. Für die Portugiesen diente dieser Ort dem Sklavenhandel. Und Henry Morton Stanley hatte dort nach dem Abkommen mit dem Häuptling von Ntampo, einem reichen Elfenbeinhändler, 1881 eine Handelsstation namens Léopoldville gegründet. Im Volksmund nannte man den Platz aber weiterhin Nshasa. 1983 war die Stadt, die seit Mobutus Afrikanisierung aller Namen im Land Kinshasa hieß, zu einer der größten Städte Afrikas gewachsen, in der sich unglaublich reiche Viertel und Viertel mit erodierenden, langsam einstürzenden Häusern ohne Strom eng an eng schmiegten. In den Armenvierteln lag der Gestank der offenen Kloake wie ein würgender Schal um die Bewohner, und die Müllberge zogen Mücken an, die Malaria verbreiteten. In so einem Viertel hatte Kabongo Mukendi sein gesamtes Erspartes in ein leeres, halb fertiges Haus investiert. Ein Ort, an dem die Ohnmacht mit dem Saatgut nach einem Regenguss ausgestreut wurde, sich im Körper mit dem Wasser, das man trank, vermischte, die Muskeln im Bauch verhärtete und den Darm abschnürte. Ein Ort, an dem ein Bruderzwist mit einem toten Kind endete.

Während der Konflikte zwischen den Luba-Kasaï und den Lulua 1960 in Katanga, war Kabongos Schule und alles, was er sich aufgebaut hatte, abgebrannt. Die Brüder hatten einen Umzug nach Kinshasa arrangiert und konzentrierten ihr Kapital auf Export und Politik. Von da an übernahm der älteste Bruder sämtliche Geschäfte und nannte sich schon bald Patron. Kabongo hatte keinen Einfluss mehr darauf, was im Unternehmen der Familie geschah. Er sollte einfach nur die Buchführung für sie machen, lebte im Haus des Bruders und musste allen Rede und Antwort stehen. Seine Kinder mussten die Kinder seiner Brüder mit Monsieur und Madame ansprechen.

Doch dann kam sie zur Welt, die erste Tshadi, und Kabongo war nun sechsfacher Vater. Seit mehr als zwanzig Jahren hatte er für seine Brüder gearbeitet. Sollte er sterben, bliebe seinen Kindern nichts. Seine Frau Amba war von seinen Brüdern nie akzeptiert worden, und man würde sie sicher aus dem Haus schmeißen. Kabongo begriff, dass er von seinen Brüdern fortmusste. Es fielen harte Worte. Die Brüder drohten mit verhängnisvollen Konsequenzen, falls Kabongo sie verließ. Kabongo lachte sie aus.

Das Haus, das er kaufte, wurde von ungewöhnlich viel Unglück und Pech heimgesucht. Tote Tiere im Hinterhof. Straßendiebe, die nachts Steine aus der Grundstücksmauer klauten. Eines Nachts drangen Banditen ins Haus und zertrümmerten Möbel, schlitzten Matratzen auf und stießen Töpfe und Pfannen um. Etwas Schweres stürzte auf den Fuß der ersten Tshadi und riss eine Wunde. Eine Wunde, die nicht heilen wollte. Sie starb auf unerklärliche Weise. Malaria, sagte jemand. Eine Infektion, meinte ein anderer. Aber Kabongo wusste es besser. Er war von den Ahnen gezeichnet worden. Er hatte Gott versprochen, gehorsam zu sein und dennoch seinen Brüdern die Stirn geboten. Und dafür mit dem Leben seines Kindes bezahlt.

Papa verstummt und trinkt von seinem Pulverkaffe. Unter dem Schal, den mir Mama um die Stirn gebunden hat, juckt es. Gott sitzt am Tisch und schreibt jedes Wort von Papa auf, obwohl das Licht der Petroleumlampe gar nicht bis dorthin reicht.

»Als ich da an diesem kleinen Grab stand, geschah etwas.« Papa blickt auf seine Hände hinunter. Mama räuspert sich, und Kasamba bewegt seinen Zeichenstift, aber ganz ohne Papier.

»Ich entdeckte ein Wort. *Bujitu,* Bürde. Die Wörter im Umfeld lauteten Los, Verantwortung, Pflicht, Schuld. Mein Vater, meine Brüder, die Zukunft meiner Kinder. Es ist mein Los, meine Verantwortung, meine Bestimmung auf Erden. Ich war es denen, die vor mir waren, schuldig, ihr Gedenken in Ehren zu halten. Ich war es meinem Vater schuldig, das Äußerste für meine Kinder zu tun. So ist das Gesetz des Lebens. Dies ist die Schuldigkeit eines Mannes, die Schuldigkeit eines Kindes gegenüber seinen Ahnen. Und dann träumte eure Mutter von der ersten Tshadi. Sie war nun ein Engel. Und ich versprach, ihrer zu gedenken. Ich versprach, das nächste Kind nach ihr zu benennen. Und sollte danach noch eins kommen, wollte ich der Worte meines Vaters über mein Schicksal und meine Pflicht gedenken und den Namen Mai erlösen.«

Mitte Oktober ist Mai so krank, dass sie tagelang im Bett bleiben muss. Sie redet im Fieber, aber man versteht nicht, was sie sagt.

Sie hat nach ihrem Kind gefragt, erzähle ich Gott, der einen Spiegel unter Mais Nasenlöcher hält und über die Gestalten wacht, die ihr Atem auf die blanke Fläche malt.

Mama war gerade da, um nach Mai zu sehen. Sie hatte nur Zeit für ein kurzes Gebet, dann hat sie die Hausfrauenpflicht in die Küche gerufen. Kasamba hat von einem Freund ein Kaninchen bekommen, aber Mama hat keine Ahnung, wie man die zubereitet. Jetzt stehen sie und Zuri in der Küche und starren auf das tote Tier. Kasamba hat vorhin auch auf der Bettkante gesessen und beruhigende Musik gespielt, dann hat Papa ihn gerufen, weil er über Kasambas Zukunftspläne sprechen will. Ich sitze zusammen mit Gott den ganzen Tag bei Mai.

Wie soll ich sie retten? Du hast gesagt, ich kann sie retten.

Gott sieht mich erst an, als er Mais Pulsschläge gezählt und in seinem Heft notiert hat.

Erzähle Geschichten, antwortet er.

Was für Geschichten?

Die gesamte Geschichte, antwortet Gott.

Das Erinnerungsbrett in meiner Tasche wird plötzlich ganz schwer. Ich habe völlig vergessen, dass ich es Gott oben auf der Terrasse gemopst hatte.

Perlen, zu einer Sprache aus Farben und Formen geordnet. Sie sind wie eine Art Wörter. Nicht wie Papas auf Papier. Nicht wie Monsieur Éléphants in seinem hallenden Brustkorb. Es sind aufeinandergeschichtete Wörter. Wenn ich mit den Fingern darüberfahre, steigen Geschichten auf.

»Mit dem hier kann ich die vergessene Geschichte erzählen. Die Geschichte von Urgroßmutter Mai«, sage ich zu Mai, als ich spüre, wie sich die Wörter vom Brett lösen, durch meine Finger in mich hineinfließen, meinen Bauch ausfüllen, sich den Hals hochpressen, bis ich sie hervorwürge.

»Es war einmal ein Mädchen. Es spielte gerne im Wasser. Es streckte die hohlen Hände ins dunkle Nass und sah sich die Sterne an, die darin Platz fanden. Der geliebte Vater dieses Mädchens wurde wahnsinnig. Also weißt du, er war ein Nganga. Das Dorf, in dem er lebte, bedurfte bei Streit, Unglück und Krankheit seiner Weisheit. Aber der Familie widerfuhr großes Unglück. Drei Brüder des Mädchens wurden von Jägern verschleppt, die den Belgiern Menschen verkauften, von denen sie sich tragen lassen konnten, wenn sie in den Busch wollten. Mit einem Mal gehörte dem belgischen König das ganze Land, und er brauchte Arbeiter, die ihm den Saft aus den Kautschukbäumen zapften und etwas, das es nur im tiefsten Busch gab, nach draußen beförderten. Der Papa des Mädchens wurde ob des Verlusts seiner Söhne sehr betrübt. Also weißt du, viele Erwachsene waren in dieser Zeit betrübt. Viele flohen aus Kasaï, wo sie herstammten. Sie flohen nach Süden in Richtung Katanga. Der Papa des Mädchens war so voll Schmerz, dass er ständig zornig war. Er begann sich zu streiten und Menschen wehzutun. Zu guter Letzt kam er in einem Kampf ums Leben. Nicht wie der Onkel des Mädchens, der sich auf eine Auseinandersetzung mit den Menschenfängern eingelassen hatte, um seine Familienmitglieder zu befreien, nicht wie der Nachbar des Mädchens, der von einem Geist besessen, ein

Messer gegen den eigenen Vater gezogen hatte, sondern in einem Ehrenstreit mit einem anderen Nganga. In der schwärzesten Nacht bemalte er seinen Körper und verließ das Haus. So wurde das Mädchen vaterlos, und wenn draußen im Dunkel der Nacht ein Gebrüll ertönte, sang die Mutter des Mädchens.

Hört nur, was schlägt sich da draußen, sang die Mutter
Das ist Papa, der gegen die Dunkelheit kämpft, antworteten die Geschwister
Hört nur, dort verschwand ein Kind auf dem Weg zum Wasser
Das ist das Kind, das gegen die Dunkelheit kämpft
Hört nur, da sind Schritte, die das Land verlassen
Das sind die, die gegen die Dunkelheit kämpfen

Am Ende verließ die Familie das Dorf. Nur das Mädchen nicht. Doch das ist ein anderer Teil der Geschichte von einem Mädchen, dessen Name ebenfalls Mai war und das vor langer Zeit gelebt hat.«

Mais Atem ist jetzt ruhiger, sage ich zu Gott.

Er nickt.

Ich höre Schritte, die sich unserem Zimmer nähern, und verstecke das Erinnerungsbrett in der Tasche.

Kasamba hält am Fahrbahnrand, um Papa rauszulassen. Es regnet und hat die ganze Nacht geregnet. Die Wassertropfen auf der Windschutzscheibe verzerren das Bild einer jungen Frau auf der Straße. Sie trägt eingewickelt in einen bunten Stoff etwas Schweres. Sie ist schnell unterwegs, als hätte sie Angst, dass sie bei einem kurzen Stopp die Energie zum Weitergehen einbüßt.

Papa steigt aus und lässt sie vorbei. Sie geht sehr dicht am Auto entlang. Sie ist hochgewachsen, hat einen langen Hals, eine große Brille und ein langes Kleid aus Kitengestoff.

»Schau, eine Schriftstellerin«, sage ich zu Kasamba.

Kasamba schaut suchend. Die schwarzen Verfärbungen in seinem Gesicht ergeben fast ein Muster. Um die Augen, den Mund und am Hals.

»Wer?«, fragt er.

Ich deute.

Kasamba lacht. »Absolut möglich«, sagt er und fährt wieder an.

Nachdem mich Kasamba abgesetzt hat, gehe ich wie die Frau mit großen Schritten. Den ganzen Tag. Ich denke an sie und stelle mir vor, wie sie zu einem Bürojob unterwegs ist, wo sie als Sekretärin eines Manns arbeitet, der ein Fernsehgerät besitzt. Er zeichnet BBC-Beiträge über berühmte Schriftsteller auf und bringt sie zur Arbeit mit, damit sie sich die anschauen kann. Er erlaubt ihr auch mal eine längere Mittagspause, wenn sie das braucht. Dann beugt sie sich über ihren Zeichenblock und füllt die Seiten mit Wörtern. Sie schreibt über ein Mädchen voll Schuld. Sie weiß, wie das ist, denn so war sie selbst einmal.

Gott läuft neben mir her. Er notiert die blauen Gänge und die Kinder in den Klassenzimmern. Er notiert die Gruppe am Wasserhahn, vor dem mich Mama gewarnt hat, weil man davon möglicherweise Cholera kriegt. Ein Mädchen wäscht sich nur das Gesicht, aber ein anderes trinkt aus den hohlen Händen. Gott notiert das umgestoßene »Only English«-Schild. Gott sagt, wie ich werde, ist meine eigene Entscheidung. Ich strecke meinen Hals. Da kommt Fräulein Maulidi vorbei. Bei meinem Anblick kräuselt sie die Lippen.

Sie hängt hier fest, sagt Gott. *Jeden Morgen beim Betreten des Schulhofs klingen die Kinderstimmen wie das Geschrei Tausender Teufel. Jeden Morgen wünscht sie sich, es wäre ein Traum.*

Grace ist nicht wiedergekommen.

Nach der Schule holt mich Kasamba ab. Mama ist auch im Auto. Sie haben Öl für die Petroleumlampe gekauft. Mai ist mit Zuri zu Hause. Ich hüpfe ins Auto, und Kasamba startet den Motor, da schallt Tshala Muana aus dem Radio. Sie ist die einzige Sängerin, die sowohl Mama als auch Papa hören, die nicht von Jesus singt. Sie singt auf Tschiluba, und als ich bitte, zu dem Mutuashilied vorzuspulen, lächeln mich Mama und Kasamba an.

»Das kommt schon noch«, sagt Mama.

Noch bevor wir bei der Botschaft sind, hält Kasamba an und blickt zu Mama.

»Kaakaa!«, stößt Mama aus. Entweder ist sie erstaunt oder entsetzt.

»Was hat dieses Kind nur mit mir vor«, ruft sie auf Tschiluba und schüttelt den Kopf.

»Mama, wollen wir es versuchen?«, will Kasamba wissen.

»Nein, fahr weiter, dein Vater wartet.«

»Aber Mama, du musst es einfach versuchen, stell dir mal vor, wie einfacher viele Dinge wären, wenn du Auto fahren könntest.«

»Ja, Mama, versuch es«, ermutige ich sie aufgeregt.

Mama schüttelt den Kopf, steigt aber aus und nimmt auf dem Fahrersitz Platz.

Die Straße ist ruhig, hier sind nicht viele Autos unterwegs.

»Wie wir es geübt haben, Mama«, sagt Kasamba.

»Wann habt ihr geübt?«

»In Kinshasa«, antwortet Kasamba.

Mama umfasst das Lenkrad und fährt ruckelnd an. Sie steuert das Auto langsam geradeaus.

»Atmen«, erinnert Kasamba.

Mama umklammert das Lenkrad fester, wir nähern uns einer Kreuzung, die auf eine größere Straße mit mehr Verkehr führt.

»Weiter«, sagt Kasamba.

»Nein, nein!« Mama nimmt den Blick von der Fahrbahn. Da biegt ein großes rotes Auto scharf in unsere Straße ein, Mama wird nervös, reißt das Lenkrad herum und fährt schnurgerade auf eine große Werbetafel zu.

»Bremsen, bremsen«, schreit Kasamba.

Stattdessen gibt Mama Gas, und Kasamba stößt einen Furcht einflößenden Laut aus. Plötzlich stoppen wir abrupt, und mein Kopf knallt gegen Mamas Sitz. In meinem Mund schmeckt es nach Blut, und unwillkürlich rinnt mir eine Träne über die Wange.

»Herrgott«, Mama schlägt Kasamba an die Schulter. »Da siehst du, was passiert! Da siehst du, was passiert!« Sie steigt aus dem Auto, und als sie sich vor der Kühlerhaube begegnen, zeigt sie wütend mit dem Finger auf ihn und schimpft. Wieder zurück im Auto schweigen beide.

»Ich blute, Mama«, sage ich.

Sie dreht sich zu mir und untersucht meinen Mund. »Du hast dir auf die Lippe gebissen. Nicht so schlimm, das wird schon wieder.«

Mama blickt wieder auf die Straße.

»Sagt eurem Vater nichts davon.«

Am Abend sitzen Mama und Kasamba auf der Loggia und singen.

»Ich hatte einen Traum«, erzählt Mama. »Ich habe geträumt, dass wir in der Kirche standen und gemeinsam gesungen haben.«

An einem Samstag Ende Oktober ist Kasamba nicht zu Hause, und seine Bilder und Aufzeichnungen liegen herum.

GEFALLENE MÄDCHEN

Die Menschen haben Angst vor Mami Wata. Sie sehen in ihr die Hexe aus dem Meer, die voller Missgunst Leute umbringt, sie mit ihrer Schönheit und dem Versprechen auf Reichtum verführt. Mami Wata soll mächtigen Männern zur Macht verholfen haben. Man sagt, Präsident Mobutus Putsch wäre niemals geglückt, hätte ihm nicht Mami Wata 1965 die Amerikaner zur Unterstützung seiner Machtübernahme zugeführt. Andere sehen in ihr auch die Erklärung für die mysteriösen Todesfälle im Umfeld des Präsidenten und seine nach fast zweiunddreißig Jahren nunmehr schwindende Macht. Er habe nun mal schon alles geopfert, und Mami Wata sei jetzt auf der Suche nach neuen Günstlingen. Für mich ist Mami Wata die ewig alte Wassermutter, ohne die es mich nicht gäbe. Lasst mich davon erzählen, wie Mami Wata gleich doppelt der Grund dafür ist, dass ich am Leben bin und diese Erzählung schreiben kann. Lasst mich von einem gefallenen Mädchen erzählen. Ich werde sie Kadije nennen.

Es war im Jahr 1959, und ein Mann mit Namen Papi hatte eine berühmte Bar eröffnet. Noch wusste niemand, dass die Wucht der Proteste der reichen Mittelklasse eine Welle auslösen sollte, die das Land verändern würde. Die Belgier glaubten, sie herrschten über ein glückliches Volk, ein Volk, das sie dazu ermunterten, sich mit Filmen und Spielen zu amüsieren. Für Kadije, die das Haus ihres Vaters verlassen hatte, um in der großen Stadt Élisabethville zur Schule zu gehen, waren die Veränderungen im Land ein Sirren in weiter Ferne. In dieser Zeit jung zu sein war fantastisch. Rumba war der Herzschlag der Kongolesen.

Für ein Mädchen vom Land, das als eine von zehn Schwestern ganz im Zeichen von Aufopferung und Tugend erzogen worden war, kam Élisabethville einer Unabhängigkeitserklärung gleich – einer persönlichen Revolution, die das Streben der Bevölkerung nach Gerechtigkeit für die Kongolesen vollständig in den Schatten stellte.

Das war für Kadije schlicht weniger wichtig, als ihr gelbes Kleid überzustreifen, um in Papis Bar zu tanzen, während der Himmel dunkler wurde und ein kühlender Wind sie sanft streichelte und den Trommelklang der Congas durchs geöffnete Dach in die Welt hinaustrug. An den Wänden standen die Namen von Biersorten, und das Stimmengewirr der tanzenden Menge schrie der Welt gleichsam zu, seht her, wir wagen es, glücklich zu sein. Wir sind frei. Freiheit, die wirkliche Freiheit eines jungen afrikanischen Mädchens, die zeige sich in ihrem Hintern, sagte der Barbesitzer Papi immer. Und Kadije wusste ihren Hintern, ihre Hüften, ihren Rücken und ihre Füße wahrlich einzusetzen. Kadije war fünfzehn und zu Tante und Cousine nach Élisabethville gezogen, um dort die Schule fortzuführen. In ihrem Heimatort endete die schulische Bildung nach der Grundschule, aber Kadijes Mutter wollte für ihre älteste Tochter mehr Möglichkeiten im Leben.

Kadije und ihre Cousine Tuja tanzten sich schweißnass, lachten, bis sie heiser waren, und tranken Bier wie Erwachsene. Männer in Anzügen lächelten sie strahlend an, erzählten von schicken Häusern, steckten den Mädchen Geldscheine zu und spendierten ihnen Getränke. Einige waren wahre Könige der Tanzfläche, geschmeidige Gestalten, die die Mädchen mit festem Griff umfassten, ihnen ihre Erektionen an den Körper pressten und lüsterne Worte ins Ohr flüsterten. Tuja war etwas älter und hatte viele Freunde. Freunde, die ihr Geschenke machten, die ihr Pagne, schöne Waxstoffe und Superwax kauften. Und dort in Papis Bar begegneten Kadije und Tuja irgendwann Golden Boy. Um ihn rankten sich eine Menge Geschichten. Selbst nannte er sich Trésor, Schatz, und war so gut gekleidet, dass man bei seinem Anblick schlicht stehen blieb. Ein Sapeur, der ein Jahresgehalt für Kleidung und Schuhe ausgab. Einmal krachte, nur weil Golden Boy vorbeilief, ein Fahrradfahrer in einen Lkw. Einmal ließ eine Mutter ob seines Anblicks ihr Kind aus den Augen, und es rannte auf die Straße und wurde angefahren. Die Mädchen im Friseursalon hängten seufzend die Köpfe aus den Fenstern. Oh, wenn sie diesen Golden Boy nur haben könnten, diesen Wahnsinnsmann mit dem funkelnden Lächeln, den bunten Krawatten und spitzen Schuhen. Er war die Verkörperung von Rumba und der Träume der Intellektuellen von einem neuen Kongo.

Wenn Golden Boy der Frau, die er haben wollte, gegenübersaß, war ihm kein Wort zu groß, kein Kauf zu protzig. Und er wollte Kadije. Nach ihrem ersten Treffen in der Bar fand er heraus, wo sie zur Schule ging, und wartete dort auf sie. Er war Leiter einer Fabrik, die bunt gemusterte Pagne produzierte, wie sie gut gekleidete Frauen trugen. Er präsentierte gern sein Zuhause, prahlte dabei ebenso leidenschaftlich darüber, was er erreicht hatte, wie er die ihm gesetzten Grenzen verfluchte. Die Belgier mit ihrem Test für die »carte d'immatriculation« waren bei ihm gewesen, eines ihrer Inspektionskomitees hatte sein Besteck und die Qualität seiner Bettwäsche und Vorhänge kontrolliert, um zu prüfen, ob man ihn zu den entwickelten Kongolesen zählen konnte. Der Test hätte es ihm ermöglichen sollen, befördert zu werden, mehr Lohn zu bekommen und mit der Zeit vielleicht ein eigenes Unternehmen in den attraktiveren Teilen der Stadt zu besitzen. Er hatte den Test nicht bestanden.

»Sie glauben, dass wir niedriger gestellte Menschen sind! Diese Kolonisatoren müssen gestürzt werden, meine schöne kleine Mami Wata, ihre Tage an der Macht sind gezählt. In diesen Zeiten der Veränderung solltest du mit einem Visionär zusammen sein«, flüsterte Golden Boy Kadije zu.

***

In Élisabethville gehörte eine schöne, neue Schule einer Familie, die zugleich Gründer und Inhaber eines der ältesten und schönsten von Schwarzen geführten Geschäfte war. Der jüngste Sohn kümmerte sich um die Schule. Sein Name war Kalanda, und eines Tages entdeckte Kalanda am Strand Kadije. Kadije, die Pfarrerstochter, wie man sie nannte. Sie war wunderschön. Als er sie in der Schule wiedersah, nahm er sie beiseite und lobte sie für ihr Zeugnis, ermahnte sie aber zugleich streng, sich weiterhin gut zu benehmen, um ihre Eltern zu ehren und Gott zu gefallen. Bald fand sich Kalanda überall in Kadijes Leben. Er patrouillierte quasi vor ihrem Klassenzimmer und war jeden Morgen da, um sie zu begrüßen. Schließlich suchte er ihre Tante auf, die danach voll Freude wieder und wieder sagte, was für ein eleganter Mann das doch sei. Kadije war genervt. In ihren Augen war Kalanda ein verknöcherter Kerl mit kaltem Blick. Und obendrein hatte er ein sonderbares Zucken im Gesicht, als ob dort sämtliche Gefühle, die es nicht zeigen durfte, miteinander kämpften. Außerdem zitierte er mit fast jedem Atemzug die Bibel.

Eines Abends setzte sich die Tante mit Kadije hin und sagte, ihr sei aufgefallen, wie sich Kadije seit ihrer Ankunft in der großen Stadt verändert habe. Die Tante sagte, jemand habe ihr erzählt, Tuja und sie seien abends lang unterwegs gewesen, und das sei für sie ein Zeichen dafür, dass Tuja und Kadije nun bereit für einen Ehemann wären. Es gebe jemanden, der sich für Tuja interessiere, aber der sei nicht so ein feiner Mann wie der, der an Kadije Interesse habe. Du wirst glücklich werden, sagte ihre Tante. Sie habe mit Kadijes Eltern Kontakt aufgenommen und Kalanda der Familie präsentiert. Kadijes Papa sei höchstzufrieden.

Nicht viel später bezahlte Kalandas Familie an Kadijes Familie ein Dot, den Brautpreis, und damit war dem Brauch nach die Heirat vollzogen. Es fehlte nur noch die kirchliche Trauung.

Kadije traf Golden Boy aber weiterhin. Was nicht gerade leicht war, wartete doch in der Schule der neue Ehemann und zu Hause die Tante. Die jedoch hatte einen tiefen Schlaf, was Kadije und Tuja weidlich ausnutzten. Sie hüllten sich in einen Pagne, schlichen durchs Nachbarsgrundstück und gelangten so etwas weiter entfernt auf die Straße. Dort holte Golden Boy Kadije ab und nahm sie mit zu sich, wo sie oft Sex hatten.

Bevor sich Kadije auf dieses Abenteuer einließ, hatte sie eine weise Frau aufgesucht, wie es die Mädchen dieses Landes zu allen Zeiten getan haben. Die weise Frau hatte ihr einen Tee mitgegeben und ihr geraten, einmal im Monat ein Bad im Fluss zu nehmen. Bekleidet, aber ohne Unterwäsche.

Kadije ging also zum Fluss, wo die Frauen der Gegend ihre Kleider wuschen. So kurz vor Dämmerungseinbruch war dort einzig ein verlassenes Kanu, das ihr in Erinnerung rief, dass am Strand mitunter Krokodile aus dem Wasser krochen. Ein gutes Stück entfernt konnte man die Silhouette eines einsamen Fischers erahnen. Er stand mit dem Rücken zu ihr, vertieft in seine Stunde mit Gott und den Fischen. Als Kadije ins Wasser stieg, trug sie Sandalen, da sich von Glasscherben über Nägeln zu spitzen Steinen alles Mögliche am Boden sammelte. Kadije schlug mit ihrem Besen aufs Wasser und beschwor die Wassermutter, die Göttin der Frauen und Fluten. Schenk mir Glück im Leben und nimm zum Tausch das Kind, das vielleicht in mir entsteht.

Schenk mir Glück, nimm zum Tausch das Kind.

Schenk mir Glück, nimm zum Tausch das Kind.

Danach ging sie zu Golden Boy.

Manchmal redete Golden Boy über Kleidung, seine große Leidenschaft. Besonders Kilts und Stiefel. Er kaufte oft Sachen, damit Kadije sie anprobieren konnte. Manchmal hüllte sich Kadije Schicht um Schicht ein und spielte mit all dem, was so bunt, schillernd und weich war.

»Du liebst schöne Sachen, so wie Mami Wata«, sagte Golden Boy. »Eine betrübte Mami Wata. Was fehlt dir, mein Engel? Hast du nicht all die Schönheit, die du dir wünschen kannst?«

Manchmal bedrückte sie der Gedanke an ihren Ehemann, den sie betrog. Und obendrein war sie doch Tochter eines Pfarrers. Eine Pfarrerstochter und eine verheiratete Frau, die eine einzige, fürchterliche Nacht mit ihrem neuen Mann verbracht hatte. Einem Ehemann, zu dessen Wahl man sie gezwungen hatte. Einem Ehemann, der versessen, unsensibel und nicht besonders zugewandt war. Obwohl sie dachte, die Welt müsse sie verstehen, wusste sie, sie war ein gefallenes Mädchen und würde dafür bezahlen müssen.

Wer den Geistern opfert, muss wissen, ein richtiges Opfer ist etwas, das man liebt und behalten will. Mami Wata nahm sich das Kind nicht, ganz im Gegenteil, in Kadijes Bauch wuchs ein Kind heran, das sowohl von ihrem Mann als auch ihrem Liebhaber sein konnte.

***

Kadije suchte erneut die weise Frau auf. Sie brachte ihr den schönsten Stoff mit, den sie von Golden Boy bekommen hatte.

»Tshibawu«, hob die weise Frau zu einem Singsang an. »Du bist schwanger mit dem Kind eines anderen Mannes, und davon sind nun deine ganze Familie und dein Volk betroffen. Geh zurück nach Kasaï, Mädchen! Deine Leute werden für das, was du getan hast, bezahlen!«

Kadije bettelte, wie kann ich sie retten?

»Tshibawu«, sagte die Frau. »Deine Familie wird leiden, bis du dein Vergehen gebeichtet und gebüßt hast.«

Kadije beichtete nicht. Ihre Zwillingsschwester wurde ermordet, und die Schule brannte nieder. Ihren anderen Schwestern und ihrer Mutter und allen Baluba, die ihr Leben in Katanga zurücklassen mussten, um zurück nach Kasaï zu gehen, begegneten unterwegs jede Menge Widernisse. Ein Verwandter von Kadijes Mutter lebte außerhalb von Mbuji-Mayi. Von ihm kam ein Brief. Kadijes Mutter war todkrank. Das Wasser dort war schlecht. Das Wasser vergiftete sie alle.

Zu der Zeit lebte Kadije bei der Familie ihres Ehemanns, die erkannte, dass es bald zu Unruhen kommen würde. Sie hatten vom Vorschlag eines belgischen Beamten gehört, den Kasaïbauern ihr Land wegzunehmen und sie in ihr armes Heimatland im Südosten von Kasaï zurückzuschicken. Die Familie hatte Verbindungen und nahm frühzeitig den Umzug in die Hauptstadt in Angriff. Zwar brannte ihre Schule nieder, aber sie war ja in erster Linie nur ein Werk des jüngsten Sohns Kalanda gewesen, ein Traum, dessen Schönheit sonst niemand sah.

Für Kalanda jedoch war der Verlust riesig. Die Asche des Feuers hatte sich in sein Gesicht gefressen und machte ihn noch unansehnlicher. Unter der Last dieser ungeheuren Schuld beichtete Kadije ihrem Mann ihr Vergehen. Ungeachtet seiner Hässlichkeit und seines gezeichneten Gesichts liebte er das Mädchen Kadije. Das Kind in ihrem Bauch war seines. Er bat sie, mit ihm zu beten, und wollte sie weder verstoßen noch ihren Dot zurückverlangen oder sie vors Gericht seiner Familie zerren, wie es der Brauch war. Unglücklicherweise erfuhren seine Schwester und seine Brüder ebenfalls von Kadijes Vergehen. Es hieß, ein gut gekleideter Mann sei gekommen, um nach Kadije zu suchen. Die Familie bestand darauf, Kadije vor Gericht zu stellen und anschließend zu reinigen. Dass Kalanda ihr vergab, reichte nicht, denn Kadije hatte auch gegen die Familie gesündigt.

Am Tag von Kadijes Reinigung kam die Familie am Ufer zusammen. Hinter ihnen hatten sich andere aus der Gemeinde des hinzugerufenen Pfarrers versammelt. Da, wo sie standen, war der Fluss tief. Kadije sollte hineinspringen und gereinigt wieder an die Oberfläche kommen, wo die Arme des Pfarrers auf sie warten würden, um sie herauszuziehen. Kadije hatte Angst, denn sie konnte nicht schwimmen. Sie sprang in den Fluss und ging unter, schlug wild um sich und schluckte in ihrer Panik eine Menge Wasser. Kadije meinte, nun müsse sie sterben. Da legte sich eine warme Hand um sie, wallende Haare streichelten ihr Gesicht, und Kadije empfand tiefen Frieden. Ein warmer Körper trug sie zur Oberfläche, wo der Pfarrer und die gesamte Familie miteinander stritten, wer denn nun hineinspringen und das ertrinkende Mädchen herausholen solle. Schließlich zog man sie ans Ufer.

Kadije hustete und blickte zum Himmel empor, noch immer erfüllt von tiefem Frieden. Nenne das Kind Kasamba, sagte eine Stimme, denn es ist da, um dich zu trösten.

»Du wurdest gerettet«, verkündete der Priester. »Gereinigt! Lebe von nun an ein tugendhaftes Leben.«

Lasst dies jungen Frauen eine Lehre sein. Fürchtet um eure Tugend, denn im Körper der Frau lebt das Königreich. Fällt sie, fallen alle mit ihr.

Ich möchte fragen, ob Kadije wirklich Mama ist. Bestimmt ist das Mama, oder hat Kasamba alles erfunden?

Abends, als er Gitarre spielt, frage ich ihn, warum er Fischflossenfrauen zeichnet. Erst wird Kasamba wütend. Die Linien in seinem Gesicht treten hervor.

»Du hast in meinen Sachen geschnüffelt!«

Ich habe Angst, dass er mich schlägt, aber Kasamba seufzt nur schwer. Er blickt auf meine Stirn, die auch nach mehreren Wochen und trotz Cremebehandlungen und lindernden Gebeten noch immer etwas geschwollen ist.

»Du weißt, was mit hungrigen Mädchen passiert?«

»Nein?«, antworte ich.

»Sie begegnen jemandem, der sie auffrisst.«

Also, so viel weiß ich.

Ich weiß, dass ich mal eine Brille haben werde.

Ich weiß, dass ich mal hochgewachsen sein werde, und ich weiß, dass ich Schriftstellerin werde.

Gott nickt jedes Mal.

Ja, so viel wissen wir.

Papa ist wütend auf Kasamba, der jetzt seit über zwei Monaten bei uns ist.

Er sagt, Kasamba ist wertlos. Ein Ausbeuter, der seiner ganzen Familie das Leben aussaugt.

Ich weiß, dass mein Bruder traurig ist und schon seine Taschen gepackt hat.

Das wissen wir.

Wir schauen hinauf zu den Wolken, Gott und ich.

Am Morgen verschwindet Kasamba, bevor Papa wach wird. Er hinkt beim Gehen.

Wenn du ihn das nächste Mal siehst, wird er ein sehr alter Mann sein. Er wird fast sein ganzes Leben in Armut gelebt haben, sagt Gott über Kasamba.

Als Kasamba weg ist, sagt Papa nichts.

Mama, sie hat die Hände im Essen.

Die Nase füllt sich langsam, wie damals, als das Regenwasser durch die Flure des Pfarrhofs floss und das Kinderzimmer überflutete. Wir konnten mit dem Kanu darin herumpaddeln und mit unseren Händen die Decke erreichen.

Der Kopf wird schwer, und zugleich scharrt die Stirn über Sandkörnchen, die den Boden einer Wanne bedecken. Eine Hand drückt meinen Kopf nach unten, und ich kriege keine Luft.

Ich erwache hustend im Bett, und um mich herum ist es nass, ich warte, dass die Beine wieder genug Kraft haben, damit ich aufstehen kann. Ich warte, dass das brennende Gefühl in Hals und Nase aufhört. Erneut habe ich ins Bett gemacht. Zuri wird wütend mit den Lippen schmatzen. Warum ist ein neunjähriges Mädchen plötzlich nicht mehr trocken? Papa sagt, wir müssen beten. Er will wissen, ob Kasamba mir etwas gegeben hat, als er hier war? Ob er etwas in unserem Zimmer gelassen hat? Warum eigentlich bei jedem in seiner Familie irgendetwas nicht in Ordnung ist? Plötzlich macht das Mädchen wieder ins Bett. Die Jüngste hat vor lauter Krankheit aufgehört zu spielen. Die Mutter träumt schlecht von dem schon länger verschollenen Sohn und ist vor Sorge ganz abgemagert. Die Schlange in seinem Bauch windet sich heftiger. Alles ist nach Kasambas Besuch schlimmer geworden. Wegen Dingen, die Kasamba gesagt hat. Wegen Kasambas purer Anwesenheit. Papa sucht in der Wohnung nach allem, was Kasamba zurückgelassen hat, nimmt die Pagne, die er für Mama gekauft hat. Den heiß geliebten, grünen Superwax. Papa macht einen Haufen aus

Kasambas Spuren und betet. Dann wirft er alles weg. Mama sagt nichts, obwohl sie damals wie ein Mädchen kichern musste, als Kasamba den Superwax aus dem raschelnden Papier gezogen hat. Papa wirft alle Zeichnungen weg, die mir Kasamba dagelassen hat. Aber ich mache trotzdem weiter ins Bett, und Mai bleibt trotzdem krank.

»Wo waren wir? Der Vater des Mädchens ist fort, er ist in die Nacht verschwunden, und die Familie lässt das Mädchen zurück, als sie das Dorf verlassen. Dazu kommen wir später.« In meiner Hand liegt das von Gott gestohlene Erinnerungsbrett. Ich werde ihr Urgroßmutter Mais Geschichte weitererzählen. Meine Schwester Mai ist im Bett dicht an mich herangerobbt.

Sie wurde 1875 geboren.

Sie konnte sich an ein Lied aus ihrer Kindheit erinnern.

Es ging: »Kasaï Kasaï«, aber ihr fielen nicht alle Worte ein.

Es handelte von den verschwundenen Brüdern, Schwestern, Muhmen und Basen. Niemand war mehr da, der sich um die Kinder kümmern konnte, denn alle älteren Geschwister waren fort. Niemand holte das Wasser, denn die Kinder waren fort. Niemand bestellte das Land, denn alle Erwachsenen waren fort. Wo waren sie?

Wenn Jäger kamen, rannte man am besten weg.

Jäger, die keine Tiere mehr jagten.

Jäger, die Menschen zu neuen Tieren machten, auf menschliche Haut einpeitschten, Hände abhackten und Männer unter riesigen Lasten zerquetschten.

Die Mutter hatte das Lied gesungen, damit die Kinder Kasaï in Erinnerung behielten. Dabei verließen sie Kasaï gar nicht, obwohl die Nachbarn in langen Karawanen in Richtung Katanga aufbrachen. Doch die Toten blieben in der Erde zurück. Und die Mutter wollte nicht fort von ihren toten Kindern. Deshalb waren sie noch da. Deshalb waren die Cousine ihrer Mutter und ihr Ehemann noch da. Die drei waren schon immer eine besondere Einheit gewesen, einander eng verbunden, enger als Cousine und Schwager. Sie wohnten gemeinsam in einem Haus und das Mädchen, ihre Schwester und ihre Großcousins und Großcousinen in einem anderen. Der Mann der Cousine ihrer Mutter hatte sich in die Stirn geschnitten, ein alter, früher ganz üblicher Brauch. Dabei ritzte man sich als Zeichen für den Eintritt ins Erwachsenenleben in einer Zeremonie Linien in die Haut. Die meisten machen sich nur zwei einfache Schnitte ins Gesicht. Aber der Mann der Cousine der Mutter des Mädchens war anders. Sein gesamter Oberkörper war von Linien überzogen, den Geschichten von Königen und Vorfahren. Er hatte riesengroße Augen und trug immer Rot. Die Cousine der Mutter des Mädchens kannte alte Färbetechniken für Stoffe, und ihre Hände waren ständig voller Farbe, aber ihr Gesicht war stets unbekümmert. Diese drei nun waren die Eltern des Mädchens und ihrer Schwester und zogen die beiden gemeinsam mit deren Großcousins und Großcousinen auf, die die Lücken der namenlosen und bewusst vergessenen Geschwister füllten.

»Sie wünschte sich nichts sehnlicher, als dass sie alle für immer zusammenbleiben würden«, erzähle ich Mai, die mich mit ihren dunklen Augen anguckt. Wenn sie krank ist, kriegen die so einen Glanz, als könnte sie jeden Augenblick losheulen.

Aber die Mutter des Mädchens beschloss, dic Tochter zu verheiraten, da ihr die Mittel fehlten, sie noch länger zu versorgen. Außerdem hatte das Mädchen ihre Blutung bekommen und war also bereit, meinte die Mutter.

Das Mädchen heiratete und zog weg.

Ihr Mann war vom Geschlecht der Tshimpwaka.

Seine Schwestern hatten weiße Zähne.

Seine Mutter war geizig und faul.

Ich stoppe kurz, da Mai ein Geräusch macht. Sie lacht.

»Seine Mutter war gaaaanz hässlich und hat gestunken!«, übertreibe ich.

Die Mutter und die Schwestern fanden das Mädchen hässlich.

Und das Mädchen wollte nicht mit ihrem Mann verheiratet sein.

Sie wollte überhaupt nicht verheiratet sein.

Sie vermisste ihre Mutter. Sie vermisste ihre Schwester.

Aber ihre Mutter hatte beschlossen, sie zu verheiraten, damit sie überleben würde.

Ihre Mutter sagte, die Männer der Tshimpwaka könnten ihre Familien beschützen.

So hieß es.

Vielleicht weil sie mit Sklaven handelten, Kinder raubten und mit Frauen Lösegeld erpressten. Die Tshimpwakafamilie war wohlhabend, und ein Tshimpwakamann hatte ihr Mädchen haben wollen, also hatte die Mutter eingewilligt.

Aber die Schutzgeister des Mädchens flüsterten ihr nachts zu, dass die Mutter gezögert hatte. Dass sie es bereute. Dass er hartnäckig gewesen war, ihr Mann aus Tshimpwaka.

Das Mädchen fühlte sich wie ein Mädchen. Es wollte keine Frau sein. Nach ein paar Monaten versammelte ihr neuer Mann seine ganze Familie. Er hatte die ganze Nacht geweint. Er sagte, dass man ihm eine Muloji zur Frau gegeben hatte. Er beschwerte sich, dass das Mädchen nicht kochen konnte. Er beschwerte sich, dass sie absichtlich ihr Geschlecht nicht für ihn wusch. Er beschwerte sich, dass sie nicht mit ihm schlafen wollte, wie eine Frau mit einem Mann schlief. Er ekelte sich vor ihr.

Da packten seine Schwestern sie und zwangen sie zu baden. Sie stopften die Finger in sie hinein und beschimpften sie. Sie zwangen sie, ohne Essen zu schlafen, und drohten damit, sie zu verkaufen, wenn sie sich nicht endlich so aufführte, wie es sich für eine Frau gehörte. Nach einem halben Jahr lief sie davon. Sie glaubte, er wäre froh, sie los zu sein.

»Ist sie nach Südafrika davongelaufen?«

»Nein, nein. Sie ist zu ihrer Mama und ihren Schwestern zurück, aber alle waren fort.«

Im ganzen Dorf war nur noch diese Alte, von der alle sagten, sie wäre eine Hexe. Diese Frau, die jedes Jahr jemanden begraben hatte. Sie saß im Eingang von ihrem Haus, kaute auf einem Grashalm und verlas mit flinken Fingern Bohnen. Ohne den Blick zu heben, verkündete sie dem Mädchen die schlechte Botschaft.

Die Familie war vor ein paar Monaten Richtung Katanga aufgebrochen. Die geliebte Schwester des Mädchens, die Mutter des Mädchens, ihre Großcousins und Großcousinen, die Cousine ihrer Mutter und der Mann der Cousine ihrer Mutter. Alle hatten sie verlassen.

Die alte Frau ließ das Mädchen ein paar Tage bei sich wohnen. Eines Nachts wachte es davon auf, dass es durchs Dach regnete. Aber als das Mädchen die Augen öffnete, erkannte es, das war kein Regen. Über ihr stand die alte Frau und pinkelte auf sie herab. Das Mädchen stürzte aus dem Haus, verängstigter als je zuvor. Bestimmt hatte die Frau ihre Familie aufgefressen. Bestimmt war sie eine Muloji geworden, das geschah häufig mit alten Menschen. Sie konnten nicht sterben.

Die Schutzgeister berichteten dem Mädchen, dass ihr Mann einen Rachetrupp in ihren Heimatort entsandt hatte.

Die Alte sollte die Männer zu dem Mädchen bringen. Um sie einzufangen.

Du hast einen ewigen Fluch über deine Kinder und Kindeskinder gebracht, sangen die Schutzgeister, die sich seit ihrer Flucht gegen das Mädchen gewandt hatten. Du hast niemanden, sagten sie.

»Erzähl weiter!«, drängt Mai. Sie sitzt kerzengerade im Bett. »Was ist mit der alten Pinkeloma passiert?«

Und da kommt Mama ins Zimmer. Angelockt von Mais Stimme und Lachen.

Ich lege das Erinnerungsbrett weg.

Mama lächelt, als sie die Hand auf Mais Stirn legt. Mai scheint es viel besser zu gehen, meint Mama. Dann sagt sie, es gibt Reis und Bohnen. Mai sagt, sie hat Hunger, aber ich weiß, dass Zuri heute gekocht hat. Ihre Bohnen werden immer zu Brei. Sie rührt zu viel um.

Ich esse trotzdem, trinke aber lieber kein Wasser.

Warum mache ich ins Bett?

Warum machst du ins Bett, antwortet Gott.

Die Häuser in der Nähe der Schule sind weiß, bei manchen stehen bunte Bäume auf dem Vorplatz. Vor manchen gibt es eine Auffahrt, hohe Zäune oder Mauern. Das Haus, vor dem ich stehen bleibe, ist grau, und auf der Rückseite steht ein Schuppen. Aus einem der Fenster schallt Musik. Das Haus war irgendwann mal schön, mit einer hübschen Veranda, zu der weiße Stufen hochführen. Auf dem ungepflasterten, blanken Vorplatz sitzt Koko auf einem Plastikstuhl, genau wie Dina es vor ein paar Jahren beschrieben hat. Die ungetünchte Wand hinter ihr ist roh, uneben, und das üppige Grünzeug des Nachbarn wirft Schatten darauf.

Ich stehe vorm Gartentor, Koko raucht und kneift die Augen zusammen.

»Was sehe ich da, ein altes Weibchen in Schuluniform? Komm näher.« Sie spricht Swahili.

Ich schiebe das Tor auf und gehe hindurch. Es quietscht laut, und ein Fahrradfahrer, der just in dem Moment vorbeikommt, guckt rüber, und unsere Blicke begegnen sich. Ich drehe mich zum Haus um. Das Dach ist wild bewachsen, struppige Gewächse stehen wie borstig grünes Haar in die Höhe. Über den Vorplatz weht der süße Duft von frisch ausgebackenen Mikate und der schwere Geruch von Kokos Rauch.

»Bist du die Tochter der Schneiderin?«, fragt Koko. »Die Frau des Hauses möchte nichts davon hören, dass es mit ihrem Kleid leider noch etwas länger dauert. Sie muss zu einer Verlobungsfeier.«

»Ich bin Dinas Schwester.«

»Aha«, sagt Koko und wischt sich über die Mundwinkel.

»War das gerade das Tor?« Eine Frau mit rotem Schal um den Kopf tritt auf die Veranda. Das muss Mama ya Dima sein.

»Es ist weder die Schneiderin noch die Tochter der Schneiderin«, antwortet Koko. Ihre Augen sind fast weiß. Sieht sie überhaupt was?

»Ich sehe darüber hinaus«, sagt Koko unvermittelt, und mein Herz beginnt zu rasen.

Mama ya Dima seufzt. »Schätzchen, was kann ich für dich tun?«

Ich warte darauf, dass Koko noch etwas sagt. Vielleicht enthüllt, wer ich bin, aber sie sieht mich an oder über mich hinaus.

»Meine Schwester sagt, du bist eine Ndoki«, sage ich auf Lingala und merke sofort, wie unhöflich das war. Niemand möchte als Ndoki bezeichnet werden, als böser Mensch, der anderen Schaden zufügt.

»Ndoki! Mama, sagt dieses Mädchen da doch in meinem eigenen Haus Ndoki zu mir? Hast du das gehört? Hab ich das gerade richtig gehört?«

»Wer hat dich Ndoki genannt?«, fragt Koko Mama ya Dima.

»Verzeihen Sie«, sage ich so höflich wie möglich. Für meine Mama wäre Mama ya Dima eine Ndoki beziehungsweise Muloji, weil um ihre Arme und Taille Schneckenhäuser und andere Fetische baumeln. Weil Mama ya Dimas Haut im Gesicht und an den Armen voll Narben ist, die darauf hinweisen, dass sie die alten Bräuche pflegt. Meine Mama würde jeden Menschen, der irgendwie mit den alten Sitten in Verbindung steht, als Muloji bezeichnen.

»Verzeihen Sie, mein Lingala ist nicht so gut.«

»Mädchen, wer hat dich geschickt?«, will Mama ya Dima wissen. Dima kommt aus dem Haus.

»Was ist los?«, fragt sie. Sie sieht mich. »Adi!«, platzt es aus ihr heraus.

»Kennst du das Mädchen?«, fragt Mama ya Dima mit gerunzelter Stirn.

»Dinas Schwester«, erklärt ihr Koko.

Dima stürzt von der Veranda auf mich zu und umarmt mich. »Wie geht es dir?«, fragt sie. Das ist das erste Mal, dass sie mich umarmt. Vielleicht hat sie mich vermisst? Oder Dina?

»Schau einer an«, schnaubt Mama ya Dima.

»Riecht es verbrannt hier?«, fragt Koko. Ihre breite Nase schnüffelt wie ein Hund durch die Luft.

Mama ya Dima verschwindet nach drinnen, um ihr Gebäck zu retten.

Dima lädt mich mit einer Handbewegung ins Haus ein. »Kommst du aus der Schule?«

Ich nicke.

Sie blickt auf die Uhr.

»Du kannst nicht lange bleiben.« Als sie mein Zögern registriert, fügt sie hinzu: »Deine Eltern warten doch sicher auf dich? Dina hat nie lange bleiben können.«

Ich nicke.

»Möchtest du Mikate? Dina hat Mamas Mikate geliebt.«

Dima stellt warme, in Erdnüssen gewälzte Mikate auf den Tisch, genauso essen wir sie auch in unserer Familie. Manchmal gibt es sie aber auch zu Fleisch in Soße. Mikate passen zu allem. Ohne Mikate kein Fest.

Wir sitzen am Esstisch, der, anders als bei uns, in der Küche steht. Obwohl wir nicht draußen sind, gibt es überall Gewächse und Pflanzen. Viele sind getrocknet und hängen kopfüber von der Decke. Ein stattlicher Fisch wartet darauf, geputzt und gewürzt zu werden. Mama ya Dima steht vor einer großen Fritteuse und lässt den Mikateteig in perfekten Bällchen hineingleiten.

Ich esse Mikate und denke über Mamas mehrfache Warnung nach, nicht bei Fremden zu essen. Dadurch können einen Ndokis fangen und bösen Geistern opfern. Durchs offene Küchenfenster schrillt Vogelgeschrei.

»Der Baum beim Nachbarn zieht sie scharenweise an«, erklärt Dima.

Sie hat mir keine Serviette oder Gabel hingelegt, und das Glas kalte Mirinda rutscht beim Hochheben in meinen fettigen Fingern.

Dima isst schweigend ihre Mikate. Sie mustert mich. Genau wie Mama ya Dima, während sie kocht. Dina hat erzählt, dass bei Dima nur Frauen wohnen. Ich habe noch nie ein Zuhause ohne Männer erlebt. Wer bestimmt hier? Wer fährt das Auto?

»Ist dein Papa bei der Arbeit?«

»Das wäre ja noch schöner«, schnaubt Mama ya Dima. Dima sagt nichts, und wir essen schweigend weiter.

»Ich wollte dir erzählen, dass mein Bruder da war und gesagt hat, dass Dina nach Deutschland geht«, sage ich, als es Zeit wird aufzubrechen.

Eigentlich möchte ich nicht weg, ich möchte tun, was alle Leute in allen Geschichten, die ich kenne, tun, ich möchte zu einem Nganga oder einer Ndoki gehen und eine Lösung bekommen. Sie haben immer eine Lösung.

»Oh«, antwortet Dima. Sie drückt ein paarmal mit dem Daumen auf den Tisch und schaut sich die Fettflecken an, die er auf dem Holz hinterlässt. »Dina hat mir geschrieben«, sagt sie.

»Einen Brief?«

»Ja. Zwei. Wenn du willst, kann ich sie dir mal vorlesen.«

»Oh«, sage ich und möchte liebend gerne die Briefe hören.

»Komm morgen wieder«, sagt Dima.

Ich renne nach Hause und komme völlig verschwitzt und staubig am Hoftor an. Yusuf lässt mich rein.

Heute ist viel los in Upanga 81. Monsieur Éléphant hockt unterm Mangobaum. Sein zerfleddertes Hemd hängt schlabbrig über seine Shorts. Seine Fingernägel sind schwarz. Er sieht mich nicht an. Sein Blick wird irgendwie immer wässriger. Mama ya Elombe sitzt auf ihrer Veranda und telefoniert. Das schwarze Kabel verschwindet wie eine lange Schlange im Haus. Ein Baumkletterer steigt auf die hohe Palme. Als Kletterhilfe liegt ein Seil um seine Füße. Im Wipfel angekommen, dreht er die Kokosnüsse ab und wirft sie hinunter. Mit einem dumpfen Wumms schlagen sie auf den Boden. Moise und seine Freunde gucken zu. Ich will gerade zu ihnen, da ruft Mama von der Loggia. Schnell laufe ich hoch.

20. Dezember 1991

Hallo Dima!

Ich lebe noch. Dachte, das solltest du wissen. Er hat gesagt, dass er uns nach Zaire zurückschickt, also sind wir abgehauen. Sie haben die Türen und das Tor nicht abgeschlossen. Wo sie uns doch nachts immer eingeschlossen und den Schlüssel abgezogen haben. Wäre sie abgeschlossen gewesen, hätte Kimpa sie aufgebrochen, sie hatte sich darauf eingestellt. Die beiden wollten von Anfang an nicht nach Tansania kommen. Und er wird bestimmt sagen, dass er uns weggeschickt hat. Ständig hat er gesagt, er bereut, dass er uns Mädchen wie die Jungen behandelt. Uns so viel Freiheiten gelassen hat. So ein Witz! Gibt es auf dieser Welt irgendeinen Menschen, der mehr Kontrolle ausübt als er? Wenn überhaupt jemand ein Ndoki ist, dann er. Ich glaube nicht, dass der Gott, zu dem er betet, so ein Gott ist.

Es kann nicht sein, dass man, nur weil man ein Kind ist, alles ertragen muss.

Ein bisschen fühle mich aber doch schuldig, weil sie nicht wissen, wo wir sind, und weil sie glauben, wir haben nur das Geld für die Busfahrt, das er uns am letzten Tag gegeben hat. Aber ich hatte noch Geld von …

Dima hört auf zu lesen.

»Hier geht's dann um mich«, sagt sie, und ihr Blick gleitet über den Brief. Sie legt ihn beiseite und nimmt den anderen. Er ist von vor zwei Wochen.

24. November 1992

Hallo Dima!

Ganz schön lange her.

Ich hatte keine Adresse, an die du hättest antworten können. Aber jetzt habe ich eine. Tanzt du noch? Ich hab schon ewig nicht mehr getanzt. Erst hat sich mein Körper zu dick angefühlt und dann, als wäre tanzen für mich nicht mehr möglich. Ich bin nicht mehr moto. Wasser löscht das Feuer. Ich konnte dir auch nur schwer schreiben, weil Papier und Stifte Luxus waren. Du sollst wissen, dass ich im Juli ein Mädchen auf die Welt gebracht habe. Kimpa hat sie nach Georges Mutter Ngalula genannt. George ist Kimpas neuer Mann. George hatte gesagt, er würde uns allen ein Visum besorgen, aber das war eine Lüge. Es gab nur ein Visum für Kimpa und das Baby, aber keins für mich. In die Formulare hat er geschrieben, dass Kimpa Ngalulas Mutter ist. Sie wollten mich zu Papa zurückschicken. So stand es in dem Brief, den George an Papa geschrieben hat. Eigentlich wollten wir Papa nie wieder schreiben, das hatten wir einander versprochen. Deshalb musste ich kontrollieren, was George ihm geschrieben hatte. Da stand, dass sie für mich ein Ticket zurück nach Tansania gekauft haben. Dass sie finden, der rechte Platz für ein junges Mädchen sei bei ihren Eltern, aber dass sie sich um das Baby kümmern und es wie ihr eigenes Kind aufziehen werden. Sie haben mir nichts davon erzählt, weil sie wussten, wie ich reagieren würde. Nichts kann mich dazu bringen, wieder zurückzukommen. Nichts! Niemals. Papa würde mich beseitigen. Das hab ich an seinem Griff gespürt, als er meinen Kopf unter Wasser gedruckt hat. Er wollte mich aus seinem Leben löschen und mich ertränken. Mehr will ich darüber nicht schreiben.

Ich habe dafür gesorgt, dass mich Kimpa nicht zum Flughafen begleitet, und bin in Swasiland geblieben. Dann bin ich zum Haus des Pfarrers, der immer ins Flüchtlingslager ge-

kommen ist. Ich hatte seine Familie mehrmals getroffen, und sie mochten mich sehr. Sie haben mir ihr Haus geöffnet. Sie kennen meine Geschichte.

Ich werde wieder zur Schule gehen.

Das ist erst mal alles. Antworte mir, dann antworte ich dir schnell zurück.

Dima schaut mich an.

»Hat bei euch denn niemand etwas von sich hören lassen? Deine Schwester Kimpa?«

»Ich weiß es nicht. Vielleicht schon, aber mir hat niemand was erzählt.«

Das Schweigen ist dicht, obwohl wir von Geräuschen umgeben sind. In meinem Hals kratzt es. Ich kapiere, warum Papa im Wörterbuch liest. Wer keine Worte hat, um seine Gefühle auszudrücken, ertrinkt in ihnen. Ich spüre eine seltsame Lust loszulachen.

»Du hast nicht gewusst, dass Dina ein Kind kriegt.« Es ist keine Frage von Dima, obwohl es fast so klingt.

»Nein.«

Dima verspricht mir, mich vor der Schule abzupassen, wenn sie noch einmal einen Brief von Dina bekommt.

Trotzdem besuche ich sie am nächsten Tage wieder und auch am Tag darauf. Aber Mama bemerkt, dass ich später nach Hause komme, und da kann ich nicht mehr zu Dima und warte stattdessen, dass Dina den nächsten Brief schickt.

Zuri erzählt, dass mit Yusuf, unserem Wächter, etwas vorgefallen ist. Er hat Monsieur Éléphant geschlagen und wurde gefeuert.

»Dieser Mann ist ein richtiger Shetani«, sagt Zuri und meint Monsieur Éléphant.

Fatima, die Haushälterin der Kabeyas, ist schwanger.

Mama schüttelt den Kopf und verbietet uns noch mal, ohne sie unten zu spielen.

Und wenn das in meinem Bauch ein Kind wird? Ich befühle meinen Bauch, er ist heiß. Hätte ich doch nur Dinas Bauch befühlt, bevor sie weg ist. Wie fühlt sich das an, wenn ein Kind ein Kind kriegt? Ist es dasselbe, wie wenn Mamas Kinder kriegen? Dina hat gesagt, Mama hat eine Nuss verschluckt. Mama hat gesagt, Kinder kommen aus dem Himmel.

Was gibt es im Himmel?, frage ich Gott.

Im Himmel gibt es keine Fragen.

Kommt jeder in den Himmel?

Ja, antwortet er.

Mama sagt, dass böse Menschen nicht in den Himmel kommen. Die landen in der Hölle.

Wenn ein Mensch mit der Hölle fertig ist, zieht er weiter in den Himmel. Manche kommen direkt in den Himmel. Andere nehmen den Weg durch die Hölle, erklärt Gott.

Kannst du dafür sorgen, dass ich nicht den Weg durch die Hölle nehme?

In gewisser Weise tust du das doch schon, oder?

Gott hat notiert, dass ich dem Nachbarsjungen Moise von den Linien auf Mamas Rücken und Bauch erzählt habe und sich Mama dann, als Mama ya Elombe sie darauf angesprochen hat, schämen musste.

Gott hat aufgeschrieben, dass ich Mai mal die Treppe runtergeschubst habe. Er hat aufgeschrieben, wie ich mal alle Süßigkeiten aufgefuttert und dann Mai heftig gezwickt habe, damit sie sich nicht traut, es zu petzen. Er hat meine Gedanken aufgeschrieben. Von den Menschen, die ich zerfetze. Die sich im Klebrigen suhlen, die Schmutz in ihren Unterleib kriegen. Sie laufen mit in die Höhe gerecktem Po auf allen vieren. Sie spreizen ihre Geschlechter, öffnen sie mit ihren schmutzigen Fingern und stecken Wäscheklammern, Stifte und Radiergummis hinein. Ihre Münder machen monströse Geräusche, ihr Speichel sammelt sich zu Pfützen auf Kissen, im Gras, am Boden unter ihnen. Er hat aufgeschrieben, wie in Upanga ein Mädchen nach dem anderen mit diesem Weiß vollgepumpt wird und ihre Bäuche aufplatzen.

Schreibst du, dass ich unrein bin?

Der Himmel spiegelt sich in Gottes Brillengläsern. Wir hören vom Hof den Messerschleifer. Der radelt mit seiner auf den Lenker montierten Schleifmaschine von Haus zu Haus. Beim Schleifen stieben Funken von den Klingen. Die Nachbarshühner werden von irgendetwas aufgescheucht, und in der Ferne hupen Autos. Wäre Dina bei mir, würde sie zum Himmel zeigen, als wäre dort das Paradies. Aber ich möchte Richtung Boden schauen. Der Boden gibt den Bäumen Halt. Der Boden macht Geräusche, dort unten knackt und dröhnt es. Wenn überhaupt, dann möchte ich, dass der Boden mehr Macht über mich hat, denn ich schaffe es nicht, mich selbst zusammenzuhalten. Mein Name Tshadi bedeutet auf Tschiluba Brust. Mama sagt, das kommt von den alten, königlichen Baluba-Statuen von Frauen, deren Hände an den Brüsten liegen. Nur eine Frau ist stark genug, um die Geheimnisse des Königreichs zu bewahren und einen König zu gebären. Sie trägt die Ehre des gesamten Königreichs, der gesamten Familie. Sie darf nicht fallen.

März – Dezember 1993

REBELLION

Gibt es Hoffnung, Mama? Nun schläft sie auch mitten am Tag. Sie flüstert Kasambas Namen. Gott schaut nur.

Warum tust du nichts? Siehst du einfach nur dabei zu, wie wir sterben?

Mama? Ich kann sie aus diesem Schlaf nicht wecken. Ihr Atem lässt den unterm Nasenloch hängenden, gelben Rotzfaden tanzen. Ihre Brüste lasten wie schwere Beutel auf ihrem Bauch und heben und senken sich mühsam. Unter ihren Nägeln sitzt Schmutz vom Kratzen am Arm, ein fettig schwarzes Gemisch aus Hautresten und dem Öl, mit dem sie sich eingeschmiert hat. Ihre Hände liegen ineinander verschränkt über ihrem Geschlecht. Ich weiß, dass da Kinder herausgekommen sind, weil sie mit einem Mann geschlafen hat. Dass Papa ein Glied hat und das in sie reingesteckt hat.

In Gottes Notizbuch steht, dass ich mich ins Schlafzimmer meiner Eltern geschlichen habe, als Papa allein und nackt im Badezimmer war. Dass ich durchs Schlüsselloch sah, wie Papa mit einer Hand den Rand der Badewanne so fest umklammerte, dass die Badewanne aufjaulte. Dass ich sah, wie sich sein Rücken krümmte, als er sich vor der Badewanne hinkniete. Dass erstickte Laute im Raum widerhallten. Dass ich sah, wie sich Papas Gesicht zu einer grimmigen Grimasse verzerrte, die sich dann in völliger Seligkeit entspannte. Das muss das gewesen sein, was Ham, Noahs Sohn in der Bibel, gesehen hat, als er seinen Vater entblößt auffand und deshalb dazu verurteilt wurde, seinen Brüdern zeitlebens zu dienen. Väter wollen in den Augen ihrer Kinder Väter bleiben.

Mama, ich weiß.

Gott hat ein Geschlecht in sein Notizbuch gezeichnet.

Mein Gott ist ein Gott der Versuchung.

Trotz der Unruhen und Proteste bezahlt der Staat Papa weiterhin nicht den vollständigen Lohn, weshalb Mama erleichtert ist, als Zuri erzählt, dass sie heiraten wird. Zuri wird ein eigenes Zuhause haben, um das sie sich kümmern muss. Eigene Kinder, denen sie Ohrfeigen verpassen kann oder für die sie singt. Einen eigenen Tisch zum Abwischen. Sie wird nicht mehr, angekündigt vom frühen Schrei des Nachbarshahns, zu uns kommen. Nicht mehr in der Küche summen, wenn wir wach werden, oder Mama mit Mai helfen, während ich Tee mit Milch trinke, obwohl mir von Milch immer speiübel wird und ich Salz auf die Zunge streuen und den Atem anhalten muss, damit sie mir nicht wieder hochkommt. Sie wird mir nicht mehr meine Schulsachen und meinen frisch gebügelten Rock geben und zu mir sagen, ich soll mich in der Schule anstrengen.

Der Mann, den Zuri heiraten wird, wohnt vor der Stadt in einem Haus an einer Müllhalde, die mit der Zeit zu einem Berg von mehreren Kilometern Umfang geworden ist. Alte blaue Müllsäcke ragen aus der Erde wie ewig fahle Blumen. Sie flattern im Wind, der den Gestank von verrottetem Fisch und Kloake mit sich führt. Auf dem Müllberg weidet Zuris zukünftiger Mann seine Ziegen und zeigt sie den Menschen, die mit ihren Autos aus der Stadt über die Trampelwege holpern. Mit hochgekurbelten Fenstern durchkreuzen die Autos eine Landschaft aus Plastik, Gummi und Abfall. Angelockt werden sie von den Partnern von Zuris zukünftigem Mann, die die Autos der Städter heranwinken und mithilfe ihrer Motorräder über die Hügel lotsen. Die Städter sind auf ihrer Jagd nach einer ganzen Ziege, die sie bei einem bevorstehenden Fest schlachten und grillen können, weit gefahren.

Die Ziegen schreien, wenn man sie von der Herde trennt. Als wüssten sie, dass sie geschlachtet werden. Eines Tages wird Zuris Sohn mit den anderen Kindern im braunen Wasser spielen, das bei Regen vom Müllberg herunterfließt. Eines Tages wird ihr Kind seinem Vater dabei helfen, die Ziegen von den Grabsteinen fernzuhalten, die auf dem Müllberg stehen, und Zuri wird in einem ungetünchten Haus durch ein Fenster ohne Scheibe zusehen.

Mama schenkt Zuri neue Töpfe und meterweise Kitengestoff vom Markt in Kariakoo. Papa gibt ihr Geld und sagt, sie soll versuchen, es zu sparen, damit sie ihre Kinder eines Tages in die Schule schicken kann.

An Zuris letztem Tag bei uns wird sie von ihrem zukünftigem Mann begleitet, aber er kommt nicht herein. Nicht einmal auf den Hof möchte er. Er wartet in seinem zu weiten, ungewaschenen Hemd, das er in eine schwarze Hose gestopft hat, auf der Straße. Als sie zu ihm tritt, lächelt er sie an und nimmt ihr die Pakete ab. In ihrem wehenden Kleid geht sie neben ihm her davon, mit ihren trockenen, aufgesprungenen Fersen in den neuen Sandalen, die ihr Mama gekauft hat.

Wir sitzen auf der Dachterrasse, Gott und ich. Mai ist mit Mama auf dem Markt. Ich ziehe das Erinnerungsbrett aus der Tasche, auf dem Urgroßmutter Mais Geschichte darauf wartet, in meinen Körper zu dringen und sich meines Geists und meiner Worte zu bemächtigen:

Ich presste die Ohren auf den Boden, versuchte, die Schritte meiner Schwester auf die Art zu hören, wie sie es täte, wenn sie mich suchen würde. Sie war schon schwerhörig zur Welt gekommen, und ihr Gehör hatte sich von Jahr zu Jahr verschlechtert. Jetzt konnte sie nicht mehr hören, wenn man sprach, nur wenn man sang, trommelte oder stampfte. Liebste Schwester, wo bist du? Ich schloss die Augen und konnte sehen, wie sie unter Tränen ihre Kleider und ihre kleine Trommel packte. Ich konnte ihre ersten Fußspuren sehen, die in Richtung des Flusses führten, der Owa genannt wurde. Dort hatten wir als Kinder immer Wasser geholt. Der Fluss war gefährlich, denn bei Regen schwoll er stark an und hatte eine heftige Strömung. Einmal war ein Kind vom Wasser fortgerissen worden und auf die Felsen unterhalb des Wasserfalls gestürzt. In der folgenden Trockenzeit waren wir am Wasserfall entlang nach unten geklettert und hatten nach seinen Gebeinen gesucht, aber nichts gefunden. In diesem Wasser hatten mich meine Mutter und ihre Cousine getauft, als ich meine Blutung bekam. Blut und Wasser hatten sich unter dem Jubel und Singen meiner einander in den Armen liegenden Mutter und ihrer Cousine vermischt.

Vom Fluss aus führten die Spuren meiner Schwester weiter, mehrere Hunderte, Tausende Schritte weiter weg, als ich je gewesen bin. Ich hatte nicht viel Gepäck, nur eine neu gekaufte Tasche aus Stroh. Ich wollte unterwegs Nahrung sammeln. Vor mir hatten schon viele Menschen solche Reisen unternommen, dachte ich, und machte den ersten Schritt.

Rasch gelangte ich zum Fluss. Ich setzte mich, um auszuruhen, und betrachtete die im Busch verschwindenden Fußspuren. Meine Schutzgeister tauchten auf und erzählten von Menschen, die von Banditen umgebracht worden waren, von Menschen, die von hungrigen Tiere aufgefressen wurden, von anderen, die in Schluchten gestürzt und in Seen ertrunken waren. Du kannst nicht jagen, sagten die Geister. Du hast Angst vorm Busch. Was tust du hier draußen? Die großen Affen, die Schmerzenschreie. Die Dunkelheit verschlingt Menschen, weißt du das nicht?

Ich bat die Wassergöttin, sich meiner anzunehmen. Doch konnte ich ihr kein Blut aus meinem Inneren anbieten. Es war seit einer Weile versiegt.

Du weißt, was das bedeutet? Womöglich ist ein Kind in deinem Bauch. Willst du dich im Busch selbst entbinden? Geh zurück zum Dorf. Das hier schaffst du nicht.

Ich saß einen ganzen Tag am Wasser, und als die Dämmerung hereinbrach, rannte ich zurück in mein Heimatdorf. Ich ging wieder zu der Frau, die auf mich gepinkelt hatte. Sie hockte in ihrem Hauseingang und beachtete mich nicht. Meine Schutzgeister drängten mich dazu, zu meinem Mann zurückzukehren. *Ich schaffe es nicht alleine. Wenn ich nicht zurückgehe, wird mir ein Unheil widerfahren.*

Mein Kopf war voller Gedanken. Mein Fuß schmerzte, und der Brustkorb kam mir wie eingeschrumpft vor, er hatte nicht mehr genug Platz für Lunge und Herz. Ich versuchte die Kraft zu finden, um mein Heimatdorf zu verlassen und die tausend Schritte nach Katanga zu gehen. Aber ich hatte keine.

Jemand muss bleiben, sagte ich zu den Schutzgeistern. *Jemand muss bleiben und die Toten ehren.*

Ich war auf dem Weg zurück zu Tshimpwaka, als mir eine Gruppe Männer begegnete. Sie trugen schmutzige weiße Kleidung.

Meine Schutzgeister stimmten ein hämisches Lied an.

Kennt ihr die Geschichte,
die Geschichte von dem Mädchen,
das seinem Mann weggelaufen war
Das mutlose Mädchen, mutlose Mädchen
Banditen bedrängten es
Das mutlose Mädchen, mutlose Mädchen
Verbrannten ihm die Haut
Dem mutlosen Mädchen, mutlosen Mädchen
Sie wollten es töten
Das mutlose Mädchen, mutlose Mädchen
Komm mit mir, sagte der Tod
Zum mutlosen Mädchen, mutlosen Mädchen
Doch der Tod war ein schwarzer Abgrund
Dem mutlosen Mädchen, mutlosen Mädchen
Es traute sich nicht zu sterben
Das mutlose Mädchen, mutlose Mädchen
Es wagte nicht zu fliegen
Das mutlose Mädchen, mutlose Mädchen
Du hast deine Kinder verflucht, deine Kindeskinder
Oh, mutloses Mädchen, mutloses Mädchen

Sie fesselten mich.

Sie betatschten meinen Körper, stopften ihre Finger in mich, lachten, wühlten in ihren Kleidern und berührten ihre

Geschlechtsorgane. Plötzlich spuckte mein Körper Schleim, kochenden Urin und braun flüssigen Lehm. Angewidert verstauten sie ihre Geschlechtsorgane und schleiften mich hinter sich her.

Ich weinte nicht.

Meine Schutzgeister lachten laut. Gleich einem launigen Kind hatte ich meiner Mutter und den Älteren den Gehorsam verweigert. Ich war von Tshimpwaka, der Sicherheit, in die mich meine Mutter gegeben hatte, weggelaufen, und hatte selbst einen Fluch über mich gebracht.

Du bist das geringste Wesen der Welt
Oh, mutloses Mädchen, mutloses Mädchen
Du bist niemand
Oh, mutloses Mädchen, mutloses Mädchen
Du bist nur ein Mädchen
Oh, mutloses Mädchen, mutloses Mädchen

Als sie vom Markt nach Hause kommen, hat Mai Fieber.

Braucht man zum Sterben Mut?, frage ich Gott.

»Du bist doch hier, weil du nach etwas suchst?«, sagt Mama ya Dima. Als ich heute vorbeischaue, ist Dima noch in der Schule. Aber Mama ya Dima lässt mich rein und gibt mir Makemba, frittierte Kochbananenstückchen.

»Sind noch mehr Briefe gekommen?«

Mama ya Dima schüttelt den Kopf. Ihr Blick sagt, dass ich ihre Frage noch nicht beantwortet habe. Sie legt ihr Buch beiseite. Es ist dick, und auf dem Buchdeckel sieht man den Erdball. Ich habe auf die Wolken gestarrt, das Land, das nicht von Linien durchzogen ist wie auf der großen Weltkarte bei uns zu Hause. Mama ya Dima mag Landkarten. Sie liest gerne über Bodenschichten, Sedimente und die Geschichte des Planeten.

Ich möchte sie fragen, warum ich ins Bett mache, aber ich traue mich nicht, es laut auszusprechen.

»Ich glaube, auf mir ruht ein Fluch«, sage ich stattdessen.

Sie antwortet nicht, sondern atmet tief ein und blickt aus dem Fenster.

»Ich glaube, meine ganze Familie ist verflucht«, spreche ich weiter.

Mama ya Dima trommelt mit dem Daumen auf den Tisch, so wie Dima oft beim Nachdenken.

»Erinnerst du dich daran, wie du das erste Mal hier warst und gefragt hast, ob ich eine Ndoki bin?«

Für eine Antwort schäme ich mich zu sehr.

»Du weißt, dass es einen Unterschied zwischen Ndoki und Nganga gibt?«

Ohne auf eine Antwort zu warten, spricht sie weiter.

»Nganga bedeutet heilkundiger Mensch. Ich bin eine Ärztin mit großem Wissen über Medikamente, die nicht aus Döschen kommen, sondern im Busch wachsen. Ich kann Dinge heilen, bei denen künstlich hergestellte, bittere Pillen nichts ausrichten. Ich kann Trauernden helfen. Dafür gibt es Wege. Ein Amulett oder eine Puppe für den Mann oder die Frau, die ihr Kind, ihren Partner, die Schwester verloren haben. Eine Puppe, an der eine Zeremonie vollzogen wird, eine Puppe, die als Heimstatt für den Verstorbenen wirkt. Manchmal machen uns Gefühle krank, nicht nur Bakterien und Viren. Manchmal machen Gedanken Menschen krank. Und diesen Kranken kann man nur auf eine einzige Art helfen, man muss sie dazu bringen, anders zu denken. Dieses Wissen ist ebenso alt wie offensichtlich und selbstverständlich.«

Ich nicke.

»Wie wir denken, hat Einfluss darauf, was im Leben geschieht. Ndoki hingegen versuchen, einem Menschen zerstörerische Gedanken einzutrichtern. Ndoki entdecken in einem Menschen einen schmerzhaften Gedanken, und den befeuern sie. Das ist die Grundlage aller Flüche.«

»Gedanken?«

Mama ya Dima steht auf und holt Papier und Stift.

»Du bist vielleicht zu klein, um schon alles zu verstehen, aber ich versuche es mal.«

Sie zeichnet eine Spirale aufs Papier.

»Die Natur ist ewige Wiederkehr. Kann man das Muster nicht sehen, ist man zu nahe dran. Die Welt außerhalb eines Menschen ist genau wie die Welt in einem Menschen. Und so wirken Flüche. Ein Mensch, der glaubt, dass auf ihm ein Fluch liegt, wird alles, was passiert, als Ausdruck des Fluchs verstehen, und immer mehr Dinge tun, die den Fluch wahr werden lassen. Was aber auch bedeutet, dass ein Mensch seine Welt verändern kann, indem er seine Gedanken ändert.«

Sie gibt mir die Spiralzeichnung.

»Und daran erinnert uns das heilige Symbol der Spirale.«

Nachdem Zuri nun nicht mehr bei uns ist und ich schon neun Jahre alt bin, wasche ich meine Laken selbst. Die Seife zerschrumpelt meine Hände. Ich recke mich und befestige die Wäsche mit bunten Wäscheklammern. Wäre Mama mit mir auf der Dachterrasse, würde sie sagen, ich soll das Laken vorm Aufhängen auswringen. Aber ich mag das Getropfe so gern. Auch wenn nasse Laken schwieriger anzupacken sind. Richtig nass erzeugen sie kleine Bächlein. Ich setze mich gern in den Schatten der Laken und beobachte, wie sich das Wasser den Weg zum Loch am äußersten Eck der Betonmauer sucht.

Gott lauscht mit mir dem Getropfe.

Gott ist nicht sauer, dass ich zu einer Nganga gegangen bin, denn Gott ist in allem.

Gott ist einverstanden. Alles ist Gott.

Alles ist gut, sagt er.

Ich glaube nicht, dass ich gut bin. Ich spüre das in mir.

Gott antwortet nicht. Heute notiert er nichts. Der Aktenkoffer steht bei seinen Füßen, und er hat Kreide in der Hand .

Möchtest du sehen, was in dir ist?, fragt er.

Geht das?

Gott zeichnet. Als er fertig ist, erkenne ich eine Spirale.

Du musst die Augen schließen und diese Spirale entlanglaufen. Dann wirst du einen kurzen Eindruck von deinem Inneren bekommen.

Ich laufe die Spirale entlang und zähle die Runden.

»Eins«

Monsieur Éléphant berührt mit verzerrtem Gesicht sein Geschlecht

»Zwei«

Dina tanzt Richtung Boden

»Drei«

Mama wringt Wäsche aus

»Vier«

Papa riecht mit einem tiefen Atemzug am dampfenden Kaffee

»Fünf«

Sir Leo packt ein kleines Mädchen an der Gurgel und schüttelt ihren Körper

»Sechs«

Mai verschluckt sich beim Husten heftig an der Milch, die ihr dann aus Nase, Mund und Ohren rinnt

»Sieben«

Monsieur Éléphant deutet auf mich. Er sagt: Du hast da auf der Dachterrasse mit deinem unstillbaren Hunger gewartet, du böses Kind.

Mir wird schwindelig. Die Bilder sind immer weniger auseinanderzuhalten. Ich beuge mich vor und erbreche mich auf die Spirale.

Ich stehe auf der Loggia. Direkt darunter ist Monsieur Éléphant und raucht.

»Adi, kannst du das Schmutzwasser ausleeren«, ruft Mama aus dem Wohnzimmer. »Ich muss die Wäsche von der Dachterrasse holen.«

Das Wasser ist schmierig, grau, mit gelben Fetträndern vom Essen. Ich bin auf dem Weg ins Bad, wo ich normalerweise das Wasser in die Kloschüssel kippe. Aber meine Beine steuern mich durchs Wohnzimmer, vorbei an der über ihren Malsachen eingeschlafenen Mai. Der Eimer ist schwer, der Metallgriff schneidet in meine Hand. Fast kann ich ihn nicht über das Geländer der Loggia hieven. Aber ich bin mittlerweile groß, bin im letzten Jahr ziemlich schnell gewachsen. Ich gucke nach unten, er steht noch da. Ich kippe das Schmutzwasser in einem Schwall über ihn. Dann lass ich den Eimer fallen. Geschrei, Rufen und ein heftiger Wumms. Was dann geschieht, sehe ich nicht, ich bin nicht da. Im Wohnzimmer steht Gott.

Schreib das auf, sage ich zu ihm.

Ich gehe in Mai und mein Zimmer und lege mich aufs Bett. Ich umklammere meine Beine und warte aufs Donnerwetter, die Bestrafung, alles. Ich bin bereit.

Am 3. Juni 1993 müssen alle Kabeyas ausziehen.

»Papa Kabeya hatte einen Autounfall und kann nicht mehr arbeiten«, erklärt Mama. »Und weil er der Diplomat der Familie war, sind sie jetzt keine Diplomatenfamilie mehr.« Sie müssen alle fort, auch Monsieur Éléphant, der, seit er sein Studium abgebrochen hat, mit seinem Schatten wie einem trägen Klumpen im Schlepptau durch den Garten schlurft. Als sie mit ihren letzten Sachen abfahren, geht keiner von uns zum Winken nach unten. Papa ist froh, dass er Papa Kabeya nicht mehr sehen muss, weder bei der Arbeit noch zu Hause.

Ich singe dem Auto und Monsieur Éléphants verschwindendem Rücken einen verächtlichen Reim hinterher.

***

In den unteren Teil von Upanga 81 ziehen die Bobotos. Sie haben eine Tochter, die neun ist wie ich. Sie heißt Solene und ist groß und pausbackig und lässt als Allererstes ihren gemeinen Hund, den sie Fox nennt, von der Leine. Er knurrt wie wild und sprengt mich über den Hof. Solene und ihre Geschwister lachen. Die Eltern, meine und ihre, sitzen mit Erfrischungsgetränken im Wohnzimmer, nicht mit Alkohol, da meine Eltern nicht trinken, außer Papa gelegentlich ein paar Schluck Wein für seinen Bauch.

Von diesem Moment an hasse ich Solene und verfluche sie in der Nacht. Ich beschwöre böse Wesen, die sie in ihren Träumen erschrecken sollen. Aber stattdessen tummeln sich in meinen Träumen knurrende Gestalten, die mich jagen und jagen und jagen.

Solene geht nicht mit mir in die Schule. Ihre Eltern haben sie auf einer etwas weiter entfernt liegenden französischen Schule angemeldet. Als ich am Morgen das Tor aufmache, rollt der Mercedes der Bobotos hindurch, um sie hinzubringen. Papa hat gesagt, dass ich ein Angebot von Papa Boboto, mich zu fahren, nicht annehmen darf.

»Niemals!«, hat Papa gesagt. Denn Papa Boboto trinkt. Papa Boboto hat ständig rote Augen, und unter seinem Parfüm wabert ein starker Alkoholgeruch.

Nach der Schule graben Mai und ich im Hinterhof Kuhlen in die Erde für ein Bao-Spiel mit unseren Murmeln. Solene kommt nach Hause, lässt den Hund raus, und wir fliehen hinauf in unsere Wohnung. Von dort sehen wir sie zu den sechzehn Grübchen stolzieren und unsere ganzen Murmeln herausnehmen. Sie tanzt umher und lacht. Dann entdeckt sie, genau in dem Moment, als Mai sagt, dass sie ihre Puppe unten vergessen hat, etwas bei den Büschen.

Triumphierend schwenkt Solene die Puppe hin und her und läuft in ihre Wohnung.

Mai heult. Sie hat drei Puppen, aber das ist ihre liebste.

Sie rennt zu Mama, um ihr Leid zu klagen. Mama scheuert gerade mit einem Handtuch den Küchenfußboden.

»Adi, geh und hol deiner Schwester die Puppe«, sagt Mama.

»Was?«, rufe ich mit pochendem Herzen. »Warum ich?«

»Du bist ihre große Schwester, große Schwestern kümmern sich um kleine Schwestern.«

Mai guckt mich an.

»Ich mach es später. Der Hund ist noch unten.«

Vom Laubengang aus beobachten wir, wie Fox in der Gegend herumschnüffelt. Er presst die Schnauze gegen den Zaun und verscheucht die Hühner des Nachbarn.

»Ist er noch da?«, fragt Mai, die sich auf die Zehenspitzen stellen muss, um etwas zu sehen.

»Siehst du doch«, sage ich mit kaum verhohlenem Ärger.

Als wir hören, dass Papa auf dem Klo fertig ist, wird es für mich wieder einmal Zeit, mich mit ihm über die Hausaufgaben zu beugen. Das Geräusch der Klospülung schwemmt alle Freude aus meinem Körper.

Papa und ich gehen alles durch, was ich in der Schule gelernt habe, wir machen die Hausaufgaben und dann seine Zusatzaufgaben. Wir sind damit beschäftigt, bis Mama fürs Abendessen deckt. Mai geht es die letzten Tage etwas besser, und deshalb lässt Papa sie Kassetten hören. Zum Beispiel die Geschichte von Peter Hase, die wir beide wahnsinnig mögen. Oder diese schrecklich traurige Geschichte von den Eisenbahnkindern oder *Der geheime Garten* mit dem Vogel, diesem Robin. Der mit dem roten Schnabel. Geschichten von weißen Kindern, die Schlüssel zu geheimen, fantastischen Orten finden und in Himmelbetten schlafen.

Ihre Puppe kriegt Mai nie wieder, und es ist nicht das letzte Mal, dass uns Solene und ihre kleinen Brüder Spielsachen wegnehmen. Trotzdem spielen wir manchmal alle zusammen. Kreisspiele sind zu mehreren lustiger. Einmal sind so viele Kinder in unserem Hof, dass wir in riesigen Kreisen laufen können und so laut und heftig lachen, dass man fast glauben könnte, das Lachen würde nie mehr aufhören.

Es wird ein Fest bei uns geben. Papas Chef zwingt ihn dazu. Man findet, Papa bleibt zu sehr für sich. Solene und ich schneiden Girlanden aus und falten unter Anleitung ihrer Schwester Papierkraniche. Wir bekleben und dekorieren die Loggia, den Laubengang und das Tor. Am späten Nachmittag drängeln sich bei uns stattliche, herausgeputzte Zairer, tanzen zu Pepe Kalle und essen Makemba mit Ziegenfleisch. Obwohl ich in meinen Sonntagssachen nicht spielen darf, starten Solene und ich einen Krieg. Wir waren noch nie so kurz davor, uns zu prügeln. Wir rennen mit Wasserpistolen durch die Wohnung, runter in den Hof und wieder zu uns rauf.

Mama wird furchtbar wütend und gibt mir eine Ohrfeige. Sie befiehlt Solene und mir, uns waschen zu gehen. Meine Kleidung ist schmuddelig, und Solene hat Dreck an den Beinen und in den Haaren. Wir haben einander auch mit Lehmbatzen beworfen. So schmutzig traut sie sich nicht nach Hause, denn dann kriegt sie von ihrer Mama ein Egogo, einen Schlag mit den Fingerknöcheln auf den Kopf. Wir beschließen zu duschen. Das ist ein neues Spiel für mich, denn ich habe noch nie mit jemandem geduscht, der nicht meine Schwester ist. Solene ist größer als ich, und ihre Brüste ragen wie kleine Hügel vor. Sie zieht mich auf den Boden der Badewanne und drückt mich in die Pfütze, die das fließende Wasser dort gebildet hat.

»Da habe ich dich«, sagt sie und lässt nicht locker. »Wer ist hier die Königin? Sag es. Sag meinen Namen.«

»Nein. Du bist keine Königin! Du bist eine Tyrannin!« Ich kämpfe wild und keuche.

Sie presst sich an mich, und irgendwie durchzuckt mich etwas, so ein warmer Stoß, der im Bauch kitzelt.

»Nimm das sofort zurück«, fordert sie. »Sonst pinkle ich auf dich drauf!«

Ich schreie. Sie hält mir den Mund zu, presst sich an mich, und eine warme Flüssigkeit rinnt über meinen Rücken. Sie pinkelt auf mich. Sie ist viel stärker als ich und kann gleichzeitig meine Arme und Beine fixieren.

Nach einer Weile stehen wir schweigend auf. Wir starren aufs Wasser, das nach und nach weniger gelb ist.

Ich darf die Seife als Erste haben. Während ich mich einseife, füllt Solene den Schöpflöffel mit Wasser. Als ich so weit bin, gießt sie es über mich.

In diesem Moment schaut Mama ins Badezimmer und wundert sich, dass wir duschen. Sie seufzt schwer und sagt, wir sollen zusehen, dass wir fertig werden.

5. Juni 1993

Hallo Mama und Papa

Ich schreibe euch aus Manzini in Swasiland, wo ich als Pflegekind bei einer Pfarrersfamilie wohne. Die Familie kommt eigentlich aus den Niederlanden, aber die Kinder sind hier aufgewachsen. Vater Thomas hat viel mit mir gesprochen und mir zu der Einsicht verholfen, dass ich euch schreiben muss, um euch zu erzählen, wo ich bin. Mir geht es sehr gut, und ich gehe zur Schule. Die Familie sagt, dass mich Gott zu ihnen geführt hat. Eines Tages möchten sie gerne nach Tansania kommen und meine Geschwister und Eltern kennenlernen, wenn ihr das erlaubt.

Außerdem schreibe ich, um zu erzählen, dass Zo verschwunden ist. Seit mehr als einem Jahr weiß keiner etwas von ihm. Habt ihr etwas gehört?

In Liebe

Dina

Ich lese den Brief, von dem mir keiner erzählt hat. Dina wohnt bei einer weißen Familie in Swasiland. Der Brief war in einem von Papas Anzügen. Die ich auf der Suche nach etwas Taschengeld durchwühlt habe. Ich möchte mir in der Mittagspause etwas kaufen können. Mama hat in der Küche zu tun, und Papa ist nicht zu Hause. Aber dieses Blatt in der Jackettasche lässt mich ganz vergessen, was ich eigentlich wollte. Ist Dina nicht mehr meine Schwester? Und warum kriegt sie eine weiße Familie? Ich hätte auch gern eine.

Dann bekäme ich bestimmt Puppen, richtige Barbies. Mama kommt rein und schreit los.

»Was machst du da, du ungehorsames Kind. Was für Geheimniskrämereien willst du mir wieder antun?« Sie stößt einen gereizten Ton aus.

»Mama, ist Dina weiß geworden?«

»Raus hier, aber schnell, sonst fängst du eine!«

Ich flitze aus dem Zimmer. Mai sitzt mit ihren Puppen auf dem Wohnzimmerboden und ist komplett in ihr Spiel versunken. Der schlimmste Anblick aller Zeiten. Ich zwicke sie genervt. »Jetzt kriegst du keine Süßigkeiten.«

Mai fasst sich an den Arm und heult los.

»Adi! Wenn du genug Energie für Bosheiten hast, kannst du auch was für mich erledigen.«

Mai ist zu geknickt, um schadenfreudig zu lachen, hört aber wenigstens mit dem Heulen auf.

»Geh für mich einkaufen. Nicht zu den Indern an der Kreuzung. Die haben nichts Frisches. Und wenn du irgendetwas kaufst, das ich dir nicht aufgetragen habe, musst du heute ohne Abendessen ins Bett.«

»Darf Mai mit?«

»Nein, sie ist zu krank. Jetzt geh.«

Ich laufe mit dem Einkaufskorb am Arm aus der Tür und in den unteren Teil des Hauses, der sich seit dem Auszug der Kabeyas ziemlich verändert hat. Verschwunden sind die lauten Jungen und ihre Prügeleien. Verschwunden ist Monsieur Éléphants übermächtige Anwesenheit. Die Tür ist offen. Ich klopfe, um mich anzukündigen.

Mama ya Solene ist das Gegenteil von meiner. Sie ist laut und für die Disziplinierungsmaßnahmen in der Familie verantwortlich. Als ich reinkomme, schimpft sie gerade mit ihrem Mann, der mit verängstigter Miene auf dem Sofa liegt.

»Wo sind sie? Was hast du mit ihnen gemacht?«, fragt Mama ya Solene wieder und wieder und drischt mit einem Schlappen auf ihn ein. Der Mann wehrt sich, kreist dabei mit den Händen herum und ist so mit diesem seltsamen Tanz beschäftigt, dass er mein Klopfen nicht bemerkt. Solene hört mich von der Küche aus und kommt zu mir. Sie kocht offenbar gerade, ihre Hände sind mehlweiß.

»Frag deine Mama, ob sie was vom Laden braucht«, flüstere ich.

»Mama, brauchst du was vom Laden?«

Mama ya Solene schleudert den Schlappen zu Boden und schlüpft hinein.

»Dass ich für diesen Mann meine Familie verlassen habe. Dass ich die Berge gegen ein Leben in diesem dreckigen Land ohne Luft eingetauscht habe.« Sie schüttelt den Kopf. »Bist du fertig mit dem Maniokstampfen?« Solene nickt. »Dann hol mir Milchpulver. Hier, und beeil dich!« Sie gibt Solene Geld aus einem Säckchen, das in einer Falte ihres Pagne steckt.

Solene und ich gehen langsam die Straße entlang, wir halten uns dicht am Rand, damit wir sehen, wenn uns Autos entgegenkommen.

»Willst du wissen, was ich gerade herausgefunden habe?« Ich weiß, ich sollte es nicht erzählen. Solene wird es ihrer Mutter sagen. Mama hat gesagt, Solene ist eine Petze.

»Aber erst musst du versprechen, nichts zu sagen. Sonst verrate ich alle deine Geheimnisse. Versprichst du es?«

»Ja, ich verspreche es, erzähl!«

»Ich schwör dir, ich werde vom Bad erzählen ... wie du ...«

»Ich habe doch gesagt, dass ich es verspreche.«

»Meine Schwester hat weiße Eltern.«

»Ozo kosa!«, Solenes Lieblingsausdruck, du lügst!

»Nein, es ist wahr!«

»Aber wie geht das? Sie hat doch schwarze Eltern.«

»Sie ist halt adoptiert worden, kapierst du.«

»Ach so.« Solene versteht das Wort nicht, aber das stört sie nicht weiter.

»Und also bin ich auch mit ihnen verwandt.«

»Nein, bist du nicht.«

»Was meinst du?«

»Na ja, wenn sie andere Eltern hat, ist sie ja nicht mehr deine Schwester, Dummerchen. Haha, schaut euch die an, sie hat geglaubt, sie hat weiße Verwandte«, verlautbart Solene einem unsichtbaren Publikum. »Zóba!« Solenes anderer Lieblingsausdruck, Dummkopf!

Ich sage nichts, ich ärgere mich und fühle mich dumm. Jetzt wünsche ich mir, ich hätte es Solene nicht erzählt. Ich hätte sie nicht daran erinnert, dass sie eine Tyrannin ist und mich jetzt bestimmt verpetzt. Aber ich wollte sie beeindrucken. Und da sagt sie, dass Dina nicht mehr meine Schwester ist. Eltern kann man ja vielleicht wechseln, aber Schwestern doch wohl nicht?

»Warum schlägt deine Mama deinen Papa?«

»Ezo tala yo te.« Geht dich nichts an. Sie ist von oben herab.

Wir gehen schweigend weiter. Das Geschäft ist nicht weit. Auf halbem Weg zur Schule, zwischen einer Apotheke und einer teuren, aber schlechten Schneiderin. Auf dem Platz davor sitzt ein weißer Mann auf einem Plastikstuhl und isst Chipsi Mayai.

»Ist das dein Onkel?« Solene lacht.

»Haha«, sage ich nur. »Wenn du so weitermachst, spiele ich nie mehr mit dir.« Ich habe einen Kloß im Hals.

Sie lächelt und schüttelt den Kopf. »Okay. Ich hör schon auf.«

Am Abend erzähle ich es Mai. Und den Gedanken tränkt ein Gefühl, für das ich keine Worte finde. Als hätte sich Dina entschieden, mich zu verlassen. Sie hat etwas Besseres gefunden und uns nicht mitgenommen.

»Kimpa wird uns holen lassen, und wir können nach Deutschland. Verstehst du? Weil Papa lange nicht bezahlt worden ist und das Essen teurer wird. Wir müssen hier weg.«

»Was gibt es in Deutschland?«

»Das liegt in Europa. Wir können nachschauen.« Wir blättern durch *Der gestiefelte Kater, Der geheime Garten, Die Eisenbahnkinder, Der Schuster und die Wichtelmänner.* Aber die Bücher haben nur Bilder, die wir schon kennen. Kinder im Schloss, Kinder in Zügen und beim Erforschen von geheimen Gärten.

»Nach Europa geht man, wenn man erfolgreich ist«, sage ich.

»Können wir das Lebkuchenweiblein anhören?«, fragt Mai.

Das ist ihr Lieblingsmärchen. Ein kleines, altes Weiblein backt einen Lebkuchenmann, der lebendig wird und dann vor ihr, einer Kuh und einem Pferd davonläuft und am Ende von einem Fuchs überlistet wird.

Oh nein, ich bin halb aufgegessen.

Oh nein, ich bin dreiviertel aufgegessen.

Dann sagte der kleine Lebkuchenmann nichts mehr.

Wir hängen überm Kassettenrekorder und sprechen die Texte mit.

Als die Kassette zu Ende ist, sagt Mai: »Noch mal!«

»Nein, jetzt hören wir den gestiefelten Kater«, sage ich. »Und eines Tages leben wir auch in einem Schloss.«

Mai und ich spionieren hinter Mama und Papa her, die im Schlafzimmer streiten. Papa ist wütend, weil Mama an Dina geschrieben hat.

»Sie ist abgehauen«, sagt Papa. »Diese Kinder haben Schande über uns gebracht.« Er zieht einen Brief von seinem Bruder hervor. Es gibt Gerüchte, dass sich Zo unmoralisch betragen hat. Papas Bruder sagt, sie wissen genau, warum Papa sich so plötzlich dazu entschieden hat, seine fünfzehnjährige Tochter wegzuschicken. Und jetzt hat er auch noch einen Sodomiten zum Sohn.

»Sie hoffen schon ewig darauf, mich fallen zu sehen«, sagt Papa über seine Brüder. Papas Lächeln ist eine Grimasse.

»Das sind Lügen«, sagt Mama. »Zo ist ... Zo ist nicht ...«

»Du weißt nicht, was einem jungen Mann widerfahren kann. Du weißt nicht, womit diese homosexuellen Männer unseren Sohn verführen können. Zo ist schwach. Und deshalb habe ich auch versucht, ihm Disziplin beizubringen! Deshalb habe ich versucht, Dina zu zügeln und Kimpa Zurückhaltung zu lehren. Ich sehe, was kommt, welche Fallen auf meine Kinder warten. Ich wünschte mir nur, dass du mich mehr unterstützt. Ich hab es dir wieder und wieder gesagt, wir müssen Dinas Triebe zügeln. Und jetzt, was jetzt? Alles vergebens.«

»Es ist so viel Zeit vergangen, und ich wollte nur hören, wie es ihr geht«, sagt Mama und wischt sich über die Augen.

Papa schleudert sein Buch weg.

Wir zucken zusammen.

»Macht doch einfach alle, was ihr wollt! Ich bin das Oberhaupt dieser Familie, aber keinen interessiert, was ich zu sagen habe. Dann macht doch, was ihr wollt. Es ist mir egal!« Krachend schlägt Papa die Badezimmertür hinter sich zu.

Mai und ich flitzen zurück in unser Zimmer. Auf einmal hat Mai Probleme beim Atmen, und ich rufe nach Mama.

Die Gerüchte über Zo haben die Botschaft erreicht. Ich erinnere mich an Zo und sein Spiegelbild. Da fällt mir ein, was Dina einmal über Mama ya Dima gesagt hat, nämlich dass die sich immer gefragt hat, warum alle so viel Angst vor sich selbst haben. Ich frage Mama. Was macht ein Sodomit eigentlich? Mama tut so, als hätte sie die Frage nicht gehört. Sie bemüht sich angestrengt, so zu tun, als wäre nichts, obwohl Papa plötzlich so heftige Krämpfe im Bauch hat, dass er sich beim Essen am Tisch festklammern muss. Wir starren ihn an, aber er wedelt unsere Aufmerksamkeit mit einer Handbewegung weg.

»Was passiert jetzt?«, frage ich Mama.

»Vielleicht verliert Papa seine Arbeit«, sagt Mama.

Der Schreck legt sich auf uns.

»Wir schaffen das. Gott ist auf unserer Seite«, sagt Mama.

Gott räumt auf und macht Platz im Schrank, er erklärt mir nichts.

Eines Tages spaziert eine alte Frau auf den Hof. Später schwört Solene, dass sie rote Augen hatte.

Am selben Tag schwärmen mit einem Schlag die Faltenwespen ein, bedecken jeden Millimeter der Bäume hinterm Haus und verschwinden dann eben so schnell, wie sie gekommen sind.

An diesem Tag kommt Papa nach Hause wie sonst auch, isst Abendbrot und macht sein Nickerchen. Ich will hinunter zu Solene, aber Mama lässt mich nicht. Ich spiele ihr zu oft mit Solene. Das sieht man angeblich an meinem Zeugnis. Früher war ich immer unter den besten zehn in der Klasse, und jetzt bin ich auf Platz dreißig von hundertfünfzig. Papa wacht von seinem Nickerchen auf und beginnt mit dem Abendunterricht, bei dem ich die Hausaufgaben mit ihm mache und Mai lesen lernt. Ich soll aus dem Kopf meine Englischvokabeln aufschreiben.

Da stößt der Sturm unsere Haustür auf, und die Vokabeln auf dem Tisch nehmen Reißaus und breiten sich auf dem Fußboden aus. In der Tür steht mit glänzenden schwarzen Schuhen Dina. Ihre Haare sind länger und nicht mehr geflochten. Um den Hals trägt sie ein Goldkettchen, das sie immerzu anfasst. Ihre Haut schimmert und ist dunkler geworden.

»Mama hat geschrieben, dass Mai operiert werden soll«, ist das Erste, was sie sagt.

»Ich habe einen Brief von Zos Freund bekommen. Zo ist tot«, das Zweite.

Papa fällt vom Stuhl. Sein Atem geht rasselnd, er richtet sich, ohne sich dabei helfen zu lassen, auf, schleppt sich ins Schlafzimmer und schließt die Tür.

»Erzähl mehr, Dina. Du kannst das nicht so dahinsagen. Setz dich und erzähl«, fordert Mama Dina auf.

»Ich habe den Brief gestern bekommen. Der Nachbar hat Vater Thomas aufgesucht und ihm einen Brief gegeben, der an die alte Adresse gegangen war. Vater Thomas hat mir ein Ticket gekauft. Ich war auf dem Weg zur Schule und ...«

»Dina«, unterbricht Mama. »Hast du den Brief?«

»Der Freund schreibt, dass er und Zo bis nach Marokko gemeinsam unterwegs waren. Dass sie gutgläubig ein Ticket nach Spanien gekauft haben, sich aber herausgestellt hat, dass es ein Ticket für ein kleines Boot war, das sich gerade so über Wasser halten konnte. Der Freund hat umgedreht, aber Zo nicht. Das Boot hat es nicht lange geschafft, es ist gesunken, und alle sind ertrunken. Das war vor mehr als einem halben Jahr. Der Freund hatte nur die alte Adresse in Swasiland, aber dort wohnt keiner mehr von uns. Er hat mehrmals versucht, den Brief zu schicken.« Dina versagt die Stimme.

Mama blinzelt, und Tränen fließen aus ihren müden Augen.

»Gott steh uns bei«, flüstert sie. Mai ist auf ihren Schoß gekrochen.

Ich kämpfe gegen einen seltsamen Impuls zu lachen. Ich presse die Hand auf den Mund, und in meinen Ohren saust es, als hätten sich Hunderte Stimmen hinter mich gestellt, die alle zugleich auf mich einflüsterten.

Mama geht zu den Bobotos hinunter, weil die ein Telefon haben. Sie versucht, Zos Freund zu erreichen.

Es gibt so viele Fragen. Wurde im Wasser nichts gefunden?

Was haben wir denn schon für einen Beweis, dass er das Ticket gekauft hat, an Bord gegangen ist, oder ob er überhaupt mit diesem Freund unterwegs war?

Schließlich erreichen wir den Freund am Telefon, aber er hat schlechtes Netz. Er ist irgendwo in Mombasa.

Das Gespräch bricht mehrmals ab.

Ist es sicher?

Hast du ihn ins Boot einsteigen sehen?

Nein, er hat ihn nicht ins Boot einsteigen sehen.

Aber er hatte ein Ticket, und man hat seine Sachen im Wasser gefunden.

Mama ist ein wenig erleichtert. Niemand hat gesehen, dass er an Bord gegangen ist.

Seine Tasche ... das Zimmer ... denn sicher, dass er das Boot genommen hat ...

Aber du hast ihn nicht einsteigen sehen.

N... habe n... nein.

Was für ein Idiot, sagt Mama über Zos Freund.

Und was ist mit dem Besitzer des Boots?

Er ... ertrunken.

Hast du gesagt, er ist ertrunken?

Ja.

Dann bricht die Verbindung wieder zusammen.

Am Abend streichelt Mama Dina.

»Wir müssen Hoffnung haben.«

Papa isst im Schlafzimmer.

»Hab ich dir von dem Mädchen erzählt, das für einen weit entfernten König eine Straße baut?«, frage ich Mai.

Mai kann nicht antworten. Sie war die ganze Woche kaum wach. Aber ich muss Urgroßmutter Mais Geschichte zu Ende erzählen, solange sie noch in mir steckt.

»Die Landschaft verändert sich.«

Meine Mutter sang ein neues Lied.

»Es wird gesprengt, denn hier entsteht ein neues Königreich. Eines Tages wird alles gut. Wir werden Reichtümer besitzen und Häuser, die über Jahre hinweg dem Regen trotzen. Wir werden die Fassaden bemalen, wie meine Mutter, als wir klein waren. Damals haben die Frauen die Häuser bemalt, um den Lebenden zu erzählen, woran sie sich erinnern sollen, und den Toten eine Karte zu zeichnen, der sie folgen konnten.«

Mein Bauch war groß. Seit ich verstanden hatte, dass in mir ein Kind heranwuchs, war die Stimme meiner Mutter bei mir. Ihr Geist beschützte das Kind. Sobald es geboren war, würde sie mich verlassen. Das wusste ich. Ich holte Wasser. Die Männer, die das Gestrüpp entfernten und die Bäume fällten, bekamen einmal am Tag Wasser. Jeden Tag mussten mehrere Arbeiter begraben werden. Aber in den Wäldern, auf den Bergen und an den Stränden gab es noch unendlich viele Männer, die man zum Arbeiten holen konnte.

Wir bauten eine Straße für unseren neuen König.

Er war Belgier. Wenn die Straße fertig war, würde er uns besuchen, der weiße König, und ich sollte mit ihm schlafen. Ich und die meinen bauten ihm eine Straße direkt in meinen Schoß.

»Es kommen bessere Zeiten, du wirst schon sehen«, sang meine Mutter, der ich, wie ich nun verstand, immer egal gewesen war. Sie hatte einen, vielleicht zwei Menschen geliebt, aber ihre Kinder gehörten nicht dazu.

Ich malte auf alle Oberflächen, die ich entdeckte.

Jemand sagte, der belgische König hat einen Bart. Ich drückte mir Gras gegen die Schenkel, um zu sehen, wie sich das anfühlen würde. Wenn er wie ein hungriger Mann an meiner Muschi naschte. Ein saugendes Geräusch, ein Schmatzen und eine Hitze, die sich im ganzen Körper ausbreitete. Das genoss ich in der Geburtshütte, die man mir errichtet hatte. Ich malte und malte, selbst wenn ich keine Farbe hatte. Ich wollte die Fassaden bemalen, war aber monatelang nur herumgezogen und hatte nirgendwo länger als ein paar Wochen gewohnt. Und oft hatte ich mit anderen zusammenleben müssen. Schwanger zu sein, war den Gesängen meiner missgünstigen Schutzgeister zum Trotz ein Segen.

Das Kind kann man verkaufen, sagten die Geister.

Ich hasste sie.

Ich hasste sie alle.

Ich steckte den Finger in mich und hockte mich aufs Gesicht des belgischen Königs, er mochte das.

Ich gebar einen Sohn.

Er hieß Luse.

Ich war kein Mädchen mehr.

Ich nehme Mais Hand und sehe zu, wie sie beim Atmen kämpft.

Dina ist aus dem Arbeitszimmer, wo sie nachts schläft, herübergekommen und steht in der Tür zu meinem und Mais Zimmer. Eine Träne läuft ihr über die Wange. Mama kommt herein und setzt sich neben mich.

Sie legt ihre Hand auf meine.

»Ich habe euch beide gesehen, dich und Mai. Und die erste Tshadi hat euch an den Händen gehalten. Ich habe verstanden, dass sie zu uns zurückgekommen ist. Dass sie sich aufgeteilt hat. Ihr seid zwei Teile derselben Seele. Ich glaube, das macht Mai stark. Deshalb wird sie es schaffen. Weil sie dich hat.«

Ich liege auf dem geflochtenen Teppich, der einmal tausend Farben gehabt hat. Er fällt auseinander und ist jetzt grau. Als wir ihn letztes Mal auf die Dachterrasse hochgetragen haben, haben wir ihn dort vergessen. Es hat daraufgeregnet, genau wie auf Mamas ebenfalls zurückgelassene, französische Bibel. Novemberregen, unvorhersehbar, wie Mama immer sagt.

Mama und Papa sind im Krankenhaus, weil Mai operiert wird.

Auch durch meinen Bauch kriecht jetzt eine Schlange. Ich spüre, dass das der Schmerz der Schuldtragenden ist, sage ich zu Gott.

Es kribbelt am ganzen Körper. Der geflochtene Teppich ist voller Insekten. Ich höre sie zwischen den toten Halmen leben.

Du hast gesagt, dass ich Geschichten erzählen soll, und dass das Mai rettet.

Stimmt.

Ich hab es getan, und es hat nichts verändert.

Bist du dir sicher?

Mais Körper kommt mir wie eine verlassene Hülle vor. So muss auch der Körper der ersten Tshadi ausgesehen haben, als sie in ihrem Bett lag und ihre Augen nie wieder öffnen sollte. Mais Atemzüge sind flach. Kaum sichtbar. Der Arzt lässt uns nicht lange an ihrem Bett bleiben. Es gibt in der Kinderstation des Aga Khan Krankenhauses Kindergeister, die durch Türen gucken, durch Wände laufen und einander fangen. Sie spielen, und das Echo ihres Lachens schwappt in kalten Wellen aus Verlust und Trauer durch mich hindurch. Irgendwo zwischen diesen Geistern ist Mai, die mit jedem Augenblick etwas mehr für immer verloren ist.

Nur Mama bleibt im Krankenhaus. Wir anderen müssen mit Papa nach Hause. Er fährt viel zu schnell. Als würde er verfolgt. In Upanga 81 angekommen, sehe ich Gott auf der Mauer der Dachterrasse. Ich springe aus dem Auto, stoße die Tür auf, wo der Paradiesspruch heute in weißem Licht schimmert. Ich renne die Treppenstufen hoch, sie kommen mir mit einem Mal doppelt so viel vor. Dina ruft mir hinterher, kommt aber nicht nach. Ich schlüpfe aus den Sandalen und laufe über den aufgeheizten Steinboden der Dachterrasse. Gott deutet auf etwas weit hinten am Horizont. Die Dachterrasse ist ein Strand, und das Geräusch von Wasser tost, als hätte jemand die Lautstärke hochgedreht. Auch hier hört man die spielenden Kindergeister, und diesmal entdecke ich Mai sofort. Sie rennt ohne Atemnot und amüsiert sich so sehr über die anderen Geister, dass sie vor Lachen nach Luft japst.

Mai, komm mit mir. Mai komm zurück, rufe ich.

Sie blickt kurz zu mir, wird aber gleich wieder von den anderen Geistern abgelenkt. Sie nehmen sie mit zum Wasser. Die Kinder und Mai schwimmen zwischen schaukelnden Kajaks umher.

Mai lacht und lacht.

Mai!, rufe ich und forme, um möglichst weit hörbar zu sein, mit den Händen einen Trichter um den Mund. *Komm zurück, ich muss dir eine Geschichte erzählen.* Das Wasser ist kaum zu übertönen, aber ich versuche es noch einmal.

Habe ich davon erzählt, wie die Scham zu den Menschen gekommen ist? Eine weise Frau fand ein Mädchen aus Lehm. Es hatte mehrere Tage geregnet, und ihre Haut war davon aufgeplatzt. Aus den Rissen ergoss sich der Nachthimmel, und seit diesem Tag ist die Welt verändert.

Ich möchte näher heran, aber ich kann nicht. Mai muss zu mir kommen.

Habe ich von dem Kind erzählt, das aus Wannen Boote baut, wenn alles überschwemmt wird!

Meine Stimme schwillt an und wird bald das Wasser übertönen.

Habe ich von den Mädchen erzählt, die tanzen?

Mai blickt zu mir.

Habe ich davon erzählt, wie Urgroßmutter Mai ihr Kind verloren hat?

Anfangs trug sie ihren Sohn beim Wasserholen oder Essenmachen auf dem Rücken.

Später packte sie ihn in ihr Wickeltuch und hängte ihn an den Baum, unter dem sie arbeitete.

Wieder später lief er neben ihr her und sammelte Steine. Er machte es ihr nach, sortierte Steine und brachte sie zur Waage an der Grube.

1901 kam ein Mann zu ihrem Lager.

Er fragte Urgroßmutter Mais kleinen Sohn: »Wie alt bist du?«

Und weiter sagte er: »Mir ist zu Ohren gekommen, dass du hier bist, Mai, das Kind einer Nganga, die mit meinem Neffen Tshimpwaka verheiratet war.«

Ängstlich versteckte sich Urgroßmutter Mais Sohn hinter seiner Mutter. Er war ein feiger kleiner Kerl mit so viel Traurigkeit in sich, dass der Blick in seine Augen schier unerträglich war. Der Onkel von Urgroßmutter Mais Ehemann war gut gekleidet und sprach mit dem Aufseher, den bisherigen Göttern im Leben von Mais Sohn, wie ein Ebenbürtiger. Der Onkel verschwand mit dem Aufseher und einem anderen fremden Mann im Büro.

Als sie wieder herauskamen, riefen sie nach Urgroßmutter Mais Sohn.

»Junge! Komm her, Junge!«

Da hasste Urgroßmutter Mai ihren Sohn. Sie wünschte, sie hätte ihn ertränkt, als er als Zweijähriger krank und untröstlich gewesen war oder jedes Mal, wenn ihr in den folgenden Jahren dieser Gedanke in den Sinn gekommen war, wenn er Hunger gehabt und sich ihr Körper von der ewigen Plackerei wie zerschlagen angefühlt hatte.

»Rühr dich nicht vom Fleck«, befahl Urgroßmutter Mai ihrem Sohn. Sie hatte gewünscht, sie hätte eine Waffe. Sie hätte den Boden mit dem Blut der Männer getränkt. Sie hätte dem Sohn die Augen herausgerissen und sie verschlungen. Sie hätte ihm das Messer in den Bauch gerammt, sie hätte sich selbst das Messer in den Mund gestoßen. Urgroßmutter Mais Sohn gehorchte wie von Geburt an gewohnt dem Befehl. Er ging zum Onkel seines Vaters. Er wusste, er würde frei sein, das verriet ihm der Blick auf die Füße des Mannes. Sie tanzten über die Erde.

Habe ich von den Mädchen erzählt, die heimlich malen?

Urgroßmutter Mai erinnerte sich nicht daran, in welchem Jahr es war, aber für eine Weile lebte sie im Haus eines bärtigen Mannes mit weißer Haut, die ständig in der Sonne abblätterte. Sie putzte und kochte für ihn. Er war Künstler und eröffnete eine Künstlerschule für junge Männer. Urgroßmutter Mai klaute ihm Malutensilien und malte in ihrem kleinen Zimmer.

Als der Künstler ihre Linienführung entdeckte, geriet er ganz außer sich. Wie einzigartig sie doch war, genau wegen so etwas war er hergekommen. Um solch einen Ausdruck der afrikanischen Seele zu finden. Sie wusste nicht, ob sie ihn richtig verstand, sein Tschiluba war ziemlich schlecht. Aber was anderes hatten sie nicht zur Verfügung, denn sie hatte seine Sprache nie gelernt.

Er schrieb Briefe, denen er Urgroßmutter Mais Zeichnungen beilegte.

Nicht viel später holten ihn die Geister. Eine Krankheit, die den Körper austrocknete und das Herz aufhören ließ zu schlagen, tötete ihn.

Meine Schwester, das Geheimnis des Lebens. Weißt du, was das Geheimnis ist?

Am Ende erinnerte sich Urgroßmutter Mai nur mehr an ihre Schwester. Urgroßmutter Mais Schwester liebte es zu tanzen. Nicht dass sie besonders gut getanzt hätte, aber ihre Bewegungen überraschten. Da ein Arm, dort ein Bein, plötzlich hier ein Fuß. Sie tanzte, als stürzte das Leben vom Himmel herab direkt in sie hinein. Sie wurde ein Wirbel aus um den Körper peitschenden Zöpfen und Händen, die sich vervielfacht zu haben schienen und durch die Luft fuhren, als wäre es Wasser, durch das sie zu den Baumwipfeln hinaufschwimmen konnte. Für die Art, wie Urgroßmutter Mais Schwester tanzte, gab es keine Bezeichnung. Am Ende, als Urgroßmutter Mai nur mehr hören konnte, wie das Wasser über die Wände floss, das Wasser, das sie begraben würde, weil sie sonst niemanden mehr hatte, der sie begraben konnte. Am Ende hatte sich Urgroßmutter Mai hingestellt und nur unter den Augen des Wassers getanzt wie ihre Schwester. Denn sie hatte endlich begriffen, dass man im Leben nur eines hatte: den Moment. Dass ein Mensch sein ganzes Leben in einem Moment leben konnte und dass sie in diesem Moment ihre

Art zu leben gefunden hatte. Urgroßmutter Mais Ketten klatschten den Rhythmus, während sie stampfe und ihren letzten Tanz tanzte.

Während ich erzähle, nimmt meine Schwester Mai meine Hand, und wir gehen los, ohne uns umzusehen, genau wie Papa einmal gesagt hat. Wer den Tod hinter sich lässt, darf sich nicht umdrehen. Wir hören schauerliches Heulen, wieder und wieder fällt etwas und geht kaputt. Die Erde unter uns bebt, aber Mai und ich, wir gehen weiter, bis wir auf der anderen Seite sind, wo gerade die Sonne untergeht.

Ich wache davon auf, dass es in meiner Unterhose feucht ist.

Aber ich habe nicht in die Hose gemacht.

In meiner Unterhose ist es weiß. Ich fasse es an, dickflüssig, klebrig und durchsichtig.

Erst denke ich, ich muss jemanden fragen, Mama, Dina, jemanden, der mir erklären kann, was in mir passiert.

Dann besinne ich mich.

Das geht nur mich etwas an.

1994

WIEDERKEHR

Mai wurde jetzt operiert, aber ihr Körper ist noch schwach.

Papa sitzt im Wohnzimmer.

Heute ist Mais fünfter Geburtstag.

Im Hof hockt der Tod mit eingezogenen Krallen auf seinen Hinterbeinen. Er ist immer da, wie ein Teil des Bodens, der Schatten auf einem Auto, die Feuchtigkeit an der Wand.

Ich gebe Mai Suppe. Ich versuche, sie daran zu erinnern, wie wir dem Tod entkommen sind. Wie wir die Kindergeister allein haben weiterspielen lassen. Ich habe ihr erzählt, dass unsere Urgroßmutter nun in Frieden ruht. Dass sich all das Grauenhafte ergossen hat. Ich sehe, wie sich ihre Augen im Schlaf unter den Lidern bewegen.

Solene hat einen weichen Körper. Das fühle ich, als ich sie schubse. Wir rangeln, weil sie sagt, dass Dina kohlrabenschwarz ist und ich auch. Wir rangeln, weil sie Mai triezt, die nach der Operation noch schwach ist.

Wir rangeln, und Solene heult als Erste.

Ich habe sie an der Wange gekratzt.

Wir tragen beide unsere Schuluniform. Ich blau, sie rostrot.

Gott zeigt mir sein Buch. Darin ist die Zeichnung eines weiblichen Geschlechts. Ich möchte wissen, ob sie wie ich ist. Solene. Also schiebe ich meine Hand unter ihren Rock und ziehe an ihrer Unterhose.

Sie vergisst ihr Weinen und sieht mich an, aber ich gucke hinunter auf mein Bein. Betrachte den Kratzer von unserer Rangelei. Bald wird er bluten.

In mir steckt ein teuflischer Hunger. Eine Hitze, die Solene verzehren will. Ich lege eine Hand auf ihre Brust und untersuche mit der anderen ihren Unterleib. Als würde man die Hand in eine aufgeschnittene Papaya stecken. Feucht und zugleich glatt und pelzig.

»Möchtest du ein Spiel spielen«, frage ich. Ich sage es und kann nur schwer atmen.

Ich weiß, sie wird Ja sagen. Ich weiß, wie man fragt.

»Leg dich hier hin und schau in den Himmel«, sage ich.

In den Achseln pikst es.

Sterbe ich jetzt?, frage ich Gott.

Nein, sagt er. *Du schwitzt nur.*

Solene und ich liegen da und gucken zu den Kleidern, die im Wind wehen. Den Wolken, die einander jagen. Unten im Hof kläfft Fox.

Es kitzelt im Unterleib, und ich drücke dagegen, lasse los und drücke wieder dagegen.

Ich nehme Solenes Hand, oder vielleicht nimmt sie auch meine.

Wir liegen da, bis jemand von ihren Geschwistern nach ihr ruft. Da zieht sie die Unterhose, die sich um ihre Schenkel kringelt, hoch und läuft weg, ohne sich umzusehen.

Der Wind bringt die Bäume zum Tanzen, und etwas fällt auf Solene herab, die mit ihrer Mutter darunter hindurchgeht. Die beiden reden vertraut und lachen.

Wir sind auf der Dachterrasse, Gott und ich. Er sitzt mit baumelnden Beinen auf der Betonmauer.

»Warum bist du vom Himmel herabgestiegen«, frage ich ihn.

»Deinetwegen«, antwortet Gott.

»Aha«, sage ich und betrachte die Wolken. Im Baum nebenan in Tansania kreischen sich die Krähen laut an. In Indien spielt das kleine einsame indische Mädchen Himmel und Hölle.

»Weißt du, wo Zo ist?«, frage ich Gott.

Er hüpft von der Mauer, packt Papier und Stift in den Aktenkoffer, sieht mich dabei an.

»Erzähl deinen Eltern Folgendes. Erzähl ihnen, dass er geflogen ist, statt das Boot zu nehmen. Er hat das Boot im letzten Augenblick verlassen. Er hat sich sein Geld von dem Freund zurückgestohlen. Erzähl ihnen, dass er über Rumänien nach Schweden gekommen ist. Als er dort aus dem Flugzeug gestiegen ist, hat er seinen Pass zerrissen, zumindest hat er es versucht, und ihn in der Herrentoilette des Flughafens Arlanda runtergespült. Dann hat er die Polizei gebeten, ihm zu helfen, da er von Zaires Diktator verfolgt werde. Man verstand nicht, wovon er redete, und da er keine Papiere besaß und keiner wusste, mit welcher Absicht er gekommen war, verhaftete man ihn, und er kam schließlich ins Gefängnis. Unter seinem angeblichen Namen war nichts zu finden, aber da er von Zaire gesprochen hatte, beschloss man, ihn dorthin zurückzuschicken. Als er abgeschoben werden sollte, ist er abgehauen und lebt seitdem im Untergrund. Er hat einen Freund, der ihn liebt und für ihn sorgt. Irgendwann bald wird er euch bestimmt schreiben, wie es ihm geht. Es gibt viele Gründe dafür, dass er sich schämt, seinen Eltern zu sagen, wie es ihm geht und wo er ist.«

Papa will gerade zur Arbeit, da ist es so weit. Ich streiche meine blaue Schuluniform glatt und erzähle, was Gott mir gesagt hat.

Papa sieht mich an.

»Hast du das in einem Traum gesehen?«, fragt er.

Ich zögere kurz und nicke dann.

Er zieht mich in eine unbehagliche Umarmung, die schnell wieder vorbei ist.

»Wir hören Gottes Stimme in unseren Herzen. Schön, dass du zuhörst. Gut, dass es Hoffnung gibt. Ohne Hoffnung hätte ich dieses Leben nicht aufbauen können. Ohne Hoffnung kommen wir nicht voran. Sei unbesorgt. Ich habe Krieger erzogen und euch in Gottes Hände gegeben. Für euch ist nichts unmöglich.«

Dann geht er zur Arbeit.

Als Papa abends nach Hause kommt, isst er im Schlafzimmer, aber später dringt Musik durch die geschlossene Tür.

»Was hört Papa da?«

»Dolly Parton«, antwortet Mama.

»Aber die singt nicht von Jesus«, wundere ich mich.

»Papa mag amerikanische Countrymusik«, antwortet Mama.

An diesem Abend ist Papas Laune so gut, dass er mit seinem Notizblock zu uns kommt. Im Moment ist sein Großprojekt, Tschiluba ins Französische und ins Englische zu übersetzen. Teilnahmslos lassen wir wieder einen Vortrag über Wörter über uns ergehen. Manche Wörter tragen noch Spuren von demjenigen, der etwas erfunden, geprägt oder entdeckt hat, in sich, wie bestimmte Krankheitsbezeichnungen. Manche Wörter beinhalten den Ort, von dem sie stammen, manche Wörter sind relational, manche Wörter sind beschützend, manche Wörter haben eine so tiefe, ursprüngliche Herkunft und sind so alt, dass alle Menschen sie kennen. Manche Wörter sind so neu, dass ihnen Verwurzelung fehlt. Viele Wörter sind privat. Papa liebt Wörter, denn sie füllen eine Leere und weben neue Wirklichkeiten.

»Wörter geben neue Perspektiven, neue Sichtweisen. Ganz neue Farben. Auf Tschiluba haben wir für jemanden, der einmal, zweimal, aber kein drittes Mal vergibt, ein Wort beziehungsweise einen Namen, Ilunga. Das ist eine Verheißung. Alle Tschiluba-Namen sind Verheißung, Erinnerung, Aspiration, Schuld und Vergebung. Und deshalb schreibe ich für euch dieses Wörterbuch. Jetzt setzt euch her, Kinder, und schreibt ab. Adi, du schreibst auf Englisch, und du Dina, auf Französisch. Schreibt sauber.« Papa lächelt zufrieden.

Dina und ich wünschen uns beide, dass sich der Boden unter seinem Stuhl in Wasser verwandelt und ihn verschluckt. Wir schreiben bis tief in die Nacht Wörter.

Als Mai stark genug ist, um mit uns am Esstisch zu sitzen, kehrt der Alltag in unser Leben zurück. Papa will wissen, wie lange Dina noch bleiben möchte. Mama sagt, Dina hätte nicht weglaufen sollen, weil Papa ihnen nur helfen wollte. Papa wird allmählich alt, sagt sie. Soll Papa ihretwegen einen Herzinfarkt bekommen?

»Es hat Papa krank gemacht, dass ihr so mitten in der Nacht verschwunden seid.«

Dina sagt, Papa zeigt keine Liebe, für niemanden. Das bringt Papa ziemlich auf. Er fragt, ob Dina eine Ohrfeige haben will. Er hebt die Hand und stößt gegen das Glas, es fällt um und auf den Boden, ohne kaputtzugehen. Aber mir spritzt Wasser auf die Beine. Übergangslos wendet sich Papa an Mama und wirft ihr erneut vor, Dina geschrieben zu haben. Dina, die ihre Eltern entlassen hat.

»Sie hat jetzt eine andere Mutter.«

»PFLEGEmutter«, sagt Dina und ringt dabei um einen respektvollen Ton.

Und da bekommt Mai einen Asthmaanfall, und Mama läuft schnell nach dem Inhalator.

»Ihr macht Mai krank«, sage ich zu meiner Familie.

Sie drehen sich zu mir und sehen mich an, als hätten sie nicht verstanden, was ich gesagt habe. Aber sie sagen auch nichts dazu. Ich hatte von irgendwem eine Ohrfeige oder Schimpfen erwartet, aber irgendetwas hat sich offenbar verändert. Vielleicht weil ich jetzt größer bin. Vielleicht weil ich jetzt Worte habe für das, was ich sehe.

Dann fängt Papa an, von seiner Kindheit zu erzählen, wie er sich einen Aktenkoffer aus Holz gemacht hat, um damit zur Schule zu gehen. Dass ein internationaler Journalist davon ein Foto geschossen hat. Dass von ihm ein Bild um die ganze Welt ging, unter dem stand: Um jeden Preis zur Schule. Dass er dank dieses Bildes ein Stipendium bekommen hat und nach Europa und auch Amerika gehen und Ingenieur werden konnte.

Dina erledigt etwas für Mama und nimmt mich und Mai, die dringend mal das Haus verlassen muss, mit. Auf dem Weg gesellt sich Solene zu uns. Es ist ein Nachmittag Ende Januar. Wir öffnen selbst das Einfahrtstor, denn nach Yusufs Rausschmiss und dem Einzug der Bobotos hat niemand diesen Posten übernommen. Und auch wenn die Bobotos mehr Geld ausgeben als Papa, sieht man unserem Grundstück an, dass Zaire in der Krise steckt. Das Tor quietscht ohrenbetäubend, und die Fassade am Haus blättert ab. Der Eimer in der Küche muss mehrmals täglich geleert werden, und im Bad hat Shekila aus dem Boiler die Wand mit Schimmelmännchen bemalt. Der Türstock unserer Zimmertür hat Risse, und das Fliegengitter im Fenster rostet und fällt auseinander.

Wir lassen das Haus hinter uns. Es blickt uns nach und verliert beim Versuch, uns mit dem Blick zu folgen, ein wenig von seiner schmutzblauen Haut. Wegen der starken Sonne bleiben wir im Schatten, und weil Dina Mai tragen muss, sind wir so langsam, dass wir mehr stehen bleiben, um irgendetwas anzusehen, als dass wir gehen. Dina kauft Sunvita, unser Lieblingseis.

»Mama und Papa reden ständig darüber, dass wir das Land verlassen müssen«, sage ich zu Solene.

»Kanada, USA, Deutschland, zu Kimpa und dem Baby«, träume ich laut. Solene lutscht schweigend ihr Eis.

»Wir schauen bei Dima vorbei«, sagt Dina.

Mai kaut zufrieden ihre Mikate, während Solene und ich beeindruckt Dimas Song aus dem Kassettenrekorder lauschen.

Dima singt mit und tanzt dazu.

»Wir hoffen, wir kriegen es hin, dass die Tante von meinem Freund Juma es in ihrem Radiosender spielt.«

»Juma? Der aus unserer Schule?«, fragt Dina.

»Genau, ist wahre Liebe. Real Love.«

»Und wird er mal Lehrer? Bei der Brille und den ständigen Vorträgen?«

Dima lacht. »Ich glaube, er will Journalist werden.«

Dina lacht und bekommt dabei ihre Grübchen.

Mama ya Dima tritt zu uns auf den Vorplatz, gibt jedem eine Flasche Limo und lässt sich in Kokos grünen Stuhl fallen.

Bevor sie aus ihrer Flasche trinkt, kippt sie ein wenig auf den Boden.

»Für die, die vor uns hier waren, und die, die weitergezogen sind.«

Mama ya Dima erzählt, dass Koko im Schlaf gestorben ist. Dass Koko es gewusst und noch das Essen für ihre eigene Totenwache gekocht hat. Unter ihrem Bett lag der Sippenstein, den sie bei sich tragen sollte, wenn sie auf die andere Seite zu den Ahninnen kam.

Wir kippen alle ein wenig von unserem Getränk auf die Erde, um die Toten zu ehren.

Mama nimmt die Wachstuchdecke ab. Sie hat Löcher, und das einstige Muster ist verblichen. Die Decke verlässt den Tisch nur unter lautstarkem Protest. Auch dann auf dem Boden liegt sie starr in Form des Tischs, zu dem sie eben noch gehört hat. Mama wischt über den Tisch, legt aber keine neue Decke darauf.

Mama, Dina, Mai und ich trinken an dem ungeschützten Tisch Tee. Mama sagt, darum müssen wir uns nicht mehr kümmern. Wir werden ihn nicht mitnehmen, wohin auch immer wir gehen. Mama hat sich die Haare geflochten. Ihre dunkle Haut schimmert und ist weich wie bei einem jungen Mädchen. Dina sagt, sie möchte so schön wie Mama sein, aber dass der Familie und Freunden zufolge, Kimpa die Schöne ist. Da sagt Mama, dass sie bei Dinas Geburt ein Zeichen gesehen hat, wonach Dina zu einer Person heranwachsen wird, die schöne Dinge tut.

»Du bist mit einer Hacke in der Hand geboren«, sagt Mama mit Nachdruck.

»Hast du das nicht immer über die erste Tshadi gesagt?«, meckert Dina vorwurfsvoll.

»Nein, das habe ich nicht.« Mama schüttelt den Kopf. »Das habe ich von dir geträumt, Dina. Dass du mal für die Welt arbeiten wirst. Aber jetzt bin ich mir nicht mehr sicher. Du musst für deinen Fehltritt um Vergebung bitten, und du hättest nicht zulassen dürfen, dass deine Schwester dein Kind auf diese Weise an sich nimmt. Du musst die Konsequenzen für deine Handlungen tragen, sonst wird dir nie vergeben.«

Dina stößt einen frustrierten Laut aus und antwortet, dass sie sehr wohl die Konsequenzen getragen hat. Denn nichts ist leicht gewesen. »Ihr habt immer gesagt, nicht zu gehorchen, ist böse. Aber, Mama, das wirklich Böse ist, dass keiner von uns so sein darf, wie er ist. Und dann behauptet ihr, das wäre, was Gott für uns will.«

Mama sagt, dass Dina nichts gelernt hat und lupft ihre Bluse, um sich Luft zu verschaffen. Wir sehen die Linien auf ihrer Brust.

»Muss man bestraft werden, um etwas zu lernen, Mama?«, frage ich.

»Nur weil eure Väter euch die ganze Zeit geschlagen haben, heißt das nicht, dass ...«, setzt Dina an.

»Mein Vater hat uns nicht geschlagen«, unterbricht Mama sie. »Mein Vater war ein sanftmütiger Mann. Die Gemeinde und die Nachbarn haben gemeint, er müsse strenger sein, aber er wollte nie die Hand gegen uns erheben. Ich habe meine Mutter und meine Schwestern verloren.« Mama wird still und atmet einmal tief durch, bevor sie weiterspricht. »Wenn mein Vater härter durchgegriffen hätte, hätte ich vielleicht nicht so viel leiden müssen.«

»Aber ...« Dina blickt auf Mamas Brust, spricht jedoch nicht weiter. Dina kennt Kasambas Erzählung über Kadije und die Bestrafung durch die Familie ihres Ehemanns nicht. Sie glaubt, die Zeichen in Mamas Haut stammen von Mamas Vater.

»Ihr wart immer sehr streng, Mama, und trotzdem machen wir noch Fehler«, sagt Dina, ohne sie anzusehen.

Es wird still. Mama trinkt ihren Tee. Sie legt die Hand auf die Brust und bedeckt die Linien.

»Das Leben hinterlässt Spuren am Körper. Alle meine Kinder haben ihre eigenen, bleibende Spuren in meinen Körper gezogen und gebohrt.« Mama erzählt, dass ihre Brüste mit den Jahren, in denen sich die Linien wie Risse in ausgedörrter Erde ausgedehnt haben, schwerer geworden sind. Sie deutet auf den Bauch und sagt, dort sitzen Großmutters Lachen und Großmutters Krämpfe bei ihrem Tod in Krankheit. In der kleinen Kuhle am Hals sitzt die Stimme ihrer Zwillingsschwester, ihr Schreck gegen Ende. Über den Rücken ziehen sich Linien der Kinder im Bauch, die, jedes Einzelne, das Leben gesucht haben, im Kampf mit einer Nabelschnur, die sich um ihren Hals schlingen wollte. Sie sagt, sie hat uns durch Gesang den Weg aus ihrem Körper gewiesen. Sie hat uns in ihrem Bauch liegen gespürt, alle auf unterschiedliche Weise, mit unterschiedlichen Stimmen und unterschiedlichen Oden. Sie hat sich göttlich gefühlt. Unsere Seelen haben sie geprüft, bevor sie sich dafür entschieden haben, in ihren Körper zu kommen, und seitdem hat sie uns getragen, genährt und beschützt, wie es das Land tut, wie es Gott tut. Mama sagt, ihr Körper erzählt, er ist ein Lied.

Für einen Augenblick legt sich Schweigen über uns.

Mama bricht es. »Ich habe davon geträumt, in der Kirche zu singen.«

Dina stellt ihre Tasse ab, und wir wechseln einen Blick.

»Beim Singen erwecken wir Gottes Gnade in unseren Herzen. Singen als Lobpreis bedeutet, die Liebe in sich selbst zu wecken. Und die werden wir Zo senden.«

Jetzt redet Mama wie Mama ya Dima. Ich weiß, dass Zo dort, wo er ist, Gnade nötig hat. Wenn wir sie in unseren Körpern erschaffen, wird sich die Gnade ausbreiten, über Nordafrika bis nach Europa.

»Was immer uns auch geschehen ist. Euer Vater hat alles verloren, was er in Lubumbashi aufgebaut hatte. Wir haben die erste Tshadi verloren. Egal was geschieht, solange wir Liebe für Gott haben, wird uns das Leben Wunder schenken. Ihr alle meine Kinder seid Geschenke, für die ich Gott jeden Tag preise.«

Dina hat offenbar denselben Kloß im Hals wie ich, bevor sie sagt:

»Mama, wir werden mit dir singen.«

Dina findet mich auf der Dachterrasse. Sie hat den ganzen Nachmittag nach mir gesucht, sagt sie.

»Was tust du hier?«

Ich antworte, dass mich Gott verlassen hat. Sie legt sich neben mich, und wir sehen in den Himmel. Sie verzieht das Gesicht, als ich den Arm bewege und ihren frisch geflochtenen Kopf berühre. Gestern war Mama stundenlang mit ihren Haaren beschäftigt. Sie hat die ausgetrocknete Kopfhaut eingeölt, hat für jeden Zopf Linien gezogen, ein Muster aus Vierecken, und die Zöpfe ineinander verzwirbelt.

Später geht Dina in Mamas Gärtchen, mit einem Eimer voll Pflanzendünger. Sie verstreut ihn mit einem abgewetzten Schöpflöffel. Ihre Füße sind nackt, und die frisch geflochtenen Haare ruhen in ihrem Nacken.

Heute hat Mama uns dabei geholfen, den Pagne zu wickeln und im Nacken zu verknoten, wie es in ihrer Jugend die zairischen Mädchen taten. Wir fühlen uns wie Mädchen in großen Wäldern, wir laufen an großen Wasserfällen entlang und haben Zauberkraft in unseren Fingern. Wir erfinden ein Lied.

Zamba ooo zabma, Wald, oh Wald
Zamba mokili ya nyama Zamba,
Wald, du Reich der Tiere, Wald
Zamba ooo zamba, Wald, oh Wald

Wir singen, damit die neuen Pflanzen groß und stark werden.
Ich schlage auf den Kanister aus Plastik wie auf eine Trommel.

Meinem sechsjährigen Ich